Carl-Heinz Mallet

…und rissen der schönen Jungfrau die Kleider vom Leib

Carl-Heinz Mallet

... und rissen der schönen Jungfrau die Kleider vom Leib

Männlichkeitsmodelle im Märchen

Walter-Verlag Solothurn und Düsseldorf

Die Deutsche Bibliothek – CIP-Einheitsaufnahme
Mallet, Carl-Heinz:
. . . und rissen der schönen Jungfrau die Kleider vom Leib :
Männlichkeitsmodelle im Märchen / Carl-Heinz Mallet. –
Solothurn ; Düsseldorf : Walter, 1995
ISBN 3-530-40004-1

Alle Rechte vorbehalten
© Walter-Verlag AG, 1995
Satz: Utesch Satztechnik GmbH, Hamburg
Druck und Einband: Offizin Andersen Nexö, Leipzig
Printed in Germany
ISBN 3-530-40004-1

Inhalt

5

Vorrede

Ausgerechnet an Hand von Märchenhelden soll man sich ein Bild über Männer machen können? So ist es, und zweifeln wird daran nur, wer in Märchen nichts als Kindergeschichten sieht, dazu aber sind sie erst in jüngster Zeit geworden. Ihrem Ursprung nach sind sie Geschichten von Erwachsenen für Erwachsene, haben in alten Zeiten zur Unterhaltung gedient und die Rolle gespielt, die heutzutage Kino, Rundfunk und Fernsehen innehaben. Märchen sind älter als die Literatur, kein Dichter hat sie erfunden; von Mund zu Mund weitergegeben, sind sie im Volk gewachsen. Das Leben selbst habe sie geschrieben, befanden die Brüder Grimm. Von entsprechender Ursprünglichkeit sind ihre Helden, die nicht von ungefähr bis heute nichts von ihrem Glanz eingebüßt haben. Die meisten kennt man seit Jahrhunderten und häufig in vielen Ländern der Erde. Das hat keine einzige literarische Figur geschafft!

Etliche Märchengestalten sind ins gesellschaftliche Bewußtsein eingegangen, der Märchenprinz beispielsweise. Wie viele haben von ihm geträumt oder träumen noch von ihm. Lieder und Schlager besingen ihn, und auf unendlich vielen Bildern und Zeichnungen küßt er die schlafende Schöne wach. Er ist ein archetypisches Bild des Mannes und nicht das einzige in den Märchen. Sie sind voll von den unterschiedlichsten Repräsentanten des Männlichen, von Königen, Brüdern und Soldaten, Abenteurern und Halunken, die bis heute nicht an Aktualität verloren haben. Märchen seien uralte Gegenwart, schrieb schon Goethe. Die Vielfalt ihrer männlichen Protagonisten reicht vom kleinen Hänsel bis Hans im Glück, vom blutrünstigen Blaubart bis zu Frau Ilsebills Mann, dem legendären Fischer, der den berühmten Butt geangelt hat. Und der nicht minder berühmte

Frosch aus dem Märchen *Der Froschkönig* ist schließlich auch männlichen Geschlechts.

Wer also wäre besser geeignet als die unvergeßlichen Märchenprinzen nebst ihren vielgestaltigen Mit- und Gegenspielern, einige Antworten auf die Frage zu finden, wie Männer denn nun eigentlich sind? Was dabei herauskommt, wird nicht immer den Erwartungen entsprechen, und so manche Märchen werden in einem Licht erscheinen, das manchen nicht behagen mag. Was aber wäre ein Buch wert, in dem nur stände, was eh schon jeder weiß – oder zu wissen glaubt? Auf jeden Fall wird man am Ende der Lektüre etwas mehr über Märchen und eine Menge mehr über Männer erfahren haben.

Gute und böse Brüder

Zum Jungen geboren oder zum Jungen gemacht: Gretels Bruder Hänsel

Hänsel und Gretel, KHM 15
(Erläuterungen der Abkürzungen S. 251)

Der erste Bruder, um den es hier geht, ist noch gar kein Mann, er will erst einer werden. Dessenungeachtet ist er berühmt, denn er ist der bekannteste aller Märchenjungen: Hänsel heißt er und stammt aus dem Grimmschen Märchen Nr. 15 *Hänsel und Gretel*. Es ist eines der beliebtesten Märchen hier in Europa, aber man kennt die Geschichte auch in Indien, in Afrika und sogar auf Samoa, und bei uns sind Generationen von Kindern mit diesem vielgeliebten Geschwisterpaar aufgewachsen.

Hänsel und Gretel, so klein sie noch sind, lassen keinen Zweifel, welchem Geschlecht sie angehören. Hänsel zeigt sich sofort als rechter Junge, erweist sich im traditionellen Sinne als männlich und hebt sich dadurch bezeichnend von seiner Schwester Gretel ab.

Die Geschwister belauschen ihre Eltern und erfahren, man wolle sie im Wald aussetzen. Gretel weint «bittere Tränen» und verliert sofort den Mut. «Nun ist's um uns geschehen», stellt sie resignierend fest und ergibt sich verzagt in ihr Schicksal. Ganz anders Hänsel: Statt in Tränen auszubrechen, überlegt er, wie dem elterlichen Anschlag zu entgehen sei, und er tut noch ein übriges, nimmt sich tröstend seiner Schwester an: «Gräme dich nicht, ich will uns schon helfen», verspricht er ihr, und das sind keine leeren Worte. Ihm ist etwas Gescheites eingefallen, sich und Gretel aus der Not zu helfen, und er zögert keinen Augenblick, seine Idee in die Tat umzusetzen: Nachdem die Eltern eingeschlafen sind, schleicht er sich aus dem Haus, sammelt beim Schein des Mondes weiße Kieselsteine auf, stopft sich die Taschen damit voll und markiert anderntags mit ihnen den Weg.

Im Wald, «wo er am dicksten ist», wachen die Kinder allein und von den Eltern verlassen mitten in der Nacht auf. Gretel fängt wieder an zu weinen, fürchtet sich und bezweifelt, daß sie je wieder aus dem Wald herausfinden. Hänsel hingegen kennt keine Furcht, ist ganz Zuversicht, tröstet abermals seine Schwester und macht ihr Mut. Er wartet, bis der Mond aufgegangen ist, dann nimmt er Gretel bei der Hand, folgt den Kieselsteinen, und als der Tag anbricht, sind sie wohlbehalten wieder zu Hause.

Beim zweiten Mal verläuft die Sache weniger glücklich. Die Brotkrumen, die Hänsel auf den Weg gestreut hat, werden von den Vögeln gefressen, aber ungebrochenen Mutes versichert er, sie würden den Weg schon finden; doch sie finden ihn nicht. Nach drei Tagen gelangen sie zu dem berühmten Kuchenhaus, und sofort ergreift Hänsel wieder die Initiative: Er wolle vom Dach essen und Gretel solle sich an den süßen Fensterscheiben gütlich tun, bestimmt er, und sie tut, was er sagt.

Hänsels Rolle ist eindeutig: Er ist der Aktive, er spielt die führende Rolle, und zwar mit größter Selbstverständlichkeit. Ebenso mutig wie erfinderisch, bleibt er stets Herr der Lage, behält in prekären Situationen den Kopf oben und läßt sich etwas einfallen. Außerdem nimmt er sich fürsorglich seiner Schwester an, tröstet und ermuntert sie, kurzum, er ist ein Junge, wie er im Buche steht. Ganz anders Gretel. Sie ist das genaue Gegenteil ihres Bruders: verzagt, weinerlich und passiv – ein Mädchen eben.

Ein solches Rollenbild paßt derzeit schlecht in die gesellschaftspolitische Landschaft, und darum mäkeln manche Leute an Hänsel herum – Erwachsene, versteht sich. Sie finden ihn unangenehm selbstherrlich, wenn nicht gar gönnerhaft, sehen einen kleinen Chauvi in ihm, und er gilt ihnen als schlechtes Beispiel für künftige Männer. Sie lehnen auch Gretel ab, weil sie mit ihrer Weinerlichkeit und Verzagtheit kein geeignetes Emanzipations-Modell abgibt.

Man mag zu einer solchen Kritik stehen, wie man will, sie ändert nichts an der Tatsache, daß es Knaben wie diesen Hänsel gegeben hat und auch weiterhin gibt. Mehr noch: Dieser Mär-

chenheld ist der Prototyp eines Jungen, denn nicht von ungefähr
hat er Jahrhunderte überlebt, dabei nichts an Beliebtheit eingebüßt und schon gar nicht Anstoß erregt. Kinder in aller Welt
mögen ihn, und sie mögen auch Gretel. Mit ihnen zusammen
haben sie sich geängstigt, sich an den Süßigkeiten des Kuchen-
hauses gütlich getan und zum guten Schluß die böse Hexe über-
listet und besiegt. Über die Zeiten hinweg ist dieses Geschwisterpaar lebendig geblieben und wird mit großer Wahrscheinlichkeit
auch ihre derzeitigen Kritiker überleben. Im übrigen ist die Geschichte noch nicht zu Ende, und man sollte erst einmal die
weitere Entwicklung abwarten, bevor man den beiden Kindern
am Zeug flickt.

Wer das nicht will und darauf beharrt, das Märchen sei sexi-
stisch, dem bietet es eine kontrastierende Alternative: die Eltern
der Kindern. Die Mutter ist alles andere als weinerlich oder
verzagt, weit davon entfernt, passiv zu sein, und von unerbittli-
cher Logik. Knallhart stellt sie fest: Entweder setzen wir die
Kinder aus, oder wir alle vier sterben Hungers, und ihr Mann
könne schon die Bretter für die Särge hobeln. Sie hat einen
scharfen Verstand, weiß sich zu entscheiden, hat das Sagen, do-
miniert und setzt ihren Mann erfolgreich unter Druck. Sie ist
wahrhaftig kein Heimchen am Herd; es fragt sich allerdings, ob
diese Frau geeignet ist, als Musterbeispiel weiblicher Emanzipa-
tion zu dienen. Für Kinder hat sie jedenfalls nichts Positives, die
finden sie böse.

Die Brüder Grimm hat das Verhalten der Hänsel-und-Gretel-
Mutter schockiert, und zwar so sehr, daß sie ihr das Prädikat
Mutter genommen und die ursprüngliche Fassung des Märchens
entsprechend geändert haben. Siebenmal ersetzten sie das Wort
Mutter durch «Frau», machten zweimal aus Eltern beziehungsweise Vater und Mutter «die Alten» und schließlich aus der
Mutter eine (böse) Stiefmutter. Das Märchen, sonst mit eindeu-
tigen Wertungen nicht geizend, die Guten gut und die Bösen
schlecht nennend, bewertet die Hänsel-und-Gretel-Eltern nicht,
weder in der Urfassung noch in anderen Fassungen der Ge-

schichte (Bechstein, Perrault). Es bleibt dem Leser überlassen, sie so oder so einzuschätzen.

Der Standpunkt der Märchenmutter, wie immer man ihn finden mag, ist nicht unrealistisch, denn so, wie die Situation nun einmal ist, können wirklich nur zwei überleben, und die Kinder wären dazu fraglos nicht in der Lage. Der Vater vermag der ihm grausam erscheinenden Logik seiner Frau nicht zu folgen. Er wünscht, die Mutter möge den letzten Bissen mit ihren Kindern teilen, und bringt es nicht übers Herz, seine Kinder auszusetzen. «Nein, Frau», sagt er, «das tue ich nicht.» Nun gut, aber Alternativen hat er nicht zu bieten, einen anderen Vorschlag zur Lösung des Problems weiß er nicht zu machen, und ihren Argumenten hat er nichts entgegenzusetzen. Anders als Hänsel fällt ihm nichts Gescheites ein, genaugenommen fällt ihm gar nichts ein. Er seufzt und jammert nur und wälzt sich ruhelos in seinem Bett herum. Seine Frau macht ihm ob dieser Haltung Vorwürfe, nennt ihn einen Narren und läßt ihm keine Ruhe, bis er endlich nachgibt und in ihren Plan einwilligt. Und weil er einmal nachgegeben hat, muß er es auch ein zweites Mal tun, heißt es. Das müßte er freilich keineswegs, er bringt es nur nicht fertig, standhaft zu sein, vermag sich gegen seine Frau nicht zu wehren, kann sich nicht durchsetzen. «Aber die armen Kinder dauern mich doch», sagt er, was jedoch an der Sache nicht das mindeste ändert.

Dieser Mann ist fürwahr kein Chauvi. Jede männliche Härte geht ihm ab, weder ist er der Herr im Haus, noch versucht er, diese Rolle zu spielen. Er unterdrückt seine Frau nicht, gibt ihr vielmehr nach, ist lieb zu seinen Kindern und zeigt ungeniert seine Gefühle.

Man kann gewiß darüber streiten, ob dieser Märchenvater künftigen Männern als Beispiel und Vorbild dienen sollte oder lediglich ein Pantoffelheld ist. Auf jeden Fall stellt das Märchen in Vater und Sohn zwei Modelle des Männlichen, in Mutter und Tochter zwei Bilder des Weiblichen vor. Man hat die Wahl.

Die Geschichte geht weiter, und abrupt ändert sich das anfängliche Bild der beiden Kinder, die Rollen, die sie bisher gespielt haben, kehren sich geradezu in ihr Gegenteil: Hänsel, eben noch der kleine Held und seiner Schwester haushoch überlegen, sitzt nun hilflos im Ställchen der Hexe und soll gefressen werden. Junge, der er ist, verliert er dennoch nicht den Mut, und sein Witz und seine Findigkeit sind ihm ebenfalls nicht abhanden gekommen: Statt seines Fingers streckt er der Hexe ein Knöchelchen heraus. Das ist nicht schlecht, aber letztendlich nutzt ihm dieser Trick wenig, er verschafft ihm nur einen kurzen Aufschub – einen sehr kurzen: Mager oder fett, die Hexe will ihn schlachten. Hänsel ist mit seinem Latein am Ende, und ohne Gretel wäre er verloren gewesen.

Das weinerliche Mädchen ist kaum wiederzuerkennen. Geschickt schauspielernd täuscht es die Hexe und schiebt sie dann, ohne mit der Wimper zu zucken, in den Backofen. Die Alte schreit und jammert, Gretel kümmert es nicht. Sie läuft und befreit ihren Bruder.

Mit den Schätzen der Hexe in ihren Taschen kommen die Kinder an ein großes Wasser, es gibt weder Steg noch Brücke und auch kein Schiffchen. «Wir können nicht hinüber», stellt Hänsel mit seinem jungenhaften Verstand fest und weiß in dieser Situation keinen Ausweg. Zum zweiten Mal greift Gretel hilfreich ein. Sie verfügt über Möglichkeiten, von denen Hänsel gewiß nichts ahnt. Sie kann mit Tieren sprechen und bittet eine Ente, bei Bechstein einen Schwan, ihnen hinüberzuhelfen, und das gute Tier kommt tatsächlich brav angeschwommen und lädt zum Aufsteigen ein. Hänsel nimmt mit größter Selbstverständlichkeit als erster zwischen den weichen Federn Platz, bittet dann aber, ganz Kavalier, sein «Schwesterchen», sich zu ihm zu setzen.

Er, der Junge, übernimmt wieder die Führung, und auch die Anrede «Schwesterchen» ist symptomatisch männlich. Gretel ist und bleibt «die Kleine», ganz gleich, was sie inzwischen geleistet hat. Und beigebracht hat ihm dieses Verhalten niemand – wer sollte? Er ist so, und Männer in aller Welt verhalten sich ähnlich, nennen ihre Partnerinnen «mein Kleines», «Kindchen» oder gar

«Baby» und bringen sie durch solche Verkleinerungsformen auf ein ihnen genehmes Maß. Sie tun's nicht bewußt, das ist richtig, aber was ändert das schon?

Gretel folgt Hänsels Aufforderung nicht. Sie beide seien zu schwer für den Vogel, befindet sie vernünftigerweise und bestimmt, er solle eines nach dem anderen hinüberbringen. So geschieht es. Hänsel ist nicht auf diese Idee gekommen. Er ist eben ein Junge.

Die beiden Kinder zeigen prägnante geschlechtsspezifische Unterschiede, und die sind durchaus überzeugend, denn die Rollen sind schlechterdings nicht vertauschbar. Man stelle sich vor, Hänsel hätte wie Gretel geweint und Gretel den Einfall mit den Kieselsteinen gehabt. Oder: Hänsel hätte mit der Hexe fertig werden müssen. Er wäre vermutlich mutig und ohne Rücksicht auf Verluste und etwaige Folgen mit seinen kleinen Jungenfäusten auf sie losgegangen. Das mag lobenswert männlich sein, wäre aber ein ganz und gar aussichtsloses Unterfangen gewesen. Und Hänsel wäre gewiß nicht auf die Idee gekommen, eine Ente um Hilfe zu bitten. Auf ihn hätte sie auch kaum gehört.

Und noch eines stelle man sich vor: Hänsel und Gretel wären auf sich allein gestellt gewesen. Sie wären gescheitert, sie so gut wie er. Nur weil sie zu zweit und als Junge und Mädchen so bezeichnend verschieden sind, finden sie ihren Weg, bestehen sie alle Gefahren, überleben sie ihr Abenteuer. Sie haben ihre Stärken und Schwächen, aber die ergänzen sich auf vorteilhafteste Weise. Ohne Hänsel hätte Gretel sich aufgegeben, ohne Gretel wäre Hänsel von der Hexe gefressen worden, und übers Wasser wären sie auch nicht gekommen.

Hänsel, der Junge, ist also auf Gretel, das Mädchen, lebenswichtig angewiesen – mehr sogar als sie auf ihn, wenn man an die Hilfe der Ente denkt, die allein Gretels Verdienst gewesen ist. Der Alltag bestätigt diese Erfahrung: Männer kommen weit schlechter allein zurecht, viele sind ohne Frau häufig erschreckend hilflos. Ferner erhärten Statistiken verschiedener Länder die Aussage des Märchens: Männer, die sich als Singles durchs

Leben schlagen, sind weniger glücklich, häufiger krank und haben vergleichsweise die geringere Lebenserwartung. Ein Hans braucht eben seine Grete; und so war es ja wohl ursprünglich auch geplant.

Bliebe die Frage, woher die beiden Kinder ihr im ersten Teil der Geschichte gezeigtes jungen- respektive mädchentypisches Verhalten haben. Bei den Eltern können sie es nicht abgeguckt haben. Von sonstigen Kontakten ist nicht die Rede, und die sind auch unwahrscheinlich, denn die Familie lebt in ihrem Waldhaus weit ab von anderen Menschen. Folgt man dem Märchen, so sind Hänsel und Gretel von Anfang an, das heißt ohne erkennbare Einflüsse von außen, in kennzeichnender Weise unterschiedlich; Hänsel ist eindeutig Junge, Gretel eindeutig Mädchen.

Das ist jedoch nicht die einzige Quelle ihrer Männlichkeit beziehungsweise Weiblichkeit. Sie werden außerdem gravierend von außen geprägt – und wahrhaftig nicht nur das Mädchen. Simone de Beauvoirs vielzitierter Satz, Frauen würden nicht als Frauen geboren, sondern erst dazu gemacht, gilt in mindestens so großem Maße auch für Männer. Dafür gibt das Märchen ein Beispiel: es zeigt, wie äußere Einflüsse die Geschlechtsrolle der beiden Kinder tiefgreifend und unwiderruflich prägen und sie dadurch in verschiedenartige Rollen zwingen. Das geschieht von dem Augenblick an, in dem sie bei Mütterlein Hexe erwachen. Mütterlein? Ganz recht, so wird sie bei Bechstein ausdrücklich genannt. In der von I.V. Zingerle mitgeteilten Version der Geschichte verfügt sie über prall mit honigsüßer Milch gefüllte Brüste, aus denen sie aber allein Hänsel ausgiebig zu kosten gibt. Dieses Bild deckt sich mit modernen Untersuchungen: Mütter stillen ihre männlichen Säuglinge signifikant länger als ihre weiblichen, und Mädchen werden früher entwöhnt als Jungen.

Auch in der Grimmschen Märchenfassung führt sich die Hexe als gastfreundliche Alte ein und verhält sich, wie es sich Kinder von einer idealen Mutter nur wünschen können: Sie nimmt die beiden freundlich an die Hand, führt sie ins Haus und setzt ihnen lauter Leckereien vor. Danach dürfen sie sich zum

Schlafen in zwei schöne, weiß gedeckte Bettlein legen. Sie meinen, sie seien im Himmel, heißt es. Ihr Glück währt jedoch nur bis zum anderen Morgen, da fallen sie dann buchstäblich aus allen Wolken.

Mit «Steh auf, Faulenzerin» wird Gretel aus dem Bett gescheucht, muß bei unfreundlicher Behandlung den ganzen Tag Küchenarbeit leisten und erhält nur Krebsschalen zu essen. Wenn sie weint, klagt oder jammert, bekommt sie zu hören: «Spar nur dein Geplärre!»

Völlig anders geht die Hexe mit Hänsel um. Sanft holt sie ihn aus dem Bett, so sanft, daß er erst in seinem Ställchen erwacht. Auf ihren Armen hat sie ihn dorthin getragen. Gewiß, sie sperrt ihn ein, aber er muß nicht arbeiten wie Gretel, er braucht gar nichts zu tun und wird dennoch vortrefflich versorgt. Für ihn kocht Hexenmütterlein «das beste Essen», und täglich einmal kommt sie zu ihm, um seinen Finger zu befühlen, den er zu diesem Zweck aus dem Käfig herausstrecken muß. Hänsel wird verwöhnt, und nur vordergründig dient das Befühlen dem Zweck festzustellen, wie fett er schon geworden ist. Dazu brauchte die Hexe sich nicht jeden Tag zu ihm zu bemühen. Dieses tägliche Anfassen ist, zumindest auch, der Erweis einer Zärtlichkeit. Gretel, das Mädchen, wird keineswegs täglich befühlt. Die Vorzugsbehandlung, die Hänsel erfährt, verdankt er der Tatsache, ein Junge zu sein. Er ist Sohn und nicht Tochter. Kraß reagiert die Hexe auf den Geschlechtsunterschied der beiden Kinder. Hänsel erlebt Jungenschicksal, Gretel Mädchenschicksal.

Was das Märchen hier höchst drastisch schildert, ist die simple Erfahrung, daß viele Mütter zu ihren Söhnen anders als zu ihren Töchtern stehen und sie entsprechend ungleich behandeln. Das Söhnlein wird gehätschelt und verwöhnt, die Tochter muß die Stube fegen, Essen kochen, das Brüderchen füttern und bekommt, um in der Bildersprache des Märchens zu bleiben, nur Krebsschalen zu essen. Und sieht sich der Sohn nach den ersten Mädchen um, möchte so manche Mutter ihn am liebsten in ein

Ställchen sperren, ihn ganz für sich allein behalten und schließlich aus lauter Liebe fressen. In Klammern sei gesagt, daß sich etliche Väter gegenüber ihren Töchtern kaum anders verhalten, an deren Freunden herumnörgeln oder den Moralisten herauskehren, der am liebsten jeden Kontakt der Tochter zum andern Geschlecht unterbände.

Ein solches Verhalten läßt an den Ödipuskomplex denken, der aber unterstellt solche Gefühle allein Söhnen. «Libidinöse Bindung des Sohnes an die Mutter» definiert das dtv-Lexikon von 1978. Die Märchenhexe führt indes vor Augen, was auch Sigmund Freud schon wußte und, wenn auch nur am Rande, vermerkt hat: Der Ödipuskomplex ist keine Einbahnstraße! Die Eltern sind nicht lediglich Zuschauer bei diesem Spiel der Gefühle oder gar nur Opfer inzestuöser Wünsche ihrer Kinder. Nicht nur kleine Buben haben die Tendenz, ihre Mutter besitzen zu wollen; ihre Mütter hegen ihnen gegenüber oft genug ähnliche Gefühle. Die naturgegebene Anziehung zwischen Männlich und Weiblich kehrt sich eben wenig an Familienbande. Und auch nicht ans Alter. Die kleinen Ödipusse sind laut Freud zwischen drei und sieben Jahre alt, wenn sie versuchen, ihren Vater bei der Mutter auszustechen. Die Psychoanalyse hat ihre einschlägigen Wünsche aufgedeckt und mit dem inzwischen weltweit bekannten Namen versehen. An entsprechende Gefühle der Eltern, insbesondere der Mütter, hat sie jahrzehntelang nicht zu rühren gewagt. Wer beschuldigt schon gern Mütter? Das Märchen hat diesen Vorbehalt nicht. Die Märchenhexe setzt den Anteil der Mütter an der interfamiliären Erotik ebenso kraß wie lehrreich ins Bild.

Was «Mütterlein» ihrer Art mit Kindern anstellen, hinterläßt unvermeidlich Spuren: Der gehätschelte Hänsel bekommt Züge, die vielen Männern unserer Zivilisation eigen sind. Wer, wie er, in einem Ställchen gesessen und nichts hat im Haushalt tun müssen, fegt auch später nur, wenn überhaupt, höchst ungern die Stube, trocknet, falls er es tut, widerwillig ab, und wenn er einmal kocht, pflegt er häufig genug ein Chaos in der Küche zu hinterlassen. Er reißt sich meist auch nicht darum, seine Jüngsten zu füttern oder gar zu windeln. Und wer schon als kleiner Junge mit bestem Essen bedient und mit täglicher Berührung verwöhnt worden ist, will verständlicherweise weiterhin mit Zärtlichkeiten bedacht und vortrefflich beköstigt werden und wird das künftig von allem Weiblichen mit größter Selbstverständlichkeit erwarten.

Gretel hat etwas völlig anderes erlebt als ihr Bruder. Ihren geradezu entgegengesetzten Erfahrungen entsprechend, entwickelt sie daher ganz andere Eigenschaften und Verhaltensweisen als er. Ihr vergleichsweise hartes Schicksal hat sie selber hart gemacht. Vorbei ist es mit ihrer Weinerlichkeit, und sie denkt nicht mehr daran, sich widerspruchslos in ihr Schicksal zu ergeben. Sie weiß jetzt konsequent zu handeln, und so rigoros, daß man versucht ist, sie mit ihrer Mutter zu vergleichen. Ihre eigene Not hat sie aber auch bescheiden gemacht, jegliche Großspurigkeit ist ihr fremd, was sich vom männlichen Hänsel keineswegs sagen läßt. Und weil sie selber litt, hat sie Mitleid mit anderen: «Es wird dem Entchen zu schwer...»

So haben sie beide sowohl ihren mitbekommenen wie ihren erworbenen Anteil an Männlichkeit beziehungsweise Weiblichkeit und sind dadurch schon frühzeitig geprägt und festgelegt. Aus Hänsel wird keine Grete, aus Gretel kein Hans werden.

Brüderchen versus Schwesterchen, und was dabei herauskommt

Brüderchen und Schwesterchen, KHM 11

Das Märchen von Hänsel und Gretel ist den Brüdern Grimm von der Familie Wild aus Kassel zugekommen, und es ist in West- und Südeuropa am meisten verbreitet. Die Geschichte von *Brüderchen und Schwesterchen* stammt von der Marie Hassenpflug und hat ihre Wurzeln in der Maingegend und im Mecklenburgischen. Auch inhaltlich handelt es sich um zwei ganz und gar verschiedene Geschichten. Dessenungeachtet lassen Hänsel und Brüderchen eine bemerkenswerte Übereinstimmung erkennen. Sie zeigt sich schon beim ersten Satz des Märchens, der da lautet: «Brüderchen nahm sein Schwesterchen an der Hand.» Genau wie Hänsel ergreift auch Brüderchen in einer Notlage die Initiative und übernimmt ohne weiteres die Führung. Der Junge, gewiß kaum älter als Hänsel, verläßt mit seiner Schwester das Elternhaus und hat dafür gute Gründe: Diese beiden Märchenkinder haben tatsächlich eine böse Stiefmutter, die außerdem eine Hexe ist. Sie behandelt die Kinder schändlich, sie haben keine gute Stunde mehr, heißt es, und selbst dem Hündlein unter dem Tisch ergeht es besser als ihnen.

Schwesterchen hat sich in ihr Schicksal ergeben – so wie Gretel in das ihre. Sie wäre zu Hause bei der schlimmen Stiefmutter geblieben und hätte vielleicht überlebt, vielleicht aber auch nicht. Brüderchen hingegen resigniert nicht, tut etwas gegen die bedrückende Situation: Er nimmt seine Schwester an die Hand und geht mit ihr fort.

Die beiden Kinder reagieren wie Hänsel und Gretel: Das Mädchen bleibt passiv, der Junge unternimmt etwas und handelt dabei, ohne lange zu fragen, für seine Schwester gleich mit. Das Risiko ist nicht eben gering, denn im «großen Wald» lauern Gefahren, und darin zu verhungern ist nicht die einzige, wie sich zeigen wird. Brüderchen kümmert das nicht, und er sorgt sich nicht. Wie so manch anderer männlicher Held, weiß er entschlossen zu handeln und hält sich mit Denken nicht weiter auf.

Als die beiden aufwachen, steht die Sonne schon hoch am Himmel, und sie haben Durst. Abermals ergreift Brüderchen die Initiative, nimmt wieder seine Schwester an die Hand und geht mit ihr los, um Wasser zu suchen. Sie finden ein «Brünnlein», und sofort beugt sich Brüderchen hinunter, um zu trinken. Auch hier überlegt er nicht erst lange und zeigt außerdem die gleiche Haltung wie Hänsel: Er bedient sich zuerst. Ganz anders Schwesterchen: Sie ist vorsichtig, lauscht erst einmal, und da hört sie, wie das Wasser im Rauschen spricht: «Wer aus mir trinkt, wird ein Tiger.» Genau wie Gretel verfügt sie über Fähigkeiten, die ihrem Bruder abgehen: Der hört nichts. Die Hexe hat den Brunnen verzaubert. Das Mädchen merkt es, er merkt es nicht, und das ist bezeichnend, denn wie oft hören und merken Frauen, was Männer meist nicht einmal dann wahrnehmen, wenn man sie mit der Nase darauf stößt.

Sie hält ihn vom Trinken ab, und das gelingt ihr noch ein zweites Mal, er wäre sonst zum Wolf geworden. Als sie aber an den dritten Brunnen kommen, sind alle ihre Worte und Warnungen vergebens. Brüderchen kann und will seinen Durst nicht länger ertragen. Seine Lust ward immer größer, heißt es in der Urfassung, und der gibt er nun nach, mag passieren, was da wolle. Er kniet sich nieder, trinkt und wird zum Reh. Sie, gewiß nicht weniger durstig als er, bedenkt die Folgen und trinkt nicht.

So klein die beiden noch sind, wie überzeugend spiegeln sie typisches Verhalten! Es sind immer wieder Männer, die nach möglichst schneller Befriedigung ihrer jeweiligen Lüste streben. Wenn sie glauben, trinken zu müssen, dann müssen sie eben trinken – allerdings nur in Ausnahmefällen Brunnenwasser. Trinkgelage waren von jeher ein exklusiv männliches Vergnügen, und weitgehend blieb es dabei. Bis vor kurzer Zeit waren auch Kneipen im wesentlichen ein Domizil der Männer, und die große Mehrzahl aller Trinker sind immer noch Männer. Allerdings holen die Frauen auf, ihr Alkoholkonsum steigt.

Schwesterchen ist von solchen modernen Entwicklungen noch weit entfernt. Sie denkt nicht daran, von dem gefährlichen Wasser zu trinken, und das ist gut so, denn sonst wären beide verloren gewesen. Lediglich die Hexe ärgert sich, weil ihr Anschlag nur zur Hälfte gelungen ist. Er wäre gewiß ganz und gar gelungen, wenn es sich um zwei Brüder gehandelt hätte. Unvernunft von der Art, wie Brüderchen sie hier an den Tag legt, ist, ich habe es schon erwähnt, ein primär männliches Phänomen. Wir werden in den Märchen immer wieder darauf stoßen, und sie zeigt sich, wie man an diesem Beispiel sieht, bezeichnenderweise schon bei einem kleinen Jungen.

Brüderchen ist infolge seines unbezähmbaren Luststrebens nun ähnlich hilflos wie Hänsel in seinem Ställchen und wie jener auf weibliche Hilfe angewiesen. Die wird ihm zuteil. Schwesterchen nimmt ihr goldenes Strumpfband ab, legt es ihm um den Hals, flicht dann aus Binsen ein weiches Seil, bindet ihn daran fest und führt ihn mit sich. Vorbei ist es mit des Knaben Führerrolle, die übernimmt nun sie, und das läßt er sich klaglos gefallen. Was sonst sollte er tun? Er hat keine andere Wahl.

Brüderchen zeigt zwei männliche Möglichkeiten, sich gegenüber einem weiblichen Wesen zu verhalten: Entweder hat er das Sagen, bestimmt und führt, oder er liegt brav an der weiblichen Leine und läßt sich führen. Schwesterchen führt ihn nicht schlecht: Er hat tags zuvor nichts Besseres als einen hohlen Baum als Nachtlager gefunden, sie entdeckt eine Höhle, in späteren Fassungen sogar ein kleines Haus, bereitet ihm aus Laub und Moos ein weiches Lager und füttert ihn mit zartem Gras. Tagsüber spielt er vergnügt auf den Hügeln; nachts legt Schwesterchen seinen Kopf auf des Rehkälbchens Rücken und schläft sanft auf diesem warmen Kissen, heißt es. Hätte Brüderchen nur seine menschliche Gestalt gehabt, wäre es ein herrliches Leben gewesen, heißt es weiter.

In der Tat genießen Männer von Zeit zu Zeit ein solches Leben, selten jedoch auf längere Zeit und kaum jemals auf Dauer. So ist es auch hier im Märchen: Die Idylle währt nicht lange. Hörnerschall, Hundegebell und das Knallen von Büchsen schrecken ihn auf. Der König des Landes veranstaltet eine große Jagd. Brüderchen ist wie elektrisiert und will sofort hinaus und dabeisein. Schwesterchen hingegen ängstigt sich «vor den wilden Jägern» und kann Brüderchens ungestümes Verlangen nicht verstehen. Sie tut alles, ihn davon abzuhalten, sich unnötigerweise in Gefahr zu begeben – vergeblich. Wieder einmal kann er es «nicht länger mehr aushalten» und bittet so lange, bis sie ihn endlich hinausläßt.

Ihre Art von Vernünftigkeit zeichnet ihn auch hier in keiner Weise aus. Abermals hat ihn eine Lust gepackt, die er nicht bezähmen kann und auch nicht bezähmen will: die Jagdlust. Voller Freude springt er in den Wald, und ihm ist dabei lustig und wohl zumute, heißt es. Er läßt sich von den Hunden hetzen und von den Jägern jagen und hat daran seinen fraglos ganz und gar männlichen Spaß. Oft glauben die Jäger, ihn gestellt zu haben, aber dann setzt er über ein Gebüsch und ist verschwunden. Erschöpft, aber glücklich kehrt er am Abend zurück, ruht sich in der Nacht auf seinem weichen Lager aus, und als er am anderen Morgen die Hifthörner und das Hoho der Jäger hört, ist er wieder draußen und beginnt das gefährliche Spiel von neuem. Dieses Mal aber wird er umzingelt und verwundet, entkommt mit knapper Not und kehrt hinkend heim. Schwesterchen erschrickt gewaltig, wäscht ihm das Blut ab, legt Kräuter auf die Wunde und spricht: «Geh auf dein Lager, lieb Rehlein, daß du wieder heil wirst.»

So lange mag, kann und will er nicht warten. Verwundung hin, Verwundung her, am nächsten Morgen möchte er wieder hinaus. Er müsse dabeisein, sagt er, und so bald solle ihn keiner kriegen, versichert er. Sie weint, aber das hilft ihr so wenig wie ihr Bitten. Wenn er die Hörner höre, sei es, als müsse er aus den Schuhen springen, erklärt er, und ihrem Einwand, er könnte getötet werden, hält er entgegen: «So sterb ich hier vor Betrübnis.»

Für nichts und wieder nichts, aus lauter Spaß an der Freud riskiert er sein Leben – nur ein Er kann so handeln! Wie ein Trieb erscheint hier die männliche Lust auf Jagd, Abenteuer, Gefahren, und vielleicht ist sie es. Sie zeigt sich immerhin schon bei einem Kind, und zwar ganz spontan, denn es gibt keine Männer, die Brüderchen diesbezüglich hätten beeinflussen oder ihm Vorbild sein können. Ein männliches Urphänomen? Nichts spricht dagegen. Die Geschichte der Menschheit zeigt, wie charakteristisch diese Märchenszene ist: Seit man von Menschen weiß, gingen die Männer auf die Jagd, zogen auf Abenteuer aus oder in den Krieg. Und wenn sie verletzt nach Hause kamen, pflegten die Frauen ihre Wunden. Kaum genesen, zogen die Jäger, Krieger und Abenteurer wieder los, riskierten erneut ihr Leben beim Kampf mit wilden Tieren oder gegen Feinde, bei Eroberungen und Entdeckungen, und Berichte aus vielen Jahrhunderten zeigen, mit welcher Begeisterung sie dabeigewesen sind. Brüderchen bringt das Phänomen auf den Punkt: Gegebenenfalls läßt er sich gern von einem Mädchen ein goldenes Strumpfband um den Hals legen, erschallen aber irgendwo Hörner und krachen Schüsse, so ist er weder durch Bitten noch durch Vernunftgründe zu halten. Nicht einmal durch weibliche Tränen – und das will etwas heißen bei einem Mann.

Inzwischen haben wir andere Zeiten, aber mitnichten andere Männer. Ein Urphänomen wird man so leicht nicht los. Wo damals Büchsen knallten, ziehen sich heute Asphaltstraßen und Autobahnen durch die Wälder, aber auch auf denen läßt sich trefflich «jagen». Ansonsten sind heute legitime Möglichkeiten, diesen männlichen Drang auszuleben, dünn gesät. Das mag zur derzeitigen schlechten Stimmung so vieler Männer beitragen, zu ihrer verbreiteten Unzufriedenheit, ihrem düsteren Pessimismus. Wer sich hingegen, zum Beispiel, als vermummter Autonomer oder als illegaler Hausbesetzer von Polizisten jagen läßt, ganz ähnlich wie Brüderchen im Märchen von den Jägern, und ihnen heiße Straßenschlachten liefert, der bläst nicht Trübsal und schläft gut nach solch einer Aktion. Dem normalen Bürger sind derartige Freuden verschlossen, und er darf auch nicht an fahrenden S-Bahnen entlanghangeln, was risikofreudige Jugendliche, praktisch ausschließlich männlichen Geschlechts, untertreibend und verharmlosend «surfen» nennen. Vielleicht kann er an einem Ferienkurs «Überlebenstraining» teilnehmen – aber was ist das für ein schwacher Ersatz und magerer Trost!

Schwesterchen sind solche Gelüste fremd, und lebte sie heute, würde sie konsequent defensiv Auto fahren. Sie repräsentiert weibliche Vernünftigkeit. Das tat auch schon Gretel, man denke nur an die Szene mit dem Schwan, und, wenn auch auf ganz andere Weise, Gretels Mutter. Den männlichen Helden der beiden Geschichten geht eine solche Vernünftigkeit ab, und sie sind beispielhaft. Wer Männer für das vernünftigere Geschlecht hält, ist einer Fama aufgesessen oder einer faustdicken männlichen Lüge.

Das Fazit des Märchens gleicht dem der Hänsel-und-Gretel-Geschichte: Auch Brüderchen und Schwesterchen überleben dank ihrer Verschiedenheit, durch die sie sich wirkungsvoll und erfolgreich ergänzen. Die Geschlechter auf den «kleinen Unterschied» reduzieren zu wollen ist unrealistisch und nichts als eine Entgleisung des derzeitigen Zeitgeists. Und wie langweilig wäre eine solche Gleichheit!

Die Bosheit der bösen, die Strategien der guten Brüder – und nicht immer siegt das Gute

Das klagende Lied, Bechstein. Der singende Knochen, KHM 28. Das Wasser des Lebens, KHM 97. Der goldene Vogel, KHM 57

Ein Bruder von ganz anderer Art ist der kleine Prinz aus dem Bechstein-Märchen *Das klagende Lied*. Einige werden jetzt an die wunderbar poetische Geschichte von Antoine de Saint-Exupéry denken, an jenes «kleine Kerlchen» von einem anderen Stern, das ohne Arg und ohne Falsch war und so herrlich lachen konnte. Aber dieser kleine Prinz, den verständlicherweise so viele Menschen lieben, ist eben nicht von unserer Welt, außerdem hat ihn ein Dichter erfunden, und daher ist er leider ein ganz und gar unwirkliches Wesen. Der kleine Königssohn, von dem nun die Rede sein wird, ist zwar ein Märchenkind, aber im Gegensatz zu Saint-Exupérys reizendem Protagonisten schier bedrückend diesseitig und real. Die Geschichte stammt aus dem schweizerischen Aargau, Varianten finden sich jedoch in ganz Europa, und das Motiv ist uralt. Es ist kein romantisches Märchen, läßt jeglichen Zauber vermissen, es ist grausam und hat kein gutes Ende.

Der kleine Prinz, kaum älter als Brüderchen oder Hänsel, hat einen Disput mit seiner um ein Jahr älteren Schwester. Sie streiten sich darum, wer von ihnen später einmal König werden würde. Er sei ein Prinz, meint der Junge, und ist überzeugt, wenn Prinzen da seien, kämen die Prinzessinnen nicht auf den Thron. Seine Schwester läßt das Argument nicht gelten und hält dagegen, sie sei die Erstgeborene, und folglich gebühre ihr der Vorrang. Sie streiten in aller Unschuld miteinander, ohne den Sinn recht eigentlich zu verstehen, heißt es, und für das Mädchen mag das zutreffen. Für den Jungen trifft es nicht zu, wie sich nur zu bald zeigt. Die beiden können sich verständlicherweise nicht einigen und laufen darum zur Mutter, um sie die Frage entscheiden zu lassen. Die Königin fürchtet, der «Keim der Herrschsucht» könnte in ihren Kindern erwachen, und will sie ablenken. Sie zeigt ihnen eine Blume. Wer die im Wald zuerst finde, werde dereinst König werden, sagt sie. Daraufhin gehen die beiden Kinder «ganz harmlos» zusammen los, um die Blume zu suchen, verlieren sich dabei jedoch aus den Augen. Das Mädchen entdeckt die Blume, pflückt sie und wartet dann auf ihren Bruder, schläft darüber aber ein. So findet er sie; «süß schlummernd» liegt sie vor ihm auf dem Moos, und die Blume hat sie in der Hand.

Für den kleinen Prinzen ist die Sache weder harmlos noch ein Spiel. Bei ihm, so jung er auch ist, ist die Herrschsucht schon angelegt. Schwarze Gedanken gehen ihm durch den Kopf, und Schreckliches kommt ihm in den Sinn, heißt es. «*Ich* muß König werden, *ich*!» denkt er, «und die Schwester soll es nicht werden.» Lieber will er sie umbringen. Und das denkt er nicht nur, er tut's, erschlägt sie im Schlaf, verscharrt sie im Waldboden, bedeckt sie mit Erde und Rasen. Mit der Blume kehrt er ins Schloß zurück und gibt sich als deren Finder aus. Seine Schwester, so behauptet er, habe sich von ihm getrennt, sei ihren eigenen Weg gegangen, und er habe angenommen, sie sei schon im Hause.

Das alles bringt er vor, ohne rot zu werden, er zeigt keine Spur eines schlechten Gewissens, und auch später packt ihn keine Reue. Er wird König, wie er es gewollt hat, freut sich seines Lebens, liebt Sang und Klang und fröhliche Feste, und seiner Mutter ist er ein guter Sohn, zu jedem seiner Feste lädt er sie ein. Mit sich und der Welt zufrieden lebt und regiert er. Nicht in jedem Märchen siegt eben das Gute. Die unschuldige und arglose Schwester hat sterben müssen, kein Wunder rettet sie, kein Zauber macht sie wieder lebendig. Die Untat des kleinen Prinzen hingegen zahlt sich aus, er erreicht sein Ziel, und was er einstmals Böses tat, kümmert ihn nicht.

Er mordet, weil er König werden will. Wie Brüderchen die Jagdhörner elektrisiert haben, elektrisiert ihn die Aussicht auf Macht und Herrschaft, und das löst in ihm einen mächtigen, gewalttätigen Impuls aus, dem er ohne weiteres nachgibt. Das ist kein unbekanntes männliches Phänomen: Von einer ähnlichen Aufwallung übermannt, erschlug Kain seinen Bruder Abel, Romulus, der legendäre Gründer Roms, seinen Zwillingsbruder Remus. Auch in den Märchen steht des kleinen Prinzen Tat nicht allein.

So wie er, und letztendlich mit übereinstimmendem Motiv, handelt der ältere Bruder aus dem Grimmschen Märchen *Der singende Knochen* (KHM 28). Er mordet, weil er die Hand einer Prinzessin erringen will. Der König hat demjenigen seine einzige Tochter zur Frau versprochen, der ein Wildschwein tötet, das zur Landplage geworden ist. Zwei Brüder, Söhne eines armen Mannes, versuchen sich an der Aufgabe. Der ältere, so wird gesagt, sei klug und listig, jedoch hochmütig, der jüngere hingegen dumm, unschuldig, aber guten Herzens. Weil letzterer nett zu einem kleinen Männlein ist, erhält er von diesem eine Wunderwaffe, mit dessen Hilfe er das Wildschwein bezwingt. Arglos erzählt der gute Jüngste alles seinem Bruder. Der tut freundlich mit ihm, beglückwünscht ihn zu seinem Erfolg, hält ihn auf, bis es dunkel geworden ist, und begleitet ihn dann zum Schloß.

«Der unschuldige Dumme denkt an nichts Böses», heißt es in der Urfassung, und das ist sein Fehler: Als sie über eine Brükke kommen, wird er von seinem Bruder hinterrücks erschlagen und unter der Brücke begraben. Der Mörder begibt sich zum Schloß, zeigt das tote Wildschwein vor und erhält den versprochenen Lohn. Nach dem Verbleib seines Bruders befragt, erklärt er ungerührt, das Schwein werde ihm wohl den Leib aufgerissen haben, was man ihm ohne weiteres glaubt. Auch mit dieser Antwort ähnelt er dem biblischen Kain, der, nach dem Verbleib Abels befragt, ebenso kühl erklärte: «Ich weiß nicht; soll ich meines Bruders Hüter sein?» – ein bezeichnender Ausspruch, der nicht von ungefähr zur sprichwörtlichen Redensart geworden ist.

Es scheint, als morde der Märchenbruder der Prinzessin wegen, aber er kennt sie nicht einmal – wie sollte er als armer Leute Kind? Es ist auch nicht ihre Schönheit gewesen, die ihn gereizt hat, denn von der ist mit keinem Wort die Rede und schon gar nicht von Liebe. Nein, die Prinzessin als Frau interessiert ihn nicht im mindesten. Er will des Königs Schwiegersohn werden und später dessen Nachfolger, das ist sein Ziel, und wäre nicht die Märchenmoral, so hätte er es mit Sicherheit erreicht, denn wer hätte ihm jemals auf die Schliche kommen können? Prinz ist er jetzt schon, und er wohnt in einem Schloß – für einen armen Mann fürs erste keine schlechte Karriere.

So weit, so gut für den Täter, aber er darf mit seinem Verbrechen natürlich nicht davonkommen, und darum nimmt die Geschichte eine entsprechende Wendung: Im Sand unter der Brücke findet ein Hirt einen kleinen Knochen und macht sich daraus eine Flöte. Das könnte durchaus passiert sein, das Folgende hingegen nicht mehr. Das Märchen verläßt hier die bisherige realistische Erzählebene, denn nur unter unwirklichen Bedingungen kann der Prinz als Brudermörder entlarvt und seine böse Tat gesühnt werden: Die Flöte fängt von selbst an zu singen: «Ach, du liebes Hirtelein, / Du bläst auf meinem Knöchelein, / Mein Bruder hat mich erschlagen, / Unter der Brücke begraben / Um das wilde Schwein / Für des Königs Töchterlein.» Das Lied überführt den Täter, und es ist aus mit ihm: «Er ward in einen Sack genäht und lebendig ersäuft», schließt das Märchen.

Ähnlich wird die Untat des kleinen Prinzen aufgeklärt. Als er «das klagende Lied» hört, entsinkt das Zepter seiner Hand, er fällt wimmernd und stöhnend von seinem Thron und stirbt kurz darauf vor Scham und Schande.

Auf dramatische Weise finden beide Märchen ein befriedigendes Ende. Spät, aber nicht zu spät, wird der Gerechtigkeit Genüge getan und gezeigt, daß böse Taten sich eben doch nicht auszahlen. Ein solcher Schluß erfreut und erleichtert die Leser, hat aber einen eklatanten Mangel: Er ist nur in Märchen zu haben. Flöten fangen nun einmal nicht von selbst an zu singen. Und ein Mann, der sich schon als Junge kaltblütig einer Konkurrentin entledigte und ohne Rücksicht darauf, daß es sich dabei um seine eigene Schwester gehandelt hat, verliert als König, der alle Macht in Händen hält, nicht plötzlich derart die Contenance und fällt vor Schreck von seinem Thron. Vor Scham und Schande ist er auch nicht gestorben, denn allein darum ist noch niemand tot umgefallen. Solche märchenhaften Wunder sind allerdings für Geschichten wie diese unumgänglich, denn nur dadurch lassen sie sich ertragen. Wenn schon nicht das Gute siegt, wenn eine reizende, kleine Prinzessin, ein sanftmütiger Bruder sterben muß, so ist es unabdingbar, daß am Schluß Recht und Gerechtigkeit siegen und die Bösen entsprechend bestraft werden, je grausamer, desto besser.

In Wirklichkeit hätte der kleine Prinz fröhlich weiterregiert, und der böse ältere Bruder wäre nach dem Tod seines Schwiegervaters König geworden. Die Machenschaften dieser Märchenhelden mögen verbrecherisch sein, sind aber äußerst zweckdienlich. Auch außerhalb der Märchenwelt sind sie oft genug von Erfolg gekrönt gewesen, wie ein Blick in jedes Geschichtsbuch lehrt. Auf ähnliche Weise sind allerorten Throne und Reiche erobert worden, und etliche, die dem Machtstreben eines anderen im Wege standen, sind gewaltsam ums Leben gekommen, manch einer durch die Hand des eigenen Bruders. Und im Märchen wie im Leben sind solche gewalttätigen Machtkämpfe nahezu ausschließlich Männersache gewesen.

Das heißt jedoch nicht, allein Männer hätten Unbarmherzigkeit und Gewalttätigkeit für sich gepachtet. Diese Eigenschaften finden sich in kaum geringerem Maße auch beim weiblichen Personal der Märchen und Mythen. Man denke nur an die vielen mörderischen Stief- und Schwiegermütter oder an die berüchtigte Frau Trude, die ein Kind ins Feuer wirft und sich dann auch noch genüßlich die Hände daran wärmt (KHM 43). Im schottischen Märchen von den zwei Schwestern spricht die eine zur anderen: «Tritt her auf den grauen Stein! / Ich will dir waschen die Füßlein fein.» Statt dessen stößt sie sie ins Meer und läßt sie ertrinken, damit sie deren Bräutigam heiraten kann, was sie auch mit Vergnügen tut, und sie zeigt so wenig Reue wie die mordenden Märchenbrüder.

Der Unterschied zwischen Märchenmännern und Märchenfrauen sind die Beweggründe ihrer Gewalttaten! Die skrupellosen Heldinnen der Märchen und Mythen morden aus Haß, Rache, Eifersucht, gekränkter Eitelkeit oder eines Mannes wegen – keine einzige aber wegen eines Zepters oder Purpurmantels! Die mörderischen Brüder hingegen wollen den Thron, die Krone, das Reich. Ihnen geht es um Macht und Herrschaft, und da hört für sie jegliche Brüderlichkeit auf.

So ist es auch im Märchen *Das Wasser des Lebens* (KHM 97). Der König ist unheilbar erkrankt, und allein das Wasser des Lebens kann ihn retten. Der älteste Sohn sagt sich: «Bringe ich das Wasser, so bin ich meinem Vater der liebste und erbe das Reich.» Er macht sich auf den Weg und begegnet binnen kurzem einem Zwerg, der ihn nach seinem Woher und Wohin fragt. Der Prinz erklärt ihm «ganz stolz», wie es heißt, das brauche er nicht zu wissen, und geht seiner Wege. Er kommt nicht weit, denn seine abweisende Antwort hat den Zwerg wütend gemacht, und darum verwünscht er ihn in eine Schlucht, aus der es keinen Ausweg gibt. Vergeblich wartet der König auf die Rückkehr seines Ältesten.

Der zweite Sohn denkt: Ist mein Bruder tot, so fällt mir das Reich zu, wenn ich das Wasser des Lebens besorge, und er zieht seinerseits los. Den Zwerg behandelt er genauso und landet ebenfalls in der Schlucht. «So geht's aber den Hochmütigen», verurteilt das Märchen die beiden.

Sie sind die Bösen, die Antihelden der Geschichte, und werden dementsprechend behandelt: An ihnen wird kein gutes Haar gelassen. Den moralischen Maximen dieses Märchens entsprechend, wird ihnen schon übelgenommen, daß sie auf ihren Vorteil bedacht sind. Wollte man aber jeden zum Schurken stempeln, der das ist, müßte man die Mehrheit der Menschen verdammen – und nicht nur die männlichen Vertreter unserer Art.

Der Zwerg hingegen gehört hier zur Kategorie der Guten, ist

das nette «kleine Männchen», und was er tut, ist wohlgetan. Ihm wird nicht angelastet, daß er sogleich wütend wird, nur weil die Prinzen ihm nicht Rede und Antwort stehen, und es erscheint als sein gutes Recht, sie für etwas, was schlimmstenfalls eine Unfreundlichkeit ist, zu verwünschen und einzusperren. Darüber hinaus darf er von ihnen behaupten, sie betrügen sich unziemlich, seien übermütig, kalt und falsch. Bis zu diesem Zeitpunkt sind die beiden dieses alles nicht.

Das Märchen ist parteiisch, moralisch voreingenommen, und das verstellt den Blick sowohl auf den Zwerg wie auf die beiden bösen Brüder, die alle drei interessante Vertreter ihres Geschlechts sind. Die Brüder werden an dieser Stelle zu Unrecht abgewertet und herabgesetzt, denn es ist weder unziemlich noch übermütig und schon gar nicht ein Zeichen von Falschheit, nicht jedermann gleich Rede und Antwort zu stehen; und auch von Hochmut und Stolz kann bei ihnen keine Rede sein. Warum sollten sie irgendeinen neugierigen Fremden ohne weiteres in ihre Pläne einweihen? Die sind schließlich von ganz besonderer Art und würden außerdem tiefen Einblick in die Verhältnisse bei Hofe geben. Was geht es einen Unbekannten an, daß der König des Landes im Sterben liegt und nur das Wasser des Lebens ihn retten kann? Kenntnis davon zu haben könnte für den Vater wie für das Reich böse Folgen haben. Also sind sie diskret, vermeiden Vertraulichkeiten, und wenn es für sie nicht opportun ist, zeigen sie sich nicht sonderlich verbindlich.

Der Zwerg ist für sie ein Knirps, den sie nicht auf der Rechnung haben. Vermutlich schließen sie von seiner Größe auf seine Bedeutung. Wie so manche nach Macht strebende Männer unterschätzen sie Leute und behandeln sie schlecht, die nicht durch äußere Zeichen ihre Wichtigkeit erkennen lassen. Aber auch das stempelt sie nicht zu Schurken, es gibt viele wie sie.

Der Zwerg gehört zu jener Art von Männern, die gewürdigt werden wollen und alle verunglimpfen, die dies nicht oder in nicht ausreichendem Maße tun. Leute wie er sind nicht zwangsläufig böse, aber es empfiehlt sich, vorsichtig mit ihnen umzugehen, denn sie neigen dazu, es denen heimzuzahlen, die ihnen nicht gebührend Achtung schenken. Die beiden Ältesten haben diese Vorsicht vermissen lassen, was fraglos ein Fehler gewesen ist.

Als dritter zieht der Jüngste los und verhält sich ganz anders. Ohne weiteres vertraut er dem Zwerg und erzählt ihm alles. Der lobt ihn dafür, bescheinigt ihm gutes Betragen, und gleichsam zum Lohn für sein Wohlverhalten sagt er ihm, wo das Wasser des Lebens zu finden sei, und versieht ihn mit zauberischen Mitteln, mit deren Hilfe er Schwierigkeiten überwinden und Gefahren von sich abwenden kann. Außerdem erteilt er ihm einen Rat: Er solle sich vor seinen Brüdern hüten, die hätten ein böses Herz. Er warnt ihn zu Recht, wie es der weitere Verlauf der Geschichte erweist.

Hier zeigt sich der Zwerg von seiner anderen Seite. Wer seinen Bedürfnissen entgegenkommt, ihn respektiert und ihm Vertrauen schenkt, dem hilft er und den unterstützt er, und das vermag er auf äußerst wirkungsvolle Weise zu tun, denn er verfügt über besondere Fähigkeiten und Einsichten. Viele Zwerge der Märchen und Sagen verkörpern diese Qualitäten. Sie verfügen über uralte Erfahrungen und besitzen dadurch eine Macht, die nichts mit Herrschaft zu tun hat. Einen Mann wie ihn zum Feind zu haben kann verhängnisvoll sein, als Freund hingegen kann er einem unschätzbare Dienste leisten.

Das zeigt sich am Jüngsten: Weil er dem Zwerg vertraut hat und seinem Rat gefolgt ist, gewinnt er das Wasser des Lebens. Nach üblichen Maßstäben hat er sich falsch verhalten, was aber in diesem Fall genau richtig gewesen ist. Seine Brüder hingegen haben sich von durchaus vernünftigen Überlegungen leiten lassen, aber gerade dadurch schwere Fehler begangen. Vor allem haben sie den Zwerg verkannt, weil ihnen aufgrund ihrer eingeengten Sichtweise der Sinn für Wesen wie ihn fehlt und sie überdies nicht in der Lage sind, etwas Besonderes und Außergewöhnliches zu erkennen, wenn es ihnen begegnet – auch dann nicht, wenn es ihnen von großem Nutzen sein könnte. Sie sitzen nun fest und sind aus dem Rennen, während dem ihrer Meinung nach dummen und unfähigen Bruder alles gelingt. Manche in ähnlicher Weise von sich und ihren Fähigkeiten fest überzeugte Männer werden gelegentlich auch von jemandem überrundet, den sie nicht im Traum für einen ernsthaften Konkurrenten gehalten haben.

Der Märchenheld ist so ein Mann. Er richtet sich nicht nach üblichen Maßstäben und hat eine ganz eigene Art, zu handeln und sich zu verhalten. So kehrt er nicht lediglich mit dem Wasser des Lebens zurück; das allein genügt ihm keineswegs. Er will nicht ohne seine Brüder zum Vater nach Hause kommen und bittet den Zwerg, sie freizulassen. Der rät ihm ab und warnt ihn abermals, aber dieses Mal hört er nicht auf ihn, bittet so lange, bis er die beiden aus der Schlucht befreit.

Er gehört zu denen, die Gutes tun und von andern zumindest nichts Böses erwarten. Wie wir mehrfach gesehen haben, leben solche Brüder gefährlich und sterben oftmals jung. Gut-Sein, so scheint es, hat seine Tücken. Wer dazu noch arglos und naiv ist wie dieser jüngste Bruder, spielt wahrhaftig mit seinem Leben. Wäre er nach seiner guten Tat wenigstens gescheit genug gewesen, seinen Mund zu halten, aber er hält ihn nicht. Genau wie der Held aus dem Märchen vom singenden Knochen erzählt er seinen Brüdern haarklein alles, was er erlebt hat, vor allem aber, daß er das Wasser des Lebens besitzt. Und folglich geht es ihm um nichts besser: Ungeachtet dessen, daß sie ihm ihre Befreiung aus der ausweglosen Schlucht verdanken, beschließen seine Brüder, ihn zu verderben. Sie sind überzeugt, ihnen gebühre das Reich, und wollen sich von ihm ihr Glück nicht nehmen lassen.

Das war zu erwarten. Nun heißt es aber, ihre Rachsucht habe sie dazu getrieben, und man fragt sich, was das soll, denn wofür sollten sie sich rächen wollen? Sie werden hier unverdient schlechtgemacht. Sie erstreben nur eines: das väterliche Erbe anzutreten. Um dieses Ziel zu erreichen, ist ihnen, wie schon etlichen Brüdern vor ihnen, jedes Mittel recht; darüber hinausgehende Gefühle leiten sie nicht, persönlich haben sie nichts gegen ihren Bruder. Warum sollten sie auch?

Sie stehlen ihm das Wasser des Lebens, als er schläft, und ersetzen es durch bitteres Meerwasser. Der König trinkt davon, wird noch kränker, und sie können nun als Retter in der Not auftreten: Sie geben ihrem Vater vom rechten Wasser des Lebens, woraufhin er sofort gesund wird und so stark wie in seinen jungen Jahren. Den Bruder klagen sie an, er habe den König vergiften wollen. Auch das tun sie nicht, um ihm einen Tort anzutun, sie wollen nur den lästigen Konkurrenten loswerden. Der Vater glaubt ihnen ohne weiteres, aller Anschein spricht schließlich für die Richtigkeit ihrer Beschuldigung, und er handelt so, wie es die beiden erhofft haben: Er stellt seinen jüngsten Sohn vor das königliche Gericht, das ihn zum Tode verurteilt.

So funktioniert männliche Machtpolitik – und nicht nur im Märchen. So mancher wird das Opfer ähnlicher Strategie und Taktik, vergleichbarer Intrigen, auch wenn es ihn nicht gleich das Leben kostet, jedenfalls nicht das physische, gelegentlich aber das politische oder seine Stellung. Der Märchenheld hat nicht glauben mögen, daß Menschen so skrupellos sein können, und schon gar nicht seine Brüder. Sie selbst sind es, die ihm klarmachen, wie sehr er sich getäuscht hat, und ihm eine entsprechende Lehre erteilen: Er habe zwar das Wasser des Lebens gefunden und die Mühe gehabt, sie aber den Lohn, stellen sie fest und setzen hinzu, er hätte eben klüger sein müssen und die Augen offenhalten sollen.

Sie sind keine guten Brüder und alles andere als brüderlich, das ist wahr, aber sie haben recht: Er hat die Lage verkannt, und er hat sich nicht gescheit verhalten. Er hätte seine Brüder lassen sollen, wo sie waren, das wäre klug gewesen. Er schlug aber den Rat des Zwergs in den Wind, und das war dumm. Die Augen hielt er auch nicht offen, und er war zu vertrauensselig und zu geschwätzig. Er wäre besser in seinem Kämmerlein sitzen geblieben, wie es sein Vater gewollt hat, dann wäre ihm nicht das mindeste passiert. Aber er hat nicht auf ihn gehört und ihn so lange gebeten, bis er ihn hat gehen lassen. Dadurch ist er in die fatale Lage gekommen, mit seinen Brüdern zu konkurrieren. Nichts lag ihm ferner, aber was spielt das für eine Rolle? Gewollt oder nicht gewollt, wurde er seiner Brüder Rivale und bekommt nun die Härte und Unerbittlichkeit männlichen Konkurrenzkampfes zu spüren, dem er um ein Haar zum Opfer gefallen wäre.

Tatsächlich geschieht ihm nichts, und er obsiegt am Ende. Er ist, so scheint es, ein Glückspilz, und zwar von Anfang an: Nachdem ihm der Zwerg den Weg gewiesen hat, gelangt er in das verwunschene Schloß, in dem sich der Brunnen mit dem Wasser des Lebens befindet, und damit nicht genug, begegnet ihm dort als erstes eine wunderschöne Prinzessin und küßt ihn. Er habe sie erlöst, sagt sie, verspricht ihm ihr Reich und daß sie mit ihm in einem Jahr Hochzeit halten wolle. Danach erklärt sie ihm, wo er den Brunnen mit dem Wunderwasser findet, er müsse sich aber eilen und, bevor es zwölf schlage, daraus schöpfen, sonst werde es ihm schlecht ergehen. Er geht auch los, kommt aber nicht weit, nur bis zu einem frisch gemachten Bett. Er legt sich hinein, so heißt es, und schläft erst einmal ein Weilchen. Man möchte es nicht für möglich halten, denn so dumm kann selbst der Dümmste und der Gutwilligste nicht sein – und das ist er auch nicht gewesen.

Diese Stelle des Märchens ist das Ergebnis einer Zensur. Das einzige, was an dieser Szene stimmt, ist das frisch bezogene Bett. Weder stand es irgendwo unmotiviert herum, noch war es leer. Die schöne Prinzessin lag darin, und der Prinz hat sich zu ihr gelegt. So ist es sowohl in einer paderbörnischen Variante des Märchens zu lesen (Brüder Grimm, Anmerkungen, Nr. 97) als auch in *Vogel Phönix* aus Wilhelm Wissers «Plattdeutschen Volksmärchen». Auch sonst hat in vergleichbaren Situationen kein einziger Märchenheld, und sei er auch noch so gut gewesen, eine solche Gelegenheit ungenutzt vorübergehen lassen. So ist es auch hier: Die liebliche, ihm so wundervoll zugetane Prinzessin, läßt den Jüngling in diesem Augenblick das Wasser des Lebens und alles andere vergessen. Das mag nicht vernünftig gewesen sein, aber in Situationen wie diesen sind Männer selten vernünftig, was im nächsten Kapitel ausführlich belegt werden wird. Was wäre außerdem das Leben, würde man stets nur nach vernünftigen Gesichtspunkten handeln? Immerhin verliert unser Held nicht ganz und gar seinen Kopf, reißt sich gerade noch rechtzeitig aus den Armen der Prinzessin, rennt los, holt das Wasser und entkommt durch das sich eben schließende Tor, das ihm allerdings ein Stück seiner Ferse abschlägt – ein Denkzettel, den er verdient hat.

Das erste Mal ist er glimpflich davongekommen, nun aber sieht er seiner Hinrichtung entgegen, und das ist bitter. Er ist jedoch an dieser Entwicklung nicht unschuldig, hat er doch durch sein Verhalten regelrecht dazu herausgefordert, belogen und betrogen und hintergangen zu werden. Seine sonstige Ausstattung macht auch nicht den Eindruck, für den Lebenskampf sonderlich geeignet zu sein, und wer hätte ihm die geringsten Chancen gegenüber seinen Brüdern eingeräumt? – Nicht einmal der eigene Vater.

Bis hierher scheint klar, wer der erfolgversprechendere Typ von Mann ist, aber nun kommt die Wende, und das Bild ändert sich: Der Jüngste muß nicht sterben. Auf Befehl des Königs soll ein Jäger ihn erschießen, der bringt es jedoch nicht fertig. Genauso ist es einer berühmten Märchenheldin ergangen, nämlich dem schönen Schneewittchen, und das mag kein Zufall sein. Damit soll dem Prinzen nicht unterstellt werden, er habe mädchenhafte Züge, aber ein Mann wie seine Brüder ist er eben auch nicht. Nicht zuletzt darum mag man ihn. Weil er ihn mochte, konnte der Jäger ihn nicht umbringen, und er geht sogar noch einen Schritt weiter, tauscht mit ihm die Kleider, und der Prinz kann entkommen. Der Jäger hilft ihm, wie schon der Zwerg und die Prinzessin ihm geholfen haben. Dieser Jüngste ist wie viele der dritten Märchensöhne ein Mann, dem man hilft. Das zeichnet ihn, unter anderem, aus und erweist sich als weit nützlicher und wertvoller als seiner Brüder Skrupellosigkeit. Wo wären sie denn ohne ihn? Sie säßen immer noch in der Schlucht. Sie mögen sich logisch, zweckmäßig und gerissen verhalten haben, aber schließlich ist es der Erfolg, der entscheidet, und der blieb ihnen versagt. Ihr Bruder hingegen erscheint hoffnungslos ungeeignet für diese Welt und wirkt wie ein Versager, aber ausgerechnet ihm gelingt, was seine sich ach so überlegen dünkenden Brüder glaubten, ohne weiteres erreichen zu können: Er gewinnt das Wasser des Lebens und die schöne Prinzessin obendrein, sie aber hatten nicht die geringste Chance.

Nur eine erkennt von Anfang an den wahren Wert dieses bemerkenswerten Jüngsten: die Prinzessin. Frauen verfügen eben über Fähigkeiten, die dem Manne abgehen. Das zeigten schon Gretel und Schwesterchen. Die Prinzessin ist auch ganz sicher, ihren weltfremden und wirklichkeitsfernen Bräutigam in einem Jahr wohlbehalten wiederzusehen. Sie hat eine goldene Straße bauen lassen und angeordnet, nur denjenigen einzulassen, der auf ihr entlangreite. Zunächst naht sich Bruder Nummer eins und gedenkt, ihr Reich einzukassieren. Er meidet jedoch die wunderbar glänzende Straße, weil es ihm jammerschade erscheint, darauf zu reiten. Er wird zurückgeschickt, und genau so ergeht es dem zweiten Bruder. Nun kommt der Jüngste, und vor lauter Vorfreude auf die schöne Prinzessin nimmt er die goldene Straße gar nicht wahr, reitet, ohne es zu merken, auf ihr entlang bis zum Tor, das sich einladend für ihn öffnet. Ein Träumer ist er auch noch, aber das stört weder seinen Erfolg noch sein Glück, und der Liebe tut es ebenfalls keinen Abbruch – ganz im Gegenteil: Mit großer Freude und offenen Armen wird er als der rechte Mann und Bräutigam von der Prinzessin empfangen. Er sei ihr Erlöser und der Herr des Königreichs, eröffnet sie ihm, und mit großer Glückseligkeit wird Hochzeit gehalten. Seine Brüder hingegen sind erledigt. Ihre Machenschaften fliegen auf, und sie fliehen, bevor man sie hängen kann.

Die jüngsten Märchensöhne zeigen nicht viel her, sind weder groß noch stark, manchmal nicht größer als ein Daumen. Sie erscheinen naiv und arglos, sie sind Träumer, und viele, so scheint es, machen falsch, was nur falsch zu machen ist. Entsprechend ist ihr Ansehen: Niemand nimmt sie für voll, die Eltern nicht und schon gar nicht die Brüder. Sie werden gering geachtet, oftmals Dummling genannt und nicht selten ausgelacht. Am Ende sind indes stets sie es, die zuletzt lachen und sich allen anderen als überlegen erweisen. Wie machen sie das? Man hilft ihnen, gewiß, aber das allein erklärt nicht ihre Erfolge. Der jüngste Bruder aus dem Grimmschen Märchen Nr. 57, *Der goldene Vogel*, führt uns vor, auf welche Weise es ihm wider jedes Erwarten und gegen die Konkurrenz seiner beiden klugen und hoch angesehenen Brüder gelingt, die schwierigsten Aufgaben zu meistern und dadurch ein Königreich und das Herz einer schönen Prinzessin zu gewinnen.

Ferner trägt das Märchen einiges zum Verständnis dafür bei, warum seine Brüder scheitern. Sie sollten verhindern, daß vom Baum im königlichen Lustgarten goldene Äpfel gestohlen werden. Statt aber zu wachen, sind sie eingeschlafen. Der dritte Sohn des Königs will die Aufgabe übernehmen, doch der Vater meint, er werde noch weniger als seine Brüder ausrichten. Das ist eine Fehleinschätzung, denn sein Jüngster mag ein Träumer sein, ist aber alles andere als eine Schlafmütze. Als um Mitternacht ein goldener Vogel einen Apfel raubt, schießt er mit einem Pfeil nach ihm, trifft auch, dennoch entkommt das Tier, aber eine seiner goldenen Federn fällt zu Boden.

Die Feder, so erweist sich, hat einen größeren Wert als das gesamte Königreich, woraufhin der König den ganzen Vogel begehrt. Er schickt nun nicht etwa seinen Jüngsten, ihn herbeizuschaffen, sondern seinen Ältesten. Der baut wiederum auf seine Klugheit und ist sicher, den goldenen Vogel zu finden. Unterwegs legt er mit seiner Flinte auf einen Fuchs an. Der bittet um sein Leben und bietet dafür einen guten Rat: Wenn er den goldenen Vogel gewinnen wolle, solle er in das bescheidene Wirtshaus einkehren und nicht in das, in dem es laut und lustig zugehe. Den Ältesten kümmern die Worte nicht; er drückt seine Flinte auf den Fuchs ab, verfehlt ihn jedoch. In seinen Augen würde nur ein Dummling auf das Gerede eines albernen Tieres hören, und außerdem, so befindet er, wäre er wohl ein Narr, in ein lumpiges Wirtshaus einzukehren und das schöne links liegenzulassen. Man sieht, er ist ein Mann, der von sich überzeugt ist, der weiß, was er will, und handelt, wie er es für richtig hält. Damit verfügt er genau über jene Eigenschaften, die viele Leute für die richtigen und notwendigen erachten, um im Lebenskampf zu bestehen und erfolgreich zu sein. Demnach wäre er ein empfehlenswertes Modell des Männlichen, ebenso sein Bruder, der sich genauso verhält.

Das Märchen lehrt etwas anderes: Die beiden scheitern und enden schließlich am Galgen. Es gibt darüber hinaus zu Vermutungen Anlaß, warum es zu dieser Negativkarriere kommt, wobei die Umstände, die dazu führen, heutzutage kaum jemals für Versagen und Mißerfolg verantwortlich gemacht werden: Das Ego der beiden ist zu sehr verhätschelt worden. Wie in so vielen dieser Drei-Brüder-Märchen hält jedermann die zwei älteren für gescheit, sie werden geschätzt und anerkannt, niemals gemaßregelt, und der Vater baut auf sie. Bei der ersten Aufgabe, die man ihnen anvertraut, versagen sie jedoch, und daraus hätten sie lernen können. Das aber tun sie nicht, denn niemand kritisiert sie wegen ihrer Verschlafenheit oder nimmt auch nur Anstoß daran, und obendrein betraut der Vater sie mit einer weiteren, weit schwierigeren Aufgabe. Tagtäglich erfahren sie also, daß sie den in sie gesetzten Erwartungen entsprechen, also großartige Söhne und demgemäß rechte Männer sind. Unter diesen Umständen müssen sie ganz einfach von sich überzeugt sein, es gibt für sie keinen Grund, an sich zu zweifeln, und ergo sind sie auch sicher, kraft ihrer Klugheit den goldenen Vogel zu finden. Das hindert sie indes nicht daran, in dem lustigen Wirtshaus «in Saus und Braus» und nur «ihren Lüsten» zu leben. Darob vergessen sie dann allerdings den Vogel, ihren Vater und dazu «alle guten Lehren». Sie vertun all ihr Gut, kommen auf die schiefe Bahn, und schließlich winkt ihnen nur noch der Galgen.

Den gibt es heute nicht mehr, aber genügend junge Leute, die, ähnlich verwöhnt wie die Märchenbrüder, sich zuviel auf ihre Klugheit einbilden, überzeugt sind, keines Rates zu bedürfen und handeln zu können, wie allein sie es für richtig halten. Auch von ihnen widersteht so mancher den Versuchungen nicht, die freilich heute oft von anderer Art sind, und glaubt, gefahrlos seinen Lüsten leben zu können. Ansonsten läuft die Sache weitgehend auf das gleiche hinaus: Genau wie die Märchenbrüder vergessen sie darüber alles, was das wirkliche Leben ausmacht, kommen wie jene auf die schiefe Bahn, ihr Geld werden sie ebenfalls los, und so mancher bleibt in dem, was er fälschlich für ein «lustiges Wirtshaus» gehalten hat, endgültig und für alle Zeiten auf der Strecke.

Dem jüngsten Bruder passiert derartiges nicht, was nicht heißt, Leute wie er seien gegen solche Versuchungen gefeit. Sie werden ihnen jedoch mit Sicherheit weit seltener erliegen. Nachdem auch sein zweiter Bruder nicht zurückgekehrt ist, will nun er sein Heil versuchen, aber der Vater ist dagegen. Es sei vergeblich, meint er, er werde den goldenen Vogel noch weniger finden als seine Brüder, stieße ihm ein Unglück zu, werde er sich nicht zu helfen wissen, und überhaupt fehle es ihm «am Besten». Es ist erstaunlich, aber wahr: Obwohl sein dritter Sohn mit Erfolg gewacht hat, den diebischen Vogel mit seinem Pfeil traf und dessen wertvolle Feder heimbrachte, wird er weiterhin verkannt. Genau so aber ergeht es diesen Jüngsten immer wieder, und das nicht nur im Märchen. So mancher Sohn, der ähnliche Züge wie sie erkennen läßt, macht gleichartige bittere Erfahrungen.

Schließlich darf des Königs Jüngster dennoch losziehen, und er trifft wie seine Brüder auf den Fuchs. Für ihn ist es eine Selbstverständlichkeit, nicht auf das sprechende Tier zu schießen. «Sei ruhig, Füchslein, ich tue dir nichts zuleid», sagt er und hört auf dessen Rat. Er hat eine andere Orientierung als seine Brüder, hat grundverschiedene Erfahrungen gemacht und besitzt folglich andere Maßstäbe. Sie haben getan, was in erster Linie ihren Interessen und Wünschen diente. Er tut, was der Aufgabe dient, die zu erfüllen er ausgezogen ist. Der kann es nur nützen, aber

keinesfalls schaden, wenn er auf einen guten Rat hört, auch
wenn es nur «ein albernes Tier» ist, das ihn erteilt. Er hat nicht
die Vorurteile seiner Brüder, und ihm macht es nichts aus, mit
einer einfachen Herberge vorliebzunehmen. Der Fuchs erweist
sich auch weiterhin als nützlich, denn von ihm erfährt der Jüngling, wo sich der goldene Vogel befindet und wie er in seinen
Besitz gelangen kann. Nur eines dürfe er nicht tun: ihn aus seinem hölzernen Käfig herausnehmen und in den goldenen Käfig
setzen, der leer daneben stehe, dann werde es ihm schlimm ergehen, mahnt ihn der Fuchs.

Alles klappt, wie es das offenbar kluge Tier vorhergesagt hat;
der Held findet den Vogel, kann aber dem goldenen Käfig nicht
widerstehen. Es sei lächerlich, den schönen Vogel in dem gemeinen und häßlichen Käfig zu lassen, befindet er, nimmt ihn und
setzt ihn in den goldenen. Der Vogel fängt mörderisch an zu
schreien, die Soldaten erwachen und packen den Eindringling.
Er wandert ins Gefängnis und wird am anderen Morgen zum
Tode verurteilt. Unter einer Bedingung will ihm der König allerdings das Leben schenken: wenn es ihm gelänge, das goldene
Pferd, das schneller als der Wind laufe, herbeizuschaffen. Zur
Belohnung würde er obendrein den goldenen Vogel erhalten.

Das ist besser, als gehängt zu werden, denkt der Prinz, macht
sich auf den Weg, ist aber traurig und seufzt, denn wo soll er das
goldene Pferd finden? Da stellt sich sein treuer Begleiter, der
Fuchs, wieder ein. Er macht ihm Vorwürfe, weil er seinen guten
Rat in den Wind geschlagen hat, sagt ihm aber, wie er das goldene Pferd bekommen könne. Er müsse nur darauf achten, dem
Tier den Sattel aus Holz aufzulegen, keinesfalls aber den goldenen, der daneben hänge. Das ist fürwahr leicht zu befolgen, und
nach der gemachten Erfahrung sollte man meinen, der Held
würde nun den Rat des Fuchses beherzigen, aber weit gefehlt:
Er macht den gleichen Fehler noch einmal. Verschändet würde
das schöne Tier durch den schäbigen Holzsattel, meint er, legt
ihm den goldenen Sattel auf und wird ein zweites Mal gefangen
und zum Tode verurteilt. Hier gleicht er seinen Brüdern, so an-

ders er ansonsten auch ist: Er lernt genausowenig wie sie aus seinen Fehlern.

Er bekommt eine dritte Chance: Schaffe er die schöne Königstochter vom goldenen Schlosse herbei, würde ihm das Leben geschenkt, und das goldene Pferd erhielte er zur Belohnung außerdem. Schweren Herzens macht er sich auf den Weg, aber der treue Fuchs läßt ihn auch weiterhin nicht im Stich, obwohl er, wie er meint, ihn eigentlich seinem Unglück überlassen sollte. Er sagt ihm, wie er die schöne Jungfrau entführen könne, aber er dürfe keinesfalls dulden, daß sie von ihren Eltern Abschied nähme. Den Weisungen des Fuchses gemäß paßt er sie um Mitternacht am Badehaus ab, nimmt sie in den Arm und küßt sie. Wie es der Fuchs vorhergesagt hat, ist sie danach bereit, ihm zu folgen, möchte sich jedoch von ihren Eltern verabschieden. Er verwehrt es ihr. Sie bittet ihn, fleht ihn schließlich an, allein er bleibt hart und sagt nein. Da vergießt sie heiße Tränen – er widersteht. Dann aber fällt sie ihm schluchzend zu Füßen, und da bricht seine Widerstandskraft zusammen, er gibt ihr nach. Im selben Augenblick stürzen die Wachen herein, und er wandert abermals ins Gefängnis.

Er offenbart hier eine charakteristische männliche Schwäche: Welcher Mann kann schon weiblichem Bitten und Flehen und weiblichen Tränen widerstehen? Held, der er ist, ist ihm dies sogar gelungen. Aber standhaft zu bleiben, wenn eine schöne Jungfrau einem weinend zu Füßen liegt, geht über fast jeglichen Mannes Vermögen. Es gibt nur wenige Geschichten, in denen ein Mann einer solchen weiblichen Attacke standgehalten hätte, und nur ein einziger Märchenheld ist in einer vergleichbaren Situation unerbittlich geblieben: Blaubart. Wir kommen auf ihn zurück.

Im Fall der Königstochter kann man, denke ich, dem Helden mildernde Umstände zubilligen, was aber hat ihn bewogen, in den anderen beiden Fällen entgegen den Mahnungen des Fuchses zu handeln? Warum um alles in der Welt bringt er es weder fertig, den Vogel in seinem Holzkäfig zu lassen, noch dem Pferd den schäbigen Sattel aufzulegen? Er ist der Meinung gewesen, ein so schöner Vogel passe nicht in einen «gemeinen und häßlichen Käfig», und auf ein kostbares Pferd gehöre ein kostbarer Sattel. Nun gut, aber dafür sein Leben riskieren? Er tut es – eigensinnig, unbelehrbar und ohne Rücksicht auf die zumindest im zweiten Fall absehbaren Folgen. Es mag dafür so manche Erklärung geben, eine ist: Er verfährt so, weil er ein Mann ist, denn welcher Frau würde es einfallen, sich so wie er zu verhalten? Jedenfalls gibt es keine einzige Märchenheldin, die etwas Vergleichbares fertiggebracht hätte.

Er hat Glück, wie es Leute wie er erstaunlicherweise immer wieder haben. Auch dieses Mal kommt er davon, sogar samt der schönen Königstochter. Die hat er allerdings verpfändet. Er muß sie ausliefern, wird aber für sie das goldene Pferd bekommen und für das Pferd den Vogel erhalten, und damit wäre seine Aufgabe erfüllt.

Der Fuchs sieht die Sache anders. Er zieht nicht einmal in Erwägung, die Prinzessin auszuliefern, und auch auf das Pferd solle der Prinz mitnichten verzichten, denn, so argumentiert er, «zu der Jungfrau aus dem goldenen Schloß gehöre nun einmal das goldene Pferd», und er befindet, der Prinz müsse alles bekommen: die Jungfrau, das Pferd und den goldenen Vogel. Unserem Helden ist das sehr recht, aber er wußte nicht, wie das zu schaffen sei. Der Fuchs sagt es ihm, sein Schützling handelt dementsprechend und verzichtet dieses Mal auf ebenso unvernünftige wie gefährliche Alleingänge. Er begibt sich mit der Prinzessin zum König, der ihn nach dem goldenen Schloß geschickt hat, und dort herrscht unglaubliche Freude über die Jungfrau. Gern übergibt man ihm das Pferd, er sitzt auf, verabschiedet sich von allen per Handschlag, zuletzt von der Prinzessin. Die aber zieht er mit einem Schwung zu sich hinauf in den Sattel, gibt dem windschnellen Pferd die Sporen und sprengt auf Nimmerwiedersehen davon.

Allein reitet er zum nächsten König, die Prinzessin hat er vor dem Schloßtor absitzen lassen. Auch hier erregt seine Ankunft große Freude, und gern will man ihm den Vogel übergeben. Er begehrt aber, das Tier zu prüfen, bevor er sich von dem Pferd trennt, und läßt sich den goldenen Vogel heraufreichen. Kaum hat er ihn in der Hand, jagt er davon, nimmt draußen die Prinzessin auf, und damit ist auch dieser Coup gelungen. Glücklich und zufrieden macht er sich auf den Heimweg. Da bittet ihn der Fuchs, ihn totzuschießen, sonst müsse er ihn verlassen. Der Jüngling weigert sich, wer wollte es ihm verdenken. «Das wäre eine schöne Dankbarkeit», sagt er. Der Fuchs verabschiedet sich, gibt ihm aber noch zwei Ratschläge mit auf den Weg: Er solle kein Galgenfleisch kaufen und sich nicht auf einen Brunnenrand setzen. Der Prinz hört abermals nicht auf ihn, oder er nimmt den Fuchs noch immer nicht ausreichend ernst, jedenfalls kauft er seine Brüder vom Galgen los und setzt sich auch auf einen Brunnenrand. Sie stoßen ihn hinunter, ziehen dann heim zum Vater und geben sich als diejenigen aus, die Vogel, Pferd und schöne Jungfrau erbeutet haben. Aber das Pferd frißt nicht, der Vogel pfeift nicht, und die Jungfrau sitzt nur da und weint.

Der Jüngste ist auf weiches Moos gefallen, der Fuchs befreit ihn aus dem Brunnenschacht und warnt ihn vor den Brüdern. Sie hätten rings um das Schloß Wachen aufgestellt mit dem Auftrag, ihn zu töten, wenn er sich sehen ließe. Ohne den Fuchs wäre der Jüngling arglos in sein Verderben gelaufen, nun sieht er sich vor. Als alter Mann verkleidet gelangt er ins Schloß, und sofort ändert sich die Szenerie: Das Pferd frißt, der Vogel singt, die Prinzessin erkennt ihn, fällt ihm um den Hals und erzählt, was wirklich geschehen ist. Die gottlosen Brüder werden hingerichtet, der Prinz aber wird mit der schönen Prinzessin vermählt und zum Erben des Königs bestimmt.

Wunderbar, ein schönes Happy-End, aber wie glaubhaft ist der Erfolg des Helden? Er überlebt doch nur und erreicht seine Ziele, weil ihm ständig ein Zaubertier hilfreich zur Seite gestanden ist. Wer aber verfügt schon über einen so wunderbaren Fuchs, der stets mit Rat und Tat und nützlichen Ideen zur Stelle ist? Das Leben ist schließlich kein Märchen. Das ist wohl wahr, aber die Geschichte ist nur halb so märchenhaft, wie sie erscheint. Sagt man nicht von einem Menschen, der handelt, wie es der Märchenfuchs dem Helden empfiehlt, er sei ein schlauer Fuchs, ein alter Fuchs oder gar, er sei ausgefuchst? Die Tiere im Märchen entstammen in der Regel nicht der Zoologie, sondern einem höchst menschlichen Bestiarium.

Der Fuchs verkörpert eine bestimmte Seite der drei Brüder, wobei das Märchen trennt, was in Wirklichkeit eines ist. Es verlegt eine innere Instanz nach außen und personifiziert sie als Fuchs. Allein die Tatsache, daß der Fuchs genau weiß, worauf die Brüder aus sind, zeigt, daß er kein Außenstehender sein kann. Er ist Teil der Brüder, ihr Alter ego gewissermaßen, das sich als innere Stimme bemerkbar macht. Auf die kann man hören oder es bleibenlassen. Die beiden älteren lassen es bleiben. Sie geben nichts auf innere Stimmen und verlassen sich allein auf ihre Klugheit. Sie ahnen vermutlich nicht einmal, daß es einen solchen Zugang ins eigene Innere überhaupt gibt. Ganz anders der Jüngste. Wie so viele, die als Träumer verschrien sind, hat er sich ein offenes Ohr ins eigene Innere bewahrt. Das ist seine Stärke und nicht zuletzt das Geheimnis seines Überlebens wie seiner Erfolge.

Das Märchen endet nicht mit der Hochzeit, sondern damit, daß der Held den Fuchs totschießen und ihm den Kopf abschlagen muß, aber das ist symbolisch zu verstehen. Der Fuchs stirbt lediglich in seiner nunmehr überholten tierischen Erscheinungsform, was unumgänglich ist, denn der Jüngste kann schließlich nicht ständig in Begleitung eines Tieres durchs Leben gehen. Indem er den Fuchs erschlägt, macht er ihn sich zu eigen; er integriert ihn. Was bis dahin ein Tier gewesen ist, wird fortan in seinem seelischen Haushalt als innere Instanz weiterleben, als sechster Sinn, Intuition, magischer Helfer – oder wie immer sonst man dieses Phänomen nennen mag, und dazu als Gegengewicht zu seiner Arglosigkeit, Naivität und Blauäugigkeit. Seinem Wesen wird gewissermaßen ein fuchsisches Element hinzugefügt. Genau das hat er gebraucht, und so schließt das Märchen denn auch mit der Feststellung, dem Jüngling fehle nun nichts mehr zu seinem Glück.

Die beiden Älteren sind die Bösen der Geschichte, und an ihnen wird kein gutes Haar gelassen. Der Jüngste hingegen ist der unangefochten und unzweifelhaft Gute, aber so simpel ist die Sache nicht, die Moral ist relativ. Die listenreichen Tricks, die er anwendet, lernt man so wenig in der Sonntagsschule wie die Methoden, deren sich die beiden älteren Brüder bedienen. Die von ihm so geschickt übers Ohr gehauenen Könige werden ihn gewiß nicht für einen Ausbund an Tugend halten und sein Loblied singen. Zuviel Gut-Sein wäre ohnedies kaum empfehlenswert, schwebte man doch ständig in Gefahr, von den weniger Guten an die Wand gedrückt zu werden und möglicherweise als Toter unter einer Brücke zu enden. Auf der anderen Seite zahlt sich zuviel Schlecht-Sein genausowenig aus, kann, wie die Geschichte zeigt, gleichermaßen zu lebensgefährlichen Konsequenzen führen. In Wahrheit läuft es darauf hinaus, daß die einen wie die anderen ihre Stärken und Schwächen haben, mehr oder weniger gut sind, und sie können sowohl scheitern und untergehen als auch siegen und erfolgreich sein.

Der Weg, den der Jüngste geht, ist sowohl ungewöhnlich wie auch schwieriger und wird daher weniger begangen. Aus diesem Grunde wird man damit rechnen müssen, im Leben weit häufiger auf Männer vom Schlage der älteren Brüder zu treffen. Wohl dem, der dann über einen Fuchs verfügt, der ihn davor bewahrt, von solchen Leuten ausmanövriert oder gar ausgestochen zu werden.

Wo Brüderlichkeit endet, wie Gewalt eskaliert, und welche Rolle eine Frau dabei spielt

Der Ranzen, das Hütlein und das Hörnlein, KHM 54

Im folgenden Brüdermärchen fehlt die moralische Dimension, stehen nicht die Guten den Bösen gegenüber. Das Schicksal der drei Brüder nimmt ohne Wertung seinen bezeichnend männlichen Lauf. Sie ziehen hinaus in die Welt, und allein das ist schon spezifisch männlich. Es sind stets die Brüder, die diesen Drang nach draußen haben. Gretel und Schwesterchen wollten nicht fort, und die meisten anderen Märchenheldinnen bleiben auch lieber zu Haus. Wenn sie Heim und Herd verlassen, dann meist einer Not gehorchend: um ihre Brüder zu erlösen (*Die sieben Raben*), den verlorenen Geliebten zu suchen (*Jungfrau Maleen*), um dem Vater zu entkommen, der sie verfolgt (*Allerleirauh*). Nur so, lediglich um ihr Glück zu probieren, zieht keine Schwester fort.

Genau das tun jedoch die drei Brüder aus dem Märchen *Der Ranzen, das Hütlein und das Hörnlein* (KHM 54). Es ist hier nicht sehr bekannt geworden, weil es kein eigentliches Kindermärchen ist und kein glückliches Ende hat. Dennoch ist es ein gewichtiges Märchen und dementsprechend verbreitet. Es gibt viele Fassungen dieser Geschichte, die in ganz Europa und in großen Teilen Asiens bekannt ist. Die Wurzeln des Märchens reichen weit in die Vergangenheit zurück. Zuerst tauchte es im 14. Jahrhundert auf (*Gesta Romanorum*), Hans Sachs schrieb 1554 einen Schwank ganz ähnlicher Art (*Der Landsknecht mit dem Esel*), und ein Motiv der Geschichte findet sich bereits in der Bibel (*Simson und Delila*, Ri 13–16). Varianten gibt es bei Bechstein (*Die Wunschdinger*), Musäus (*Rolands Knappen*) und in den deutschen Volksbüchern (*Fortunatus*). Vermutlich haben sich hauptsächlich Männer die Geschichte erzählt, und von einem Mann ist sie auch den Brüdern Grimm zugekommen: dem

Dragonerwachtmeister Johann Friedrich Krause, der dafür ein paar alte Hosen erhielt.

Die drei Brüder sind in Armut geraten, haben nichts Rechtes mehr zu essen, meinen, das könne so nicht weitergehen, und tun daraufhin, was eben stets nur Männern einfällt: Sie ziehen in die Welt, um ihr Glück zu suchen. Lange suchen sie vergeblich danach, dann aber kommen sie an einen Berg aus lauter Silber, und man möchte meinen, damit hätten sie ihr Ziel erreicht. Das aber trifft nur für den ältesten zu. Er nimmt sich vom Silber, so viel er tragen kann, und kehrt zufrieden nach Haus zurück. Die beiden anderen verlangen mehr vom Glück als bloßes Silber, rühren es nicht an und ziehen weiter.

Sie kommen an einen Goldberg, und das ist ein zweites, schier unglaubliches Wunder, zumal für jemanden, der in Armut geraten ist. Dennoch ist es nicht für beide das erhoffte Glück. «Was soll ich tun?» fragt sich der zweite Bruder, «soll ich mir von dem Golde so viel nehmen, daß ich mein Lebtag genug habe, oder soll ich weitergehen?» Er entscheidet sich schließlich für das Gold, füllt sich damit alle Taschen, sagt seinem Bruder Lebewohl und geht heim.

Den Jüngsten können Gold und Silber nicht reizen, er erhofft sich mehr als das von seinem Glück und zieht allein weiter, etwas noch Besseres zu finden. Er hat den Spatz in der Hand nicht gewollt und läßt nun auch die Taube fahren. Er setzt alles auf eine Karte, und die ist herzlich schlecht. Er spielt va banque, und auch das bringen lediglich Männer fertig. Gewiß spielen ebenfalls Frauen, aber doch niemals um Haus und Hof oder gar russisches Roulette! Nahezu ausschließlich Männer finden Gefallen daran, abenteuerliche Risiken einzugehen. Dafür gab schon Brüderchen ein Beispiel, als es den Jagdhörnern nicht widerstehen konnte. Schwesterchen konnte ihn nicht begreifen, und das ist nicht verwunderlich, denn keine Schwester, überhaupt keine Märchenheldin, läßt sich für nichts und wieder nichts auf unverantwortliche Wagnisse ein.

Der Märchenheld versucht sein Heil, indem er es aufs Spiel

setzt – und sein Leben obendrein, wie sich nur zu bald zeigt. Zumindest aus weiblicher Sicht ist das schiere Unvernunft, aber die legen Märchenhelden immer wieder an den Tag. Nicht zuletzt deshalb sind sie die Helden der Geschichte. Man mag vernünftige Männer für erstrebenswert halten, was aber wäre die Welt ohne die anderen?

Zunächst einmal ergeht es ihm schlecht, und man könnte sagen, das sei die Quittung für seinen Leichtsinn. In einem Wald ohne Ende droht er zu verschmachten. Das hat er riskiert, und er beklagt sich auch nicht oder fängt an zu jammern, steigt vielmehr auf einen hohen Baum, um sich umzuschauen. Aber auch von dort oben sieht er nichts als Bäume, und das reduziert seine eben noch so hohen Ansprüche auf ein Minimum. Er möchte nur noch ein einziges Mal seinen Leib sättigen können, wünscht er sich. Die Chancen dafür sind gleich Null, aber wider Erwarten und alle Wahrscheinlichkeit findet er unter dem Baum einen reichlich mit Speisen besetzten Tisch vor. Er hat jenes unvorhersehbare Glück, das manche Waghälse auch in Wirklichkeit oft haben, und ähnlich wie diese nimmt er das Leben, wie es gerade kommt, und macht sich keine unnützen Gedanken. Ohne zu fragen, wer das Essen gebracht und gekocht haben könnte, läßt er es sich schmecken. Danach stellt er erfreut fest, daß er die schöne Mahlzeit einem Tüchleindeckdich verdankt, und das ist ihm lieber als Silber und Gold, aber lange nicht genug, sich damit zufriedenzugeben und sich daheim zur Ruhe zu setzen. Angenehm gesättigt, wie er nun ist, sind seine alten Ansprüche ungeschmälert wieder erwacht. Die Not, in der er sich eben noch befand, hat ihn nicht verändert und ihn nichts gelehrt – er will weiter sein Glück versuchen.

Er kommt zu einem Köhler, der ihn einlädt, an seinem kargen Mahl, das nur aus Kartoffeln und Salz besteht, teilzunehmen. Der Märchenheld dankt ihm, sagt aber, er wolle ihm die Mahlzeit nicht wegnehmen, da er nicht mit einem Gast gerechnet habe, und lädt ihn seinerseits ein. Der Köhler macht große Augen, als das Tüchlein in Funktion tritt, langt dann aber mit

Vergnügen zu. Gesättigt schlägt er seinem Gastgeber einen Tausch vor. Er bietet ihm für das Tüchlein einen alten, unscheinbaren Soldatenranzen an, in dem jedoch wunderbare Kräfte stecken: Klopft man daran, kommen jedes Mal ein Gefreiter und sechs Mann mit Gewehren heraus und sind dem Ranzenbesitzer zu Diensten. Er habe dafür keine Verwendung mehr, meint der Köhler, könne indes das Tüchlein gut gebrauchen.

Die Naivität so vieler anderer Jüngster geht unserem Märchenhelden ab, und auch sein Gut-Sein hält sich in Grenzen. Er hat sofort begriffen, welche Chance sich ihm hier bietet, und handelt dementsprechend. Schlau wie ein Fuchs, so könnte man in Erinnerung an den Helden der letzten Geschichte sagen, tut er, was in solchen Situationen jeder gewiefte Händler tut: Er zeigt sich nur mäßig interessiert. Letztendlich willigt er jedoch mit den Worten «Wenn's nicht anders sein kann» in den Tausch ein, verabschiedet sich und geht. Kaum aber ist er mit seiner Beute außer Sichtweite, klopft er an den Ranzen und befiehlt den Soldaten, umgehend zum Köhler zu marschieren und sein Wunschtüchlein zurückzuholen. Er nennt es *sein* Tüchlein! Keine Sekunde hat er den Tausch ehrlich gemeint. Die Soldaten tun, wie ihnen aufgetragen, und bringen es ihm. Er steckt es höchst zufrieden wieder ein und ist nach diesem gelungenen Coup überzeugt, nun werde ihm sein Glück noch heller scheinen, und genau das tut es. Auf die gleiche Weise nimmt er einem zweiten Köhler ein abgegriffenes Hütlein ab. Dreht man es auf dem Kopf, schießen Kanonen, «schießen alles darnieder, daß niemand dagegen bestehen kann». Ein dritter Köhler verhilft ihm zu einem Hörnlein. Bläst man darauf, fallen Mauern und Festungswerke und schließlich Dörfer und Städte «übern Haufen».

Seine Ansprüche waren hoch, aber nun sind sie befriedigt, er hat sein Glück gefunden. Er sei jetzt ein gemachter Mann, befindet er und beschließt, heimzukehren und zu sehen, wie es seinen Brüdern geht.

Ein typischer jüngster Märchenbruder ist dieser Held nicht, man könnte ihn sogar einen Schurken nennen, der eigentlich in die Kategorie der Bösen gehörte. Wer aber hätte das je getan und empört das Märchenbuch zugeklappt? Von seinen Betrügereien abgesehen, ist er ja auch kein unfreundlicher Mann. Gastfreundlich lädt er die Köhler ein, und das ist keine Berechnung, denn zu der Zeit weiß er nichts von ihren Schätzen. Dann allerdings haut er sie gewaltig übers Ohr. Immerhin waren sie nicht wehrlos, hätten ihm ohne weiteres sein Tüchlein abnehmen können, aber auf den Gedanken ist keiner von ihnen gekommen. Vielleicht waren sie nur ehrlich, aber ehrlich währt eben lange nicht immer am längsten. Dafür sorgen nicht zuletzt Männer vom Typ dieses Märchenhelden, der übrigens in weiblicher Version nicht vorkommt. Ebenso freundliche wie ausgefuchste Betrügerinnen finden sich in keinem Märchen.

Mit dem Ranzen auf dem Rücken, dem Hütlein auf dem Kopf und dem Hörnlein über der Schulter hält sich unser Held sowohl für einen glücklichen als auch für einen gemachten Mann. Silber und Gold haben das nicht fertiggebracht. Die hoch geschätzten Besitztümer, die ihn so selbstbewußt machen, sind jedoch nichts anderes als Kriegswerkzeug, es sind Waffen. Die für sein Glück zu halten, kann wahrhaftig nur einem Mann einfallen. Nicht wenige Männer macht freilich erst ihre Waffe zu einem rechten Mann, denn was wäre ein Ritter ohne sein Schwert, der Kavalier ohne seinen Degen, ein Indianer ohne seinen Tomahawk, ein Westernheld ohne seine Colts? Männer lieben Waffen, schon kleine Jungen lieben ihre Spielzeugpistolen. Und was wäre ein Staat ohne Soldaten, Kanonen, Raketen? Mit Stolz werden sie bei Militärparaden präsentiert, und zwar in Bananenrepubliken so gut wie in den bedeutendsten Hauptstädten der Welt. Sie geben Staaten Status und machen eben Männer zu gemachten Männern.

Allein ihr Besitz hat diese erhebende Wirkung; sie sind nicht zwangsläufig dazu da, benutzt zu werden. Der Märchenheld geht keineswegs gleich los und fängt mit irgendwem Streit oder gar einen Krieg an – nichts liegt ihm ferner. Er will sehen, wie es seinen Brüdern geht, und das ist ehrlich gemeint. Ihnen geht es

gut, sehr gut sogar. Sie haben sich von ihren Schätzen ein schönes Haus gebaut, sind wohlhabende Leute, genießen hohes Ansehen und verfügen über beste Beziehungen zum Königshaus.
Sie haben ihr Glück gemacht, sich auf ihre Weise als Männer
verwirklicht.

Und da steht nun plötzlich ihr Bruder vor der Tür, hat einen
schäbigen Hut auf dem Kopf, einen alten Soldatentornister auf
dem Rücken, und sein Rock ist halb zerrissen. Er paßt nicht mehr
zu ihnen und in ihre Welt. Dennoch hätten sie ihm ohne die
gemeinsame Vorgeschichte möglicherweise geholfen, ihm zumindest ein Almosen gegeben. So aber weisen sie ihn höhnisch
ab. Er wolle ihr Bruder sein, der Silber und Gold verschmäht und
für sich ein besseres Glück verlangt hat? Der wäre gewiß in gro
ßer Pracht und wie ein König dahergekommen, nicht aber wie
ein Bettelmann, erklären sie ihm und jagen ihn davon.

Das ist wahrlich nicht nett von ihnen, gar nicht brüderlich,
und weist sie als Leute mit wenig edlen Eigenschaften aus. Wer
aber kann schon von sich sagen, er sei edel? Die beiden verhalten
sich, wie viele sich verhalten würden. Sie sind keine Schurken,
lediglich männlicher Durchschnitt.

Nicht zuletzt reagieren sie so, weil sie überzeugt sind, sich
diesen Hinauswurf leisten zu können. Damit begehen sie einen
ähnlichen Fehler wie viele ältere Brüder: Sie schätzen sich zu
hoch und ihren Bruder zu gering ein, und zwar vor allem deshalb, weil sie von Äußerlichkeiten auf Macht und Bedeutung
eines Menschen schließen. Sie kommen so zu einem gefährlichen
Fehlurteil, und sie sind zu voreilig mit ihren Schlußfolgerungen.
Hätten sie ihren Bruder erst einmal eingelassen und angehört,
wären sie schnell dahinter gekommen, daß er keineswegs ist,
was er zu sein scheint. Sie haben es nicht getan, und die Ereignisse nehmen ihren Lauf.

Der Jüngste bleibt nicht untätig, denn welcher Mann läßt sich
eine derart demütigende Behandlung gefallen und einen so
schmählichen Hinauswurf? Ihn packt der Zorn, aber es ist kein
wilder Zorn, und er wahrt die Verhältnismäßigkeit der Mittel.

Er läßt zwar 150 Soldaten das Haus seiner Brüder umstellen, aber nur als Vorsichtsmaßnahme, um Hilfe von außen zu verhindern. Lediglich zwei von ihnen schickt er zu seinen Brüdern ins Haus, ohne ihre Gewehre, nur mit Haselstöcken ausgestattet, und trägt ihnen auf, die beiden so lange damit zu traktieren, bis sie wüßten, wer er sei.

Wer wollte ihm diese Handlungsweise verargen, sie ist gewiß menschlich, jedoch völlig ungeeignet, das beabsichtigte Ziel zu erreichen, denn Achtung und Respekt lassen sich nicht durch Prügel erzwingen. Der Held zeigt hier eine bezeichnende Schwäche: Er hat zwar mächtige Waffen, aber kein entsprechendes Selbstbewußtsein gewonnen. Dann nämlich wäre er nicht auf die Wertschätzung seiner Brüder angewiesen. Wer aber ist schon so stark und selbstsicher, sich um die Meinungen anderer nicht zu scheren? Der berühmte Diogenes aus Sinope konnte das, der aber lebte in einer Tonne, nur um von nichts und niemandem abhängig zu sein. Wer wollte das auf sich nehmen? Außerdem war er ein Philosoph, mehr noch: ein Weiser. Selbst vom Besten aller Männer würde man solche Qualitäten kaum erwarten. Der Märchenheld hat sie auch nicht.

Die beiden Älteren haben, wie vorherzusehen war, keine bessere Meinung von ihrem Bruder bekommen. Sie sind genausowenig wie er bereit, sich eine schlechte Behandlung gefallen zu lassen, und bitten den König um Beistand. Der hilft ihnen selbstverständlich, schickt ein militärisches Kommando, «um den Ruhestörer aus der Stadt zu jagen». Daraus wird jedoch nichts, denn unser Held hat mehr aufzubieten, und die Truppe muß «mit blutigen Nasen» abziehen. Das hätte dem König zu denken geben müssen, aber Denken ist bei Auseinandersetzungen wie diesen nicht die Stärke der daran Beteiligten. Der König macht den gleichen Fehler wie die beiden Brüder, unterschätzt trotz der gemachten Erfahrung seinen Gegner. Er schickt lediglich eine größere Truppe. Der ergeht es indes um nichts besser. Daraufhin schickt der König eine ganze Armee, aber auch die wird geschlagen und in die Flucht gejagt.

Wenn man den Anlaß bedenkt, hat das Geschehen gefährliche Formen angenommen und sich geradezu katastrophal ausgeweitet. Was aber hätten die Brüder und der König anders machen können, wie wäre eine solche Eskalation aufzuhalten gewesen? Sollte der Jüngste die erlittene Demütigung klaglos hinnehmen? Das hätte vielleicht ein Heiliger können. Er ist nur ein Mann, und die Lektion, die er seinen Brüdern erteilt hat, ist angemessen gewesen. Nun wird er angegriffen. Soll er sich ohne weiteres den Soldaten ergeben und riskieren, gehängt zu werden? Und das, obwohl er über so großartige Waffen verfügt? Niemals, also verteidigt er sich. Oder hätten vielleicht die beiden Brüder den Jüngsten verzeihend in die Arme schließen sollen, nachdem er sie hat durchprügeln lassen? Das ist illusorisch. Männer, die so behandelt werden, lassen das nicht auf sich sitzen, wenn sie irgend können. Bliebe der König. Soll er mit einem hergelaufenen Kerl im zerrissenen Rock wie mit seinesgleichen verhandeln? Undenkbar für einen Herrscher auf dem Thron.

Der Märchenheld ist jetzt am Zuge. Bedenkt man das Ende, wäre es das beste, der Mann zöge ab, aber das fällt ihm natürlich nicht ein. Er hat gesiegt, und welcher Sieger hätte jemals freiwillig den Rückzug angetreten? Er zieht also nicht ab, verkündigt vielmehr dem König, er werde nicht eher Frieden machen, als bis er die Prinzessin zur Frau bekäme und man ihm die Stellung eines Vize-Königs einräume. Er greift also nach der Macht, aber dafür sind weit eher die Umstände verantwortlich als sein Ehrgeiz, von dem bisher wenig zu merken war. Nach dem, was geschehen ist, kann er schlechterdings nicht mehr der hergelaufene Kerl bleiben, und da er nicht zurück will und aus seiner Sicht auch nicht zurück kann, muß er sich eben vorwärts bewegen. Er tut es wiederum mit Maßen, verlangt nicht einmal den Thron. Es sind von Siegern schon ganz andere Friedensbedingungen diktiert worden. Der König, seine Lage endlich realistisch einschätzend, protestiert auch nicht. Vermutlich ist er froh, vergleichsweise so günstig wegzukommen. Seiner Tochter erklärt er, es sei zwar eine harte Nuß, aber wenn er Frieden haben und die Krone auf dem

Haupt behalten wolle, müsse er eben auf die Bedingungen eingehen und sie leider dem Sieger hingeben. Der Krieg endet also mit der Hochzeit, nicht jedoch das Märchen.

Der Königstochter ist es zuwider, Gemahlin eines derart gewöhnlichen Mannes zu sein, der einen schäbigen Hut trägt und einen alten Ranzen umhängen hat. Also sinnt sie, wie sie ihn loswerden könnte. Sie fragt sich, ob seine Wunderkräfte vielleicht in dem Ranzen stecken, und um das herauszufinden, liebkost und umschmeichelt sie ihren Mann. Daraufhin wird sein Herz weich, so heißt es, und er verrät ihr, welche Kräfte in seinem Tornister stecken. Sie fällt ihm um den Hals, dankbar für sein Vertrauen, wie er meint, und macht Anstalten, ihn zu küssen. Tatsächlich aber nimmt sie ihm behend den Ranzen ab, läuft damit fort, und als sie in Sicherheit ist, klopft sie die Kriegsleute heraus, befielt ihnen, ihren Mann festzunehmen, aus dem Palast zu führen und dann aus dem Land zu jagen. Wer wollte es ihr verdenken? Auch sie überspannt den Bogen nicht, schließlich hätte sie ihn ja auch kurzerhand erschießen lassen können.

Sie hat ihn übel hereingelegt, aber keineswegs besiegt. Er dreht sein Hütlein und läßt die Kanonen donnern, bis ihr nichts anderes übrigbleibt, als um Gnade zu bitten. Das tut sie, gibt aber mitnichten ihre Pläne auf. Sie weiß derart anrührend zu bitten und verspricht außerdem, sich zu bessern, daß sein Herz abermals weich wird. Er gewährt nicht nur Frieden, sondern verzeiht ihr auch und nimmt das Eheleben mit ihr wieder auf. Sage einer, er sei kein gutmütiger und freundlicher Mann!

Sie beginnt ihr Spiel von neuem, umschmeichelt ihn, stellt sich, als habe sie ihn sehr lieb, und weiß ihn nach einiger Zeit abermals so zu betören, daß er ihr auch noch das Geheimnis des Hütleins anvertraut. Nachdem er eingeschlafen ist, nimmt sie es ihm fort und läßt ihn ein weiteres Mal hinauswerfen.

Damit hat sie die Geduld und Nachsicht eines an sich gutmütigen und weichherzigen Mannes über Gebühr strapaziert. Das ist gefährlich, und eine Frau, die das tut, spielt mit Dynamit. Die Folgen sind entsprechend: Ihren Mann packt der blinde

Zorn, und nun kennt er nicht mehr Maß und Ziel und keinerlei Erbarmen. «Aus allen Kräften» bläst er in sein Hörnlein. Die Festungswerke und der Palast stürzen ein, erschlagen den König und die Prinzessin, seine Frau. Danach fallen Städte und Dörfer zusammen, er aber bläst weiter und hört nicht auf zu blasen. Die Urfassung schließt: «Da war er König allein und blies, bis er gestorben ist.»

Niemand hat ein solches Ende gewollt oder hätte es voraussehen können. Aus vergleichsweise nichtigem Anlaß entwickelt sich Gewalt zur Katastrophe, und der einmal angelaufene Prozeß entgleitet schließlich völlig der Kontrolle aller daran Beteiligten. Er gewinnt eine Eigendynamik, die nicht mehr zu steuern ist, und was anfangs gesagt wurde, gilt auch jetzt noch: Wer hätte, zu welchem Zeitpunkt auch immer, eine realistische Möglichkeit gehabt, den Gang des Geschehens aufzuhalten? Niemand – so, wie die Menschen nun einmal geartet sind.

In erster Linie ist dies ein männliches Drama, von männlichen Verhaltensweisen und Vorlieben vorangetrieben und von männlichen Waffen bestimmt. Es wäre nun ein leichtes, den Männern und dem verderblichen männlichen Wesen die Schuld für das Desaster in die Schuhe zu schieben. Es gibt jedoch auch eine weibliche Mitwirkende in diesem Trauerspiel, sie nimmt sogar eine Schlüsselstellung ein. Hätte sie nicht mit aller Gewalt ihren Mann los sein wollen, wäre der Friede gewahrt geblieben. Erst durch sie kommt es zum Eklat, denn die Männer hatten sich arrangiert. Ebenso leicht ließe sich also sagen, wieder einmal stecke eine Frau hinter der Sache – cherchez la femme. In der literarischen Rezeption der diesbezüglich sehr ähnlichen Geschichte von Simson und Delila wird Delila gern als schuldhafte Verderberin des Mannes dargestellt, Simson hingegen als das arme Opfer böser weiblicher List. Heutzutage sind eher die Männer die Bösen und gelten als Alleinschuldige für viele Übel in dieser Welt. Welches Urteil ist gerecht, welches ungerecht? Was man Gerechtigkeit nenne, sei ebenso willkürlich wie die Mode, schreibt Voltaire in seinem «Philosophischen Wörterbuch».

Das Märchen macht niemanden zum Sündenbock, und der Ablauf der Geschichte läßt erkennen, daß menschliche Probleme mit Schuldzuweisungen nicht zu klären sind. Auch Eheprobleme lassen sich schwerlich mit gegenseitigen Beschuldigungen aus der Welt schaffen oder auch nur vermindern. Sehr wohl aber zeigt die Eheszene des Märchens Schwierigkeiten, wie sie Mann und Frau miteinander haben können. Die Prinzessin will aus begreiflichen Gründen den ihr aufgezwungenen Mann, der ihr nicht gefällt, loswerden, und handelt entsprechend: Sie setzt der männlichen Kraft weibliche List entgegen. Selbst wenn man ihr Verhalten nicht billigt, ist ihr Part verständlich.

Seiner ist es weit weniger. Er hat die Prinzessin zur Ehe gezwungen, läuft außerdem wie ein Landstreicher herum, verhält sich aber, als sei er seiner Frau große Liebe gewesen und sie ihm zugetan und ergeben. Keine Sekunde zweifelt er an der Echtheit ihrer Liebkosungen und ist überzeugt, ihr ohne weiteres ein für ihn lebenswichtiges Geheimnis anvertrauen zu können. Das ist männlich-naiv. Damit nicht genug, vertraut er ihr auch noch, nachdem sie ihm gezeigt hat, was sie wirklich von ihm hält. Auch danach kann oder will er nicht wahrhaben, daß sie ihn nicht leiden kann und nichts anderes erstrebt, als ihn so schnell wie möglich loszuwerden.

Er zeigt jenen arglosen Glauben, der sich schon beim kleinen Hänsel andeutete: die Überzeugung, alle Frauen seien ihm zugetan und liebten ihn so, wie es einst seine Mama getan hat; und nicht einmal Tatsachen können ihm diesen Glauben rauben. Seine Frau hintergeht ihn, bestiehlt ihn, schickt ihm einen Haufen Soldaten auf den Hals – ein paar schöne Worte von ihr, ein bißchen Schmeicheln und Streicheln, und er schmilzt dahin, gibt ihr abermals nach und scheint alles vergessen zu haben, was geschehen ist. Er ist total verblendet und dazu völlig ahnungslos, was seine Frau betrifft. Obwohl er im alten, biblischen Sinne des Wortes seine Frau «erkennt», das heißt mit ihr schläft, kennt er sie nicht, und er nimmt nicht das geringste von ihr wahr. Als Mensch scheint sie ihn auch gar nicht zu interessieren, denn keinen Augenblick stellt er sich vor, wie ihr zumute ist, welche Gefühle sie bewegen. Hätte er's getan, wäre er vermutlich nicht in eine so fatale Lage gekommen, und die Geschichte hätte möglicherweise ein besseres Ende genommen.

Er ist keine Ausnahmeerscheinung, wie schon der alttestamentarische Simson zeigt: Er weiß von Delila so wenig wie der Märchenheld von der Prinzessin, läßt sich von ihr wie jener um den Finger wickeln, dazu belügen und betrügen und vertraut ihr dennoch immer wieder, legt ihr schließlich sogar «all sein Herz» offen und gibt dadurch sein Leben in ihre Hand.

Sich so zu verhalten offenbart eine exorbitante männliche Schwäche – was Wunder, daß sie von Frauen wie Delila und der Prinzessin wirkungsvoll ausgenützt wird. Sie haben leichtes Spiel mit ihren Männern, zumindest in den eigenen vier Wänden. Dennoch unterschätzen sie sie, verkennen sie ganz ähnlich, wie sie von ihnen verkannt werden. Sie glauben, sie könnten sie immer aufs neue betören, und ahnen nicht, wie schnell und plötzlich männliche Nachgiebigkeit in ihr krasses Gegenteil umschlagen kann und dann buchstäblich kein Stein auf dem anderen bleibt. Simson läßt eine riesige Halle einstürzen, reißt dadurch Hunderte ins Verderben und nimmt es in Kauf, selbst dabei umzukommen.

Beim Märchenhelden tritt diese Wandlung zur Unerbittlichkeit ein, als er seinen bisherigen naiven Glauben verliert und schmerzhaft erkennen muß, daß ihm seine Frau alles andere als wohlgesinnt ist, tatsächlich sogar Krieg gegen ihn führt. Er, der bisher stets maßvoll reagiert hat, läßt nun unbewegt die Welt in Stücke gehen. Er überlebt, aber um welchen Preis! Alle hat er besiegt – und dabei alles verloren. Wer wollte ihn einen Sieger nennen?

Das Fazit ist reichlich düster: Brüder kämpfen gegen Brüder, Mann und Frau leben auch nicht friedlich miteinander, und es scheint ein Ding der Unmöglichkeit zu sein, derart beklagenswerte Entwicklungen zu vermeiden.

Wie vier Brüder versuchen, dem Teufelskreis aus Ehrgeiz und Habgier zu entrinnen

Die vier kunstreichen Brüder, KHM 129. Die drei Brüder, KHM 124

Ein Ausweg aus diesem Dilemma hat sich in den bisherigen Beispielen nicht gezeigt, und auch von brüderlicher Liebe ist wenig die Rede gewesen. Im Märchen *Die vier kunstreichen Brüder* (KHM 129) ist das anders. Die vier sind ausgezogen, ein Handwerk zu lernen. Nach vier Jahren treffen sie wieder zusammen und kehren gemeinsam heim zu ihrem Vater. Der stellt sie auf die Probe. Der Sterngucker erkennt, daß ein brütender Buchfink auf fünf Eiern sitzt. Der gelernte Dieb stiehlt sie dem Vogel unter dem Leib weg, ohne daß der etwas davon merkt. Der Jäger schießt sie mit einem Schuß mitten entzwei, was angehen mag, aber der Vater hatte die Eier auf einen Tisch gelegt, an jede Ecke eins und das fünfte in die Mitte. Der vierte hat die Schneiderei erlernt; er nimmt seine Nadel und näht die Eier so zusammen, daß keine Naht zu sehen ist und die jungen Vöglein, die darin sind, keinen Schaden genommen haben.

Sie haben fürwahr ihr Handwerk gelernt, der Vater ist mit ihnen zufrieden, weiß aber nicht zu sagen, welchem von ihnen der Vorzug gebührt. Da wird die Tochter des Königs von einem Drachen entführt, und der König verspricht sie demjenigen zur Frau, der sie zurückbringt – genau die richtige Aufgabe für die vier Brüder: Der Sterngucker entdeckt die Prinzessin, der Dieb stiehlt sie unter dem Drachen weg, der Jäger schießt das sie verfolgende Ungeheuer tot, und der Schneider näht das Boot wieder zusammen, das bei der Aktion zu Bruch gegangen ist.

So weit, so gut, aber wer von ihnen soll nun die Königstochter bekommen? Alle vier erheben Anspruch auf ihre Hand, und jeder von ihnen behauptet durchaus zu Recht, ohne ihn hätte die Prinzessin nicht gerettet werden können, und mit der Eintracht der Brüder ist es vorbei. Sie beginnen zu streiten, und eine gewalttätige Entwicklung nach dem bekannten Muster scheint sich anzubahnen. Dazu kommt es jedoch nicht, vielmehr geschieht das kaum Glaubliche: Einmütig verzichten sie auf das Mädchen, denn das, so befinden sie, sei besser, als uneins miteinander zu werden. Vom König erhält jeder zur Belohnung ein halbes Königreich – nach Adam Riese wäre das unmöglich, aber so steht es da. Das Märchen schließt damit, daß sie nach Hause zurückkehren und zusammen mit ihrem Vater in aller Glückseligkeit leben, solange es Gott gefallen hat.

Ähnlich verhält es sich im Märchen Nr. 124, *Die drei Brüder*. Hier geht es ums Erbe. Es soll derjenige Bruder das väterliche Haus erhalten, der in seinem Beruf das Meisterstück liefert. Der erste rasiert einen Hasen in vollem Lauf, der zweite beschlägt ein Pferd in vollem Galopp, und der dritte, ein Fechtmeister, weiß in strömendem Regen seinen Degen so flott über seinem Kopf zu schwingen, daß kein Tropfen auf ihn fällt, und damit gewinnt er den Preis. Er erbt, und die anderen gehen leer aus. Nach aller bisherigen Erfahrung endet bei einer solchen Konstellation die Brüderlichkeit und sind Mord und Totschlag an der Tagesordnung – jedenfalls in den Märchen. Nicht so in diesem Fall. «Die beiden andern Brüder waren damit zufrieden», heißt es, und das sagen sie nicht nur, sie meinen es auch. Damit begegnen uns zum zweitenmal Brüder, die auch dann solidarisch und friedlich bleiben, wenn andere nichts sehnlicher wünschen, als dem bevorzugten Bruder den Schädel einzuschlagen – nicht nur in den Märchen. Aber das ist noch nicht alles. Auch der Erbe hat seinen brüderlichen Sinn nicht verloren, besteht keineswegs darauf, das Haus allein zu besitzen, und demgemäß endet die Geschichte in einem friedlich-einträchtigen Idyll: Weil sie «einander so lieb hatten», bleiben sie alle drei zusammen im Haus, treiben ihr Handwerk, heiraten nicht und leben vergnügt miteinander bis in ihr Alter. Als einer krank wird und stirbt, grämen sich die beiden anderen so sehr darüber, daß auch sie bald sterben. Der letzte Satz des Märchens lautet: «Da wurden sie, weil sie so geschickt gewesen waren und sich so lieb gehabt hatten, alle drei zusammen in ein Grab gelegt.»

Ein solches Glück sei möglich, macht uns das Märchen glauben, und der Weg, den es weist, ohne Zank und Streit, ohne Neid und Mißgunst und nicht zuletzt ohne alle Eheprobleme froh und zufrieden zu leben, erscheint nicht sonderlich schwierig. Nichts weiter ist dafür vonnöten, als auf jegliches Streben und allen Ehrgeiz zu verzichten, Konkurrenzkämpfen ebenso wie Frauen aus dem Wege zu gehen, sich brüderlich liebzuhaben und sich mit diesem Glück im Winkel zu bescheiden.

In der Tat mag es Männer geben, die nach dieser Devise leben möchten. Aber wäre das noch ein Leben, zumal ein männliches? Und ist es eine Lösung, ins Elternhaus zurückzukehren? Freud nannte das Regression, und nahezu alle anderen Märchen sind sich darin einig: Es führt kein Weg zurück. Der Jüngling muß hinaus aus dem Haus, sich in der Welt bewähren und die Hand einer Prinzessin erringen. In Basiles Version der Geschichte *Die fünf Söhne* heißt es: «Nur wenn er von seinem Strohsack aufsteht, wird der Mensch wach», und das tun in der Regel die Märchensöhne und sehen sich in der Welt um. Bestehen sie die Proben, die ihnen das Leben auferlegt, sind sie am Ende Könige und halten Hochzeit, was letztlich nichts anderes bedeutet, als daß sie ihr Entwicklungsziel erreicht haben und vorzeigbare Männer aus ihnen geworden sind.

Unsere beiden Märchen zeigen eine andere Perspektive, und manch einer könnte sie ungeachtet aller Einschränkungen lohnend finden, wenn er dafür bis an sein Ende in Frieden, Liebe und Eintracht leben kann. Nicht von ungefähr gibt es soziale Modelle, die ein solches Paradies auf Erden versprechen, nur haben sie leider den Nachteil, allesamt in der Praxis gescheitert zu sein. Bedauerlicherweise ist auch die Hoffnung auf mehr Friedlichkeit, die unsere beiden Märchen wecken, eine trügerische, und der Grund dafür ist, daß sie schlicht nicht wahr sind. Das mag paradox klingen, weil Märchen per se nicht wahr sind. Bei allem Märchenhaften verfügen sie jedoch über ihre eigenen

Gesetze und ihre eigene Logik, nach der zwar vieles Unmögliche möglich ist, anderes hingegen nicht. Ein Jäger kann durchaus fähig sein, einer Fliege das linke Auge auszuschießen, wie in KHM 71. Damit wird ausgesagt, daß er ein Meisterschütze ist, und das ist in Ordnung. Er kann aber nicht fünf Eier durchschießen, die wie geschildert auf dem Tisch verteilt sind. Und ein Schmied kann nicht ein Pferd im vollen Galopp beschlagen, ein Schneider kein Boot mit einer Nadel zusammennähen. Das sind auch auf der Märchenebene Dinge der Unmöglichkeit. Und auch im Märchen hat ein Königreich nur zwei Hälften und nicht vier.

Die Erklärung liegt darin, daß diese beiden Märchen in eine besondere Kategorie fallen, nämlich in die der Scherz- und Lügenmärchen. So haben sie schon die Brüder Grimm in den Anmerkungen zu KHM 124 ganz richtig gekennzeichnet. Der Brüder berufliche Meisterleistungen sind mithin nichts als Aufschneidereien. Folglich haben sie auch keinen Drachen erschossen und ergo die Prinzessin nicht befreit, und damit fällt auch der Rest der Geschichte in sich zusammen, das schöne Ende ist illusorisch. Das Hohelied friedlich liebender Brüderlichkeit wird ein Wunschtraum bleiben müssen. Die Realität repräsentieren weiterhin die üblichen Märchensöhne, die hinausziehen ins feindliche Leben und um schöne Frauen, verlockende Schätze, Erbschaften und Throne streiten und kämpfen. Das Leben ist so, ist seit Adam und Eva so gewesen, und wem es nicht gefällt, der muß halt auf seinem Strohsack liegenbleiben. Oder aufschneiderische Lügengeschichten erzählen, um als toller Mann dazustehen.

Verliebte Prinzen, lüsterne Wölfe und ein illusionsloser Frosch

Die Wirkung schlafender Schöner auf Verstand und Gemüt von Prinzen und Königen

Dornröschen, KHM 50. Die schlafende Schöne im Wald, Perrault. Sonne, Mond und Talia, Pentameron 45

Eines der bekanntesten und beliebtesten Märchen ist das von *Dornröschen* (KHM 50). Es gibt für diese Geschichte keine nennenswerte mündliche Überlieferung, vor allem hierzulande, aber viele literarische Zeugnisse. Nichtsdestoweniger ist das tragende Motiv, die männliche Faszination von einer schlafenden oder ohnmächtigen Schönen, weltbekannt, und zwar seit langer Zeit. Es findet sich vielfältig in Mythen und Sagen, und Autoren vieler Länder haben es immer wieder behandelt, von Boccaccios «Dekameron» und Basiles «Pentameron» bis Heinrich von Kleists «Die Marquise von O». Peter Tschaikowski und Engelbert Humperdinck haben die Geschichte vertont. In der Form des Märchens bezaubert das Thema schon Kinder, und das ist nicht verwunderlich: Welcher Junge würde nicht zu gern eine schlafende Prinzessin wachküssen, welches Mädchen sich nicht von einem schönen Prinzen derart aus hundertjährigem Schlaf aufwecken lassen – ein Märchentraum für ihn und sie.

Die Brüder Grimm haben die Geschichte besonders poetisch erzählt: Der Märchenprinz hört die Fama von der wunderschönen Königstochter, die seit hundert Jahren im Schloß schlafe, von seinem Großvater, und sofort brennt er darauf, das sagenhafte Dornröschen mit seinen eigenen Augen zu sehen. Der «gute Alte», erfahren, wie er ist, rät ihm ab, warnt ihn, erzählt ihm, wie viele Jünglinge dabei schon ihr Leben haben lassen müssen – vergebens. Das schrecke ihn nicht und er fürchte sich nicht, erklärt der Prinz. Er wolle durch die Hecke dringen und das schöne Kind erlösen, verkündigt er und läßt sich nicht aufhalten. Er erreicht das Schloß, und ohne weiter zu überlegen oder auch nur zu zögern, zieht er sein Schwert und macht Anstalten, sich, wie all die anderen, durch die Hecke zu schlagen.

Im selben Augenblick verwandeln sich die Dornen in lauter Blüten, die Hecke öffnet sich vor ihm, unbeschadet geht er hindurch und ist im Schloß. Er steigt eine Turmtreppe hinauf, macht die Tür zu der kleinen Stube auf, und da liegt die schlafende Schöne vor ihm – ein Urbild weiblichen Liebreizes. Er kann die Augen nicht von ihr abwenden und tut schließlich, was Illustratoren vieler Länder immer wieder im Bild festgehalten haben: Er beugt sich über sie und küßt sie. Kaum haben seine Lippen die ihren berührt, schlägt sie die Augen auf und lächelt ihn freundlich an. Welch eine Szene! Und welcher Mann möchte da nicht in den Schuhen des glücklichen Prinzen stecken? Dieser wahrhaft märchenhafte Kuß dürfte einer der schönsten der Weltliteratur sein. Auf jeden Fall ist er der bekannteste.

So weit die Poesie, aber es geht hier um Männer, und darum ist zu fragen, ob es sich eigentlich gelohnt hat, für diesen Kuß, so reizvoll er auch gewesen sein mag, sein Leben zu riskieren? Das ist durchaus keine dumme Frage. Die Männer der Ritterzeit haben für weit weniger als einen Kuß ihr Leben riskiert. Kehrten sie siegreich von ihren Kämpfen zurück, waren sie schon glücklich, von ihrer Angebeteten mit einem freundlichen Blick bedacht zu werden, und selig, wenn sie gar von ihr ein Tüchlein zum Geschenk erhielten, das sie dann stolz an ihre Rüstung geheftet haben. Das ist kein Märchen, sondern genau so geschehen. Man schlage nach unter Minnedienst.

Der minnende Ritter wußte immerhin, für wen er sein Leben riskierte, kannte zumindest das Äußere seiner Auserwählten. Der Märchenheld kannte nicht einmal das. Er hatte keine Ahnung, was ihn erwartete. Es gab nichts weiter als ein Gerücht, eine «Sage», wie es heißt, und falls hinter der Hecke überhaupt eine schlafende Prinzessin existierte, hätte sie häßlich wie die Nacht sein können. Wie hätte er dann dagestanden? Tatsachen hingegen gab es genug, nämlich über das Risiko, das er einging, und sie waren unübersehbar: Die Dornenhecke hing voll von verdorrten toten Prinzen, die darin ein trauriges Ende gefunden hatten. Davon hatte er gewußt, bevor er loszog, und nun sah er sie vor sich, aber das schreckte ihn nicht ab: Beherzt ging er auf die mörderische Hecke los – vielleicht sogar stolz, so viele Konkurrenten als Leichen hinter sich zu lassen.

Ein schönes Beispiel männlicher Kühnheit? Hätte er wenigstens einen Plan gehabt, zumindest irgendeine Idee, wie er dem Schicksal seiner Vorgänger hätte entgehen können, aber er hat nichts dergleichen. Er handelt, ohne zu denken, wagt, ohne zu wägen, und ist außerdem blind für Realitäten und taub für gute Ratschläge. Für nichts als ein vages Gerücht riskiert er sein Leben und hat so gut wie keine Chancen, denn warum hätte es ihm anders als all den Prinzen ergehen sollen, die vor ihm vergeblich ihr Glück versucht hatten? Nur der Zufall, daß gerade in diesem Augenblick die hundert Jahre um sind, rettet ihn, und für den kann er wahrhaftig nichts.

Mit Verlaub, dieser Mann ist ein Dummkopf. Aber das hat ihm nicht geschadet, seiner Beliebtheit keinen Abbruch getan. Im Gegenteil: Er ist der Märchenprinz par excellence, und seit diese Geschichte bekannt ist, haben Männer sich an seine Stelle gewünscht, Mädchen und Frauen von ihm geträumt.

Er hat ein Pendant in der Deutschen Heldensage: Jung-Siegfried. Ihm ist folgendes geschehen: Gerade hat er den Drachen besiegt, da zwitschert ihm ein Vöglein eine erregende Kunde zu. Hoch im Norden, im unwirtlichen Island, so vernimmt er, warte eine schöne Schildjungfrau namens Brunhild auf ihren Erlöser. Ihre Burg sei jedoch von einer schrecklichen Waberlohe umgeben, die niemand durchdringen könne. Dieses hören, sein Pferd nach Norden wenden und losreiten sind für Siegfried eins, und weder stört ihn, daß er sich auf ein lebensgefährliches Abenteuer einläßt, noch, daß für die Richtigkeit der Botschaft und die Schönheit des Mädchens nur ein kleiner Vogel bürgt. Immerhin erfahren wir die Ursache für seinen jähen Entschluß: In dem jungen Helden ist jenes Gefühl erwacht, das auch den Märchenprinzen beflügelt haben muß: Liebe.

So schnell geht es also, und wie wenig ist erforderlich, Männer derart zu entflammen, daß sie fortan auf jedwede weitere

Überlegung verzichten, die unsinnigsten Dinge tun und dabei ihr Leben geringachten. Man sagt, Frauen könnten Männer verrückt machen. Hier zeigt sich, daß Männer auch ohne jegliche weibliche Mithilfe seelisch derart aus den Fugen geraten können. Brunhild wie Dornröschen sind jedenfalls völlig unschuldig an deren Zustand. Sie haben dazu keinen Finger gerührt, waren nicht einmal anwesend. Sie lagen in ihren Schlössern und hatten seit hundert Jahren geschlafen.

Ein Striptease im Märchen und was daraus folgt

Die sechs Schwäne, KHM 49. Die sieben Schwanen, Bechstein

Männliches Bezaubertsein von irgendeiner Schönen ist ein zentrales Thema der Märchen. Immer wieder führen sie uns von schönen Jungfrauen hingerissene Männer vor Augen. Im Märchen *Die sechs Schwäne* (KHM 49), ist ein junger König auf der Jagd, und da entdecken seine Jäger hoch oben in einem Baum ein schönes Mädchen. Sie wollen wissen, wer es sei und woher es komme, aber es sagt nichts, antwortet auf keine Frage, schüttelt nur mit dem Kopf, denn es hat ein Schweigegelübde getan. Die Jäger bedrängen es weiter mit Fragen, und da geschieht folgendes: Das Mädchen wirft ihnen seine goldene Halskette und seinen Gürtel hinunter, danach seine Strumpfbänder und dann «nach und nach alles, was es anhatte und entbehren konnte». Nicht entbehren konnte es lediglich ein «Hemdlein», das behält es an. Ein Striptease im Märchen – wer hätte das gedacht! Und was das Hemdlein betrifft, so behält die Schöne es nur in den bearbeiteten Fassungen an, damit man die Geschichte auch Kindern erzählen kann.

Es heißt, sie trenne sich von fast allem, was sie auf dem Leibe hat, um die Jäger zufriedenzustellen, um sie mit Geschenken zu befriedigen. Das mag so sein oder auch nicht, auf jeden Fall sind die Jäger keineswegs zufrieden oder befriedigt. Sie lassen sich «damit nicht abweisen», und laut Urfassung der Geschichte ist ihnen das alles nicht genug. Wir erfahren natürlich nicht, was sie noch erwartet oder gewollt haben, aber das liegt auf der Hand. Immerhin denken Männer, so fanden Psychologen heraus, mindestens alle halbe Stunde einmal an Sex – auch ohne eine so reizvolle Darbietung. Die Reaktion der Jäger ist indes nicht die einzige männliche Antwort darauf.

Den jungen König trifft die bewegende Szene der sich langsam

73

entblätternden Schönen in höheren Regionen, nämlich mitten ins Herz, und da ist es um ihn geschehen. Er ist, so heißt es, zutiefst gerührt und augenblicklich von großer Liebe erfüllt. Sein Tempo steht also dem der beiden anderen Helden in nichts nach, aber auch bei ihm sucht man vergebens nach plausiblen Gründen für seine schnelle Verzauberung. Das Mädchen kann von wer weiß wo hergelaufen sein, ist obendrein stumm wie ein Fisch, und niemals lacht sie (auch das darf sie auf Grund ihres Gelübdes nicht). Wie kann er plötzlich so viel für sie empfinden? – Und es bleibt nicht bei einer kurzen Aufwallung des Gefühls. Er hüllt die schöne Unbekannte in seinen Mantel, hebt sie zu sich aufs Pferd und bringt sie in sein Schloß. Dort läßt er sie von den Zofen baden, kleiden, schmücken, und da strahlt sie in Schönheit wie der helle Tag, heißt es. Zumindest für den jungen König, möchte man einschränkend hinzufügen. Er setzt sie bei Tisch an seine Seite und verkündigt den verblüfften Anwesenden: «Diese begehre ich zu heiraten und keine andere auf der Welt!»

Man stelle sich vor, auf dem Baum hätte ein Adonis gesessen und einer jungen Königin seine Garderobe von oben heruntergeworfen, bis auf seinen Slip vielleicht. Nun, es ist klar, der Enthusiasmus des Königs ist ein spezifisch männlicher Enthusiasmus. Keine einzige Märchenheldin hat etwas auch nur annähernd Vergleichbares zu bieten.

Die Mutter des Königs ist bestürzt, versucht ihrem Sohn die Heirat auszureden und befindet, «die Dirne» sei eines Königs nicht würdig. Ihre Einwendungen bleiben freilich wirkungslos, und ein paar Tage später vermählt sich der König mit dem Mädchen. Das Märchen endet indes nicht mit dem Läuten der Hochzeitsglocken. Wir werden im nächsten Kapitel auf das junge Paar zurückkommen und sehen, wie die beiden sich als Ehepaar machen.

Auch diese Geschichte ist erwiesenermaßen sehr alt, schon mittelalterliche Zisterziensermönche erzählten sie sich in ihrer lothringischen Abtei Haute-Seille, und einer von ihnen, Johan-

nes de Alta Silva, schrieb sie im Jahre 1195 in lateinischer Sprache auf. Ludwig Bechstein benutzte diese Quelle und machte
daraus das Märchen *Die sieben Schwanen* (Deutsches Märchenbuch von 1857). Er unterschlägt jedoch, was der Mönch Johannes freimütig berichtet: Das Mädchen, hier eine badende Nixe,
hat keinen Faden am Leib, als der König sie erblickt und die
schöne Nackte umgehend in sein Zelt trägt. Das heißt jedoch
nicht, er habe nur «das eine» im Sinn gehabt. Sein Herz spricht
nicht minder stark wie das des jungen Königs: Ob der Schönheit
der Jungfrau vergißt er alles, was ihm bisher lieb und wert gewesen ist, und auch er hat nur noch einen Wunsch: sie heimzu-
führen auf seine Burg und sich mit ihr zu vermählen. Seine Mutter ist genauso schockiert über dieses Begehren wie die des Märchenhelden, und beide werden später den gleichen Ärger haben.

Die Verzauberung eines Mannes durch eine nackte Schöne ist
ein weltweit verbreitetes Motiv, beliebtes Sujet vieler Maler und
mindestens so alt wie die Bibel, wie die Geschichte der Susanna
im Bade im 13. Kapitel des Buches Daniel beweist. Hier geraten
sogar die Gedanken zweier bis dahin ehrenwerter alter Richter
auf erotische Abwege, und angesichts der badenden Schönen
gelingt es ihnen nicht, ihres Zustandes Herr zu werden und ihre
Begierden zu zügeln, was sie letztendlich das Leben kostet.
Selbst Alter schützt also nicht vor einschlägig männlicher Hit-
zigkeit, die nur zu häufig an Torheit grenzt.

Nur ein Bild, und die Männer geraten hoffnungslos aus der Fassung

Der treue Johannes, KHM 6

In manchen Märchen genügt das Traumbild eines Mädchens, einen Mann von einer Minute zur anderen zu verzaubern, oder er verliebt sich in eine Statue, wie es der sagenhaften Pygmalion getan hat, oder der Anblick eines Bildes bringt ihn völlig aus der Fassung. Letzteres geschieht im Märchen *Der treue Johannes*, Nr. 6 der Kinder- und Hausmärchen. Der treue Johannes soll dem jungen König das ganze Schloß zeigen, nur eine Kammer nicht, und zwar wegen eines Bildes, das sich darin befindet, so hat es der alte König auf dem Sterbebett verfügt. Natürlich begehrt der junge König, auch dieses Zimmer zu sehen. Was bleibt dem Diener anderes übrig? Er schließt es auf, versucht zwar noch, das Bild mit seinem Körper zu verdecken – vergeblich. Der König blickt ihm über die Schulter, erstarrt und sinkt im nächsten Augenblick ohnmächtig zu Boden. Ein Glas Wein bringt ihn wieder zu sich, und kaum hat er die Augen aufgeschlagen, will er wissen: «Wer ist sie?» – «Die Königstochter vom goldenen Dach», antwortet der treue Johannes. Da spricht der junge König: «Meine Liebe zu ihr ist so groß, wenn alle Blätter an den Bäumen Zungen wären, sie könnten's nicht aussagen.» So also steht es nun um ihn, aber es bleibt nicht bei dieser poetischen Anwandlung. Von diesem Augenblick an ist der junge König für alles andere auf der Welt verloren. Sein soeben ererbtes Reich interessiert ihn nicht mehr. Er will sie, nur noch sie; allein dafür lebt er fortan. Bloß ein Bild und derart von Sinnen – nur einem Mann kann das passieren! In Mozarts Zauberflöte geschieht es Tamino. «Dies Bildnis ist bezaubernd schön», singt er und fühlt in seinem Herzen die Liebe wie Feuer brennen.

Durch Johann Wolfgang von Goethe gelangte die Szene aus dem Märchen vom treuen Johannes zu literarischem Weltruhm.

Goethe schätzte Märchen, war ein Kenner dieses Genres und verwandte nicht selten Märchenstoffe für seine Dichtungen. Die Bezauberung des Märchenkönigs findet sich im ersten Teil des Faust wieder, und zwar in der Hexenküche. Aus dem Bild machte Goethe allerdings einen Spiegel – nicht von ungefähr, wie sich zeigen wird. Doktor Faust schaut hinein und erblickt darin ein weibliches Wesen, allerdings nur undeutlich und wie im Nebel, aber das tut der Wirkung keinen Abbruch: Faust fällt zwar nicht in Ohnmacht wie der Märchenheld, aber das ist auch der einzige Unterschied. Ungeachtet seiner schon grauen Schläfen steht er dem Märchenhelden an Exaltation in nichts nach: In dem vagen Spiegelbild entdeckt er «den Inbegriff von allen Himmeln», sein Busen brennt, er fürchtet, schier verrückt zu werden, und auch er will nur noch eines: so schnell wie möglich ins Gefilde der Schönen gelangen. Mephisto führt ihn in Gretchens Stube, und obwohl das Mädchen gar nicht da ist, wird Faustens Herz von «süßer Liebespein» ergriffen, und er schwärmt: «O liebe Hand! so göttergleich! / Die Hütte wird durch dich ein Himmelreich!» Als er den Vorhang ihres Bettes hochhebt, packt ihn gar ein «Wonnegraus», und er sieht sich dem süßen, jungen Kind hingeschmolzen zu Füßen liegen.

Im Gegensatz zu unseren vergleichsweise braven Märchenhelden hat die Liebe Faust dennoch nicht ins Herz getroffen. Amors Pfeil traf ihn tiefer; er will nur «das eine», nämlich in Jungfrau Margaretens Bett. Dazu soll ihm Mephisto verhelfen: «Wenn nicht das süße junge Blut / heut nacht in meinen Armen ruht / so sind wir um Mitternacht geschieden», verkündet er ihm. Dessenungeachtet ist es mehr als lediglich Lüsternheit, was Goethes «übersinnlichen, sinnlichen Freier» überwältigt hat – und nichts als ein vages Bild hat diesen Sturm der Gefühle in ihm ausgelöst.

Es ist immer dasselbe: Die Männer geraten ob eines weiblichen Wesens in Ekstase, von dem sie allenfalls wissen, daß es schön ist und sonst gar nichts. Sie müssen sie nicht einmal als Frau von Fleisch und Blut gesehen haben. Für wen, so möchte man fragen, entbrennen sie eigentlich derart? Der Spiegel gibt darauf eine denkbare Antwort. In einem Spiegel sieht Faust das ihn so aufwühlende Bild, und der kann nur zurückwerfen, was man ihm vorhält. Demnach kann das Weibliche, das Faust so verrückt macht, nur in seiner eigenen Seele stecken. Heutzutage ist das kein ungewöhnlicher Gedanke; die moderne Psychologie hat dem Weib im Manne sogar einen Namen gegeben: Anima. Nach C. G. Jung gehört sie zur seelischen Innenausstattung eines jeden Mannes. Nicht zuletzt verkörpert sie das Idealbild des Mannes von der Frau, und mit Vorliebe wird dies projiziert. Das fällt um so leichter, je vager das reale Erscheinungsbild des Wesens ist, in das die Männer die «Frau ihrer Träume» hineinsehen. Wie wir erfahren haben, genügt ein Gerücht, diesen Prozeß in Gang zu setzen, eine Statue oder das, was ein Vogel zwitschert, oder eben irgendein Bild. Es ist zwangsläufig ein Trugbild, und das wußte schon der römische Dichter Vergil ein halbes Jahrhundert vor Christi Geburt: Liebende, so stellte er fest, schüfen sich immer nur ein Trugbild.

Die Traumfrauen der Märchenhelden nehmen in Dornröschen, Aschenputtel und Schneewittchen, in der Gänsehirtin am Brunnen oder in der Schönen im Baum Gestalt an. Im Märchen vom treuen Johannes verwirklicht sich die männliche Traumfrau in der Prinzessin vom goldenen Dach. Der Wunschtraum vom Weiblichen des Doktor Faust manifestiert sich in Gretchen. Er idealisiert das Mädchen zu einem sitten- und tugendreinen göttergleichen Engel. Sieht man sie nicht mit seinen verblendeten Augen, ist sie nichts als eine Kleinstadtschönheit von begrenztem Horizont und zweifelhafter Moral. Für Mephisto ist sie ein «Grasaff».

Der vom Bild der fernen Prinzessin vom goldenen Dach bezauberte Märchenkönig steht dem Dornröschenprinzen und Jung-Siegfried nicht nach, auch er ist bereit, sein Leben daranzusetzen, die Frau seiner Träume zu gewinnen. Um sein Ziel zu erreichen, scheut er ferner keine Kosten und stellt jedwede Bedenken hintan. Aber besessen, wie er von seiner großen Liebe ist, kann er keinen klaren Gedanken fassen und überläßt das Plänemachen und alles weitere dem treuen Johannes. Der hat, genau wie Mephisto, keine Denkschwierigkeiten und seine fünf Sinne voll beisammen, obwohl auch er das Bild gesehen hat, was zeigt, daß eben nicht das Bild gefährlich ist, sondern das, was ein Mann hineinsieht.

Dem treuen Johannes ist es gelungen, die Prinzessin vom goldenen Dach aufzuspüren und auf ein Schiff zu locken. In der Verkleidung eines reichen Kaufmanns beschäftigt sie der König unter Deck; derweil legt das Schiff ab. Er weiß sie so lange mit all den wunderbaren Goldsachen zu fesseln, die er eigens zu diesem Zweck hat anfertigen lassen, daß sie sich weit genug vom Land entfernen können. Als die bis dahin arglose Prinzessin wieder nach oben kommt, ist ihre heimatliche Küste nur noch ein Strich am Horizont, und sie sieht sich in der Gewalt eines fremden Mannes. Zu Tode erschrocken ruft sie aus, sie sei schändlich betrogen und heimtückisch entführt worden. Damit hat sie fraglos recht, sie ist indes nicht das erste und nicht das einzige Opfer solch männlicher Übergriffe. Zeus entführte die schöne Europa, der Gott Hades die Demetertochter Persephone, Paris die schöne Helena. Die Römer raubten die Sabinerinnen, die Dioskuren die Töchter des Leukippos, ohne sich darum zu scheren, daß die beiden verlobt waren und sie mit ihrer ruchlosen Tat einen Krieg heraufbeschworen. Bis heute haben sich Reste des Brautraubs in so manchen Hochzeitsbräuchen erhalten.

Von Zeus abgesehen, war das Ziel der Aktionen, die Entführten zu ehelichen, und das ist auch des Märchenhelden sehnlichster Wunsch. Die Prinzessin will jedoch lieber sterben, als sich in die Hand des Fremden geben. Da sagt ihr der König, wer er wirklich ist, und erzählt ihr, wie es kam, daß er in Liebe zu ihr entbrannt ist, ergreift dabei ihre Hand und versichert ihr, alles, was er getan habe, sei einzig aus dieser übergroßen Liebe zu ihr geschehen.

Ein Mann, der aus Liebe zu einer Frau in Ohnmacht fällt, danach nur noch an sie denkt und ihretwegen alles andere vergißt, der, um sie zu gewinnen, keine Kosten und Gefahren scheut, sie schließlich listenreich entführt – ein solcher Mann ist ziemlich unwiderstehlich, zumal er sich auch noch als König entpuppt, das heißt als reich und mächtig. Die Prinzessin widersteht ihm auch nicht mehr, verzeiht ihm die Entführung und willigt ein, seine Gemahlin zu werden, willigt sogar gern ein, wie es ausdrücklich heißt. Der König hat sein Traumbild wahr und wahrhaftig erobert, das aber ist noch lange nicht das Ende der Geschichte, und der König irrt, wenn er meint, das Jawort seiner Angebeteten sei das letzte Wort in dieser Sache. Wir kommen darauf zurück.

Ein hilfsbereiter Grafensohn als Opfer weiblicher Gewitztheit

Die Gänsehirtin am Brunnen, KHM 179

Im Grimmschen Märchen Nr. 179 *Die Gänsehirtin am Brunnen* ist nicht der Held hinter dem Mädchen her, sondern die Heldin hinter dem Mann. Sie ergreift die Initiative und tut ihr möglichstes zu erreichen, daß er in ihr seine Traumfrau sieht. Es geht dabei ähnlich zu wie im Garten der biblischen Susanna, nur ist hier die verlockende Szene bewußt geplant und in eindeutiger Absicht inszeniert. Der Märchenheld wird das Opfer eines weiblichen Komplotts, an dem Mutter und Tochter gleichermaßen beteiligt sind, und tappt ebenso arglos wie naiv in die Falle, ähnlich wie es seine männlichen Brüder auch in Wirklichkeit häufig genug tun.

Der Gänsehirtin Mutter hat sich die Sache ausgedacht. Sie wird «Mütterchen» genannt, und das aus durchaus guten Gründen, denn sie kümmert sich liebevoll um ihre Tochter und steht ihr erfolgreich bei. Andererseits gilt sie bei vielen als Hexe, die es, wie es heißt, faustdick hinter den Ohren habe, und auch daran ist viel Wahres, bedenkt man die Methoden, deren sie sich bedient. Unser Held, ein hübscher junger Mann, begegnet ihr im Wald. Sie hat ein Tragetuch mit Gras und zwei Körbe mit Obst vor sich stehen, und weil er ein freundlicher und höflicher Mann ist, erkundigt er sich anteilnehmend, wie sie das alles wegschaffen wolle. Tragen müsse sie es, antwortet sie ihm und setzt hinzu, reicher Leute Kinder bräuchten das nicht. Sie forscht ihn aus und erfährt, er sei der Sohn eines reichen Grafen, und da fragt sie ihn, ob er ihr helfen wolle. Er bringt es nicht fertig, nein zu sagen, und da packt sie ihm ihre Sachen auf. Sie sind so schwer, als seien Wackersteine darin, und er hat nicht übel Lust, alles wieder abzulegen, tut es aber nicht. Als er glaubt, nicht mehr zu können, springt ihm die Alte auch noch selbst auf den Rücken.

Sie sei unverschämt, sagt er, aber das nützt ihm nichts. Sie schlägt ihn mit einer Gerte und mit Brennesseln auf die Beine, um ihn anzutreiben, und es heißt, das müsse er sich gefallen lassen.

Es gibt solche Männer, und das sind nicht unbedingt die schlechtesten, die es einfach nicht fertigbringen, Frauen gegenüber nein zu sagen, sich gegen sie zu wehren, sich ihnen gegenüber durchzusetzen. Man denke an den Hänsel-und-Gretel-Vater, und was alles hat sich der Jüngste aus dem Märchen vom Ränzlein, Hütlein und Hörnlein von seiner Frau bieten lassen. Der Prinz aus der Geschichte vom goldenen Vogel hat letztendlich auch nicht nein sagen können – obwohl er damit sein Leben riskiert hat und er dem Mädchen in keiner Weise verpflichtet gewesen ist. Und wer kennt nicht einen Nachbarn, der seiner Frau nicht zu widersprechen wagt und vor ihr kuscht. Oder vor seiner Mutter. Es gehört zu den Einseitigkeiten der derzeitigen Diskussion, in den Männern immer nur die Unterdrücker der Frauen zu sehen.

Halbtot kommt der junge Graf beim Haus der Alten an. Sie befreit ihn von seinen Lasten und verspricht ihm einen guten Lohn. Der Lohn, den sie ihm zugedacht hat, ist ihre Tochter. Mitten in einer Schar gackernder, flügelschlagender Gänse kommt sie daher, barfuß, angetan mit grobem Zeug, mit der langen Rute fürs Gänsehüten in der Hand, und ansonsten ist sie auch keine Schönheit. Natürlich würdigt er das Mädchen keines Blickes, und wahrhaftig nicht nur, weil er müde und abgekämpft ist. Mütterchen tut indes, als spinne sich zwischen den beiden bereits etwas an. Sie beordert ihre Tochter ins Haus und befindet: Es schicke sich nicht, mit einem jungen Herrn allein zu sein, denn er könnte sich in sie verlieben, und man müsse nicht Öl ins Feuer gießen. Der «junge Herr» weiß nicht, ob er über diesen absurden Gedanken lachen oder weinen soll, heißt es. Solch ein «Schätzchen», so denkt er, könne niemals sein Herz rühren. Er irrt und ist schon so gut wie verheiratet mit ihr.

Mütterchen hat nichts anderes getan, als ihn einer Prüfung zu unterziehen, und die hat er mit Glanz bestanden: Er erfüllt genau die Bedingungen, die sie an einen geeigneten Ehemann für ihre Tochter stellt: Er ist wohlhabend, gutaussehend und aus gutem Hause, dazu freundlich und hilfsbereit, allerdings ein wenig arglos, worin sie indes keinen Nachteil erblickt. Von weiblicher Hand läßt er sich zwar nicht immer willig, letztendlich jedoch mit Erfolg lenken und empfiehlt sich auch von daher als Gemahl, mit dem sich auskömmlich leben läßt. Nachdem sie Töchterchen Gelegenheit gegeben hat, einen Blick auf den «lieben Herrn» zu werfen, und die nichts gegen ihn einzuwenden hat, fehlt nur noch eines: Er muß dazu gebracht werden, sie zu begehren. Dies zu erreichen, zieht die Alte nun die Fäden. Ihr Plan zeichnet sich durch genaue Kenntnis männlicher Psychologie und spezifischer männlicher Schwächen aus, ferner durch Strategie und Taktik und durch ein genaues Timing. Sie wählt für ihr Vorhaben eine helle Mondnacht. Den Jüngling hat sie schon auf den Weg gebracht und ist nun dabei, das Haus für das große Ereignis zu putzen – so sicher ist sie, der Plan werde gelingen. Ihre Tochter schickt sie mit den Worten los, es sei nun an der Zeit, hinauszugehen und ihre Arbeit zu tun. Arbeit nennt sie es also, wenn es darum geht, einen Mann zu gewinnen! Wenn das der junge Graf wüßte, aber er weiß es nicht und wird es niemals erfahren. Georg Bernhard Shaw hat behauptet, die meisten Männer heirateten nicht, sie würden vielmehr geheiratet. Das hat ihm heftige Kritik eingebracht – von seiten der Männer; die Frauen haben zu seiner These klug geschwiegen.

Wie abgesprochen, begibt sich die Gänsehirtin zu einem Brunnen, und läßt man alles märchenhafte Brimborium beiseite, legt sie ihre Kleider ab, öffnet ihre Haare und beginnt sich zu waschen. Folgt man der ursprünglichen österreichischen Fassung, auf die die Brüder Grimm ihre Version der Geschichte stützen, hat es mit der Zeitplanung nicht so ganz geklappt, denn das arme Kind «had sich g'waschn und g'waschn, wohl länger als a Schtund...» Sie hat also fürwahr arbeiten müssen. Der Jüngling hat es besser, er darf programmgemäß genießen. Er sitzt nämlich, der weiblichen Regie entsprechend, oben auf dem Ast einer der drei alten Eichen, die am Brunnen stehen. Er hat auf dem Baum übernachten wollen, was sich dann aber unter ihm abspielt, läßt ihn nicht mehr ans Schlafen denken. Er sieht eine Gestalt den Berg herabkommen, erkennt in ihr schließlich die Gänsehirtin, ihr Anblick raubt ihm jedoch keineswegs die Ruhe. Warum sollte er auch?

Sie tritt an den Brunnen und beginnt sich zu entkleiden, und da ist es mit seinem Desinteresse schlagartig vorbei. Fasziniert schaut er zu, wie sie ihre langen, blonden Haare löst. Sie fallen über ihre im Licht des Mondes sanft schimmernde Gestalt und strahlen wie pures Gold. So jedenfalls erscheint es ihm. Nun beginnt sie sich zu waschen, und ihm gehen die Augen über. Keinen Blick kann er mehr von ihr lassen, und er sieht gut, denn, so heißt es, der Mond scheint so hell, daß ihm nicht das geringste verborgen bleibt. Er streckt seinen Hals zwischen dem Laub so weit vor, wie er nur irgend kann, und wagt kaum zu atmen, und was er sieht, verwandelt ihn, verkehrt seine bisherige Einstellung in ihr Gegenteil. Die Gänsehirtin erscheint ihm nun so schön wie sonst niemand auf der Welt, ihre Wangen dünken ihn so zart wie Apfelblüten und ihre Augen so glänzend wie die Sterne am Himmel. Er schaut und schaut, und um noch besser sehen zu können, rutscht er immer weiter nach vorn und wäre vor lauter Enthusiasmus beinah vom Baum gefallen.

Da knackt der Ast, auf dem er sitzt, das Mädchen fährt zusammen, schlüpft in seine Kleider und springt wie ein Reh davon. Bis der Graf von seinem Baum hinuntergeklettert ist, ist sie schon weit fort, aber er weiß ja, wo sie zu finden ist, und hat jetzt nur noch ein Ziel: Er will sie haben, für immer und ewig haben.

Immer wieder hat weibliche Blöße eine so verblüffende Wirkung. Dafür findet sich in der Bibel ein weiteres bezeichnendes Beispiel, und zwar im zweiten Buch Samuel, in den Kapiteln elf und zwölf. König David erblickt vom Dach seines Palastes die schöne Batseba, sich waschend im Bade, und auf der Stelle ist er von ihrer hüllenlosen Schönheit hingerissen. Er erfährt, sie sei verheiratet, was ihn aber wenig stört. Er sorgt dafür, daß ihr Mann auf ein Himmelfahrtskommando geschickt wird, bei dem er wunschgemäß umkommt, und heiratet die Witwe.

Die Geschichte hat bewegt und aus Gründen, die auf der Hand liegen, besonders in der Malerei ein ausgiebiges Nachleben gefunden. Darstellungen von «Batseba im Bade» finden sich bereits in frühmittelalterlichen Handschriften, und Rembrandt wie Picasso haben sie gemalt.

Mehr noch hat eine unbekleidete Göttin von sich reden gemacht: die schaumgeborene Venus. Nackt, perfekt schön und liebreizend lächelnd ist sie dem Meer aus silbernem Wogenschaum entstiegen. Dichter haben sie besungen, Maler aller Zeiten gemalt, Bildhauer sie in Stein gemeißelt, und glaubt man Homer und seinem Hymnus an Aphrodite, hat ihr Anblick sogar in Löwen, Wölfen, Bären und Rehen «süße Begierde» erweckt, so daß sie sich paarweise in die Büsche geschlagen haben.

So hat weibliche Blöße Männer zu allen Zeiten fasziniert, ganz gleich, ob jung oder betagt. In Arthur Schnitzlers Novelle «Fräulein Else» ist ein alternder Lebemann bereit, sich von 50 000 Gulden zu trennen, nur um die schöne neunzehnjährige Else so, wie Gott sie geschaffen hat, fünfzehn Minuten lang anschauen zu dürfen. Man stelle sich vor, Frauen würden in auch nur annähernd vergleichbarer Weise auf unbekleidete Mannsbilder reagieren! Die Welt sähe vermutlich ganz anders aus.

Dem jungen Grafen hat der Anblick der Badenden Beine gemacht. So schnell ihn seine Füße tragen, eilt er zurück zum Haus der Alten und zu der nunmehr heiß begehrten Gänsehirtin, und dort ist alles auf seine Ankunft vorbereitet. Das Haus glänzt, und die Gänsehirtin hat sich hergerichtet und ihr bestes Kleid angezogen. So wird sie nun von der Mutter dem Herrn Grafen präsentiert, und auch das hat Methode: Erst hat er sie in ihrer weiblichen Blöße im Mondenschein erblicken dürfen, jetzt darf er sie geschmückt und herausgeputzt in einem «seidenen Gewand» bewundern. Die anreizende Wirkung prächtiger Gewänder auf Männer ist bekannt. In den Märchen zeugen dafür unter anderen 350 Prinzen, denn so viele Versionen des Aschenputtelmärchens gibt es, und alle diese Prinzen fallen nicht zuletzt dem Reiz dreier prächtiger Kleider zum Opfer, in denen ihnen die Aschenputtelmädchen an drei Abenden erfolgreich den Kopf verdrehen.

Dem Grafen ergeht es nicht anders als den Prinzen. Angesichts der so schön geschmückten Gänsehirtin glaubt er, ein Engel sei vom Himmel gefallen, und als sie unter seinen Blicken auch noch wie eine «Moosrose» errötet, dreht sich das Herz in seiner Brust wie ein Mühlrad, heißt es, und damit hat für ihn die letzte Stunde seines Junggesellendaseins geschlagen. Zur allseitigen Freude findet umgehend die Hochzeit statt.

Der Graf hat seinen von den beiden Frauen so schlau manipulierten Entschluß nicht bereuen müssen, denn die Ehe ist ein Erfolg. Seine Gemahlin und er, so verrät das Märchen, haben «in aller Glückseligkeit gelebt, solange es Gott wollte». Gemäß der österreichischen Version sind sie darüber hinaus reich und mächtig geworden, und selbst ihre Kinder und Kindeskinder lebten glücklich und zufrieden. Was mehr könnte man wollen?

Dies ist ein lehrreiches Märchen. Zunächst einmal zeigt es, daß weibliche Schönheit keineswegs die Voraussetzung dafür sein muß, daß ein Mann sich unsterblich in ein Mädchen verliebt, und mangelnde weibliche Schönheit kein Hinderungsgrund ist, miteinander glücklich, reich und mächtig zu werden. Ferner muß es für einen Mann nicht notwendigerweise von Übel sein, Objekt weiblicher Verführung und Manipulation zu werden. Bedenkt man, wie kopflos manche Märchenprinzen an eine Frau geraten, scheint es allemal besser, nicht ihnen die Wahl zu überlassen – oder sie nur dem Anschein nach entscheiden zu lassen. So, wie es dem Grafen geschehen ist: Er glaubte zu wählen, tatsächlich wurde er erwählt – und zwar nach ausgemacht vernünftigen Gesichtspunkten. Zunächst einmal tun die beiden Frauen, was keinem verliebten Prinzen eingefallen ist: Sie vergewissern sich über den Mann, klären, woher er kommt, was er ist und was er hat. Danach wird er weiteren Proben unterzogen, und erst als auch die positiv ausfallen, werden der Gänsehirtin körperliche Reize ins Spiel gebracht, und zwar nach genauem Plan, taktisch gut abgestimmt und unter Ausnutzung spezifisch männlicher Reaktionsweisen.

Mutter und Tochter denken und handeln hier, wie man es gemeinhin nur dem männlichen Geschlecht zuschreibt und zutraut. Der Graf hingegen läßt jegliche Vernunft vermissen und gleicht darin all den anderen verliebten Prinzen und Königen. Es gibt über den Zusammenhang zwischen Verliebtheit und verminderten männlichen Verstandeskräften aus allen Zeiten Zeugnisse – philosophische, dichterische, volkstümliche, und in nahezu allen Sprachen kennt man zu diesem Thema eindeutigdrastische Aussprüche. Was es hingegen nicht gibt, sind Prinzessinnen oder Königinnen, die in vergleichbarer Weise einem Mann verfallen, sei er auch noch so schön und noch so nackt und vom Mondschein umspielt – und schon gar nicht einem, den sie nicht kennen und von dem sie nichts wissen. Und keine einzige fällt beim Anblick eines Männerbildes in Ohnmacht. Wenn Märchenheldinnen beschließen, Herz und Hand eines Prinzen zu gewinnen, gehen sie oft ähnlich methodisch und taktisch vor, wie es die Gänsehirtin und deren einfallsreiche Mutter tun. Auf diese Weise kommt die Schöne im Baum zu ihrem jungen König, gewinnt Jungfrau Maleen ihren Geliebten zurück, der sie vergessen hat, gelingt es Allerleirauh, einen Königssohn zu heiraten. Nicht zuletzt zeigen die vielen Aschenputtel, wie es gemacht wird: Erst reizen sie den Mann, beginnt er zu entflammen, ziehen sie sich zurück, aber nicht ohne beim letzten Mal einen Schuh zu hinterlassen, damit er sie auch ja wiederfindet.

Die Brautwahl unserer bisherigen Märchenhelden vollzieht sich völlig anders: Sie sehen ein schönes Mädchen oder hören auch nur von ihm, werden von unwiderstehlicher Liebe übermannt, und prompt setzt ihr Verstand aus. In dieser Weise auf das andere Geschlecht zu reagieren, ist ein exklusiv männliches Phänomen. Ein weiteres ist der Männer Ahnungslosigkeit, was

Mittel und Methoden von Frauen betrifft. Kein Prinz bekommt mit, welches Spiel man mit ihm treibt, und der Graf ahnt nicht das mindeste von den Machenschaften der beiden Frauen. Und allesamt wissen sie so gut wie nichts über die Mädchen, die sie derart lieben und so heiß begehren, daß alle Blätter an den Bäumen es nicht aussagen könnten.

Das Wölfische im Manne, und wie Rotkäppchen damit umgeht

Rotkäppchen, KHM 26

Nicht alle Männer sind indes wie diese oder wie die vorherigen. Würden wir mit denen das Kapitel beenden, bliebe ein arg einseitiges Bild männlicher Verliebtheit zurück. Die Alternativen sind allerdings von romantischen Märchenprinzen weit entfernt – so weit, daß deren Vertreter nicht einmal als Menschen erscheinen. Sie treten als Tiere auf. Das gibt es häufig in den Märchen, und noch häufiger bedienen sich Fabeln dieser Darstellungsweise, was aber keinesfalls bedeutet, es ginge dann um Zoologisches. Die Tiergestalt ist nur Maske, hinter der aus guten Gründen das Menschliche versteckt wird. Es werden auf diese Weise menschliche Schwächen und gesellschaftlich nicht erwünschte Verhaltensweisen verschleiert. Der Leser wird dadurch geschont, nämlich weniger brüskiert, weil ja nur Tiere agieren, mit denen man glaubt, nichts gemein zu haben. Darüber hinaus bietet eine solche Camouflage die Möglichkeit, den Handlungsspielraum der Geschichten beträchtlich zu erweitern, denn Tiergestaltige können weit ungenierter handeln als menschliche Akteure und beispielsweise tun, was für schöne Prinzen ein Ding der Unmöglichkeit wäre. Die beiden folgenden Märchenfiguren werden uns also mit einer ganz anderen Art von Verliebtheit konfrontieren, die indes um nichts weniger männlich ist.

Der erste dieser zwei beispielhaften Vertreter tut sich wahrlich keinen Zwang an: Ungeniert verschlingt er Menschen, erst frißt er die Großmutter und dann das reizende Rotkäppchen. Es geht um den Wolf, den großen, bösen, braunen Wolf, wie ihn die Engländer nennen. Nun werden manche gewiß unterschreiben, daß in den Märchen Menschen in Tiergestalt auftreten, aber in diesem Wolf einen verliebten Mann zu sehen, werden sie denn doch als Zumutung empfinden. Ich kenne die Einwendungen gegen ein solches Unterfangen. Bei einer Lesung hielt mir ein Zuhörer vor, es sei reine Willkür, aus dem Wolf schlechtweg einen Mann zu machen. Es handele sich eindeutig um ein Tier, und der Märchenwolf sei nichts anderes als eine Reminiszenz an jene Zeiten, als Wölfe noch die deutschen Wälder unsicher machten und nicht davor zurückschreckten, gelegentlich alte Frauen und Kinder zu fressen.

Das klingt schlüssig, ist es aber nicht. Zunächst einmal haben die realen Wölfe weit weniger Menschen gefressen, als eine böse Fama ihnen nachsagt, und selbst der größte Wolf bringt es nicht fertig, auch nur ein kleines Mädchen zu verschlucken, geschweige zwei Menschen gleich hintereinander zu verschlingen – und das auch noch lebendig. Das Entscheidende ist jedoch: Kein echter Wolf kann sprechen, und schon gar nicht vermag er so süßholzraspelnd daherzureden, wie es der Märchenwolf gegenüber Rotkäppchen tut. Ferner wird sich kein Wolf in ein Bett legen, und, wenn er einen Menschen frißt, wird er ihm nicht erst die Kleider ausziehen, und sie sich erst recht nicht anschließend selber anziehen. Nein, der Rotkäppchen-Wolf ist kein Tier, und es geht auch nicht ums Fressen. Bei der Hexe im Märchen von Hänsel und Gretel ist es ebenfalls nicht ums Fressen gegangen, sondern um Liebe – allerdings um eine etwas abwegige Art von Liebe. Der Wolf liebt auch nicht auf die übliche und gesellschaftlich sanktionierte Weise. Eben darum muß er in der Maske eines übel beleumundeten Tieres auftreten. Was er denkt und tut, denken und tun eben nur böse Wölfe, was die Männer gnädig davor bewahrt, in diesem Wolf einen der Ihren sehen zu müssen.

Eines ist klar: Der Wolf dieses Märchens ist gefährlich, und er ist unzweifelhaft männlich. Mehr noch: Er ist von einer Art, daß man nicht offen von ihm spricht. Die Mutter jedenfalls tut es nicht. Sie weiß, daß ihre Tochter in einem Alter ist, das Interesse von Wölfen zu wecken, und tut nun ihr möglichstes, sie zu warnen. Sie traut sich aber nicht, die Gefahr beim Namen zu nennen. Bei ihren pädagogischen Anweisungen, die sie dem

Mädchen mit auf den Weg gibt, bleibt sie diesbezüglich indirekt, nebulös und symbolhaft. «Hübsch sittsam» solle Rotkäppchen gehen, sich hüten, vom Wege abzuweichen, sie könne dann fallen und das Glas zerbrechen, und keinesfalls dürfe sie neugierig sein. Das Mädchen ist weit aus dem Alter heraus, wo man sie warnen müßte, nicht hinzufallen, aber sehr wohl in einem Alter, in dem Mädchen eine ganz bestimmte Neugier an den Tag zu legen pflegen. Das macht der Mutter Sorge, und was sie wirklich meint, ist, Rotkäppchen solle in bezug auf Männer nicht neugierig sein, durch unsittsames Gehen nicht deren Blicke auf sich ziehen und nicht vom rechten Weg abweichen; dann nämlich könnte sie ihre Unschuld verlieren und wäre ein gefallenes Mädchen. Um ihren vagen Warnungen Nachdruck zu verleihen, läßt sie sich von Rotkäppchen versprechen, alles gut zu machen, und sich feierlich die Hand darauf geben. Das Mädchen geht, und im Wald lauert der lüsterne Wolf auf sie.

Der lüsterne Aspekt des Wolfs ist in Deutschland kaum gesehen worden, in Frankreich hingegen selbstverständlich. In den 1694 zuerst erschienenen Feenmärchen des Charles Perrault trägt das Märchen den Titel *Le Petit Chaperon rouge*, und darin bestehen über den Charakter des Wolfs und seine spezifische Rolle nicht die geringsten Zweifel, und über die Bedeutung des Fressens ebenfalls nicht. In der der Geschichte angehängten Moral heißt es, hübsche kleine Mädchen sollten nicht auf jeden hören und schon gar nicht auf solche, die sich freundlich, zahm und sanft gäben. Gerade dann könnten sie an einen Wolf geraten, der nichts anderes im Sinn hätte, als sie zu fressen – was heißt «den kleinen Fräulein bis in die Häuser, in die Kammern» nachzustellen. Perraults Märchen war den Brüdern Grimm wohlbekannt, aber diese Seite des wölfischen Wesens nahmen sie ganz einfach nicht zur Kenntnis. Für sie, wie für die Mehrzahl deutscher Märchenexperten, blieb der Wolf nichts als ein gräßliches, menschenfressendes Ungeheuer und nur in unspezifischem Sinne böse.

Er steht am Waldrand, wartet auf Rotkäppchen, und als das

Mädchen erscheint, tritt er hervor und wünscht ihm freundlich einen guten Tag. Auf manchen Illustrationen zieht er dabei artig seinen Hut, manchmal auch einen Zylinder. Ein wirklicher Wolf tut das nicht, und Rotkäppchen reagiert entsprechend. Sie läuft nicht schreiend davon, wie sie es gewiß getan hätte, wäre sie einem realen Wolf begegnet. Der Märchenwolf erschreckt sie nicht im mindesten. Ebenso freundlich erwidert sie ihm: «Schönen Dank, Wolf.» Sie kennt das gefährliche Tier sogar mit Namen und spricht ihn ungeniert aus. «Kleine Mädchen» werden nur zu leicht unterschätzt, und das nicht nur von ihren Müttern. Der Wolf hält sich nicht lange mit Präliminarien auf und kommt sofort zur Sache. «Was trägst du unter der Schürze?» will er von ihr wissen. Gewiß nicht den Korb mit Kuchen und Wein, den hat es über dem Arm, da sind sich alle Illustratoren einig. Er würde auch gar nicht unter die Schürze eines kleinen Mädchens passen. An dem Korb ist der Wolf auch nicht interessiert, seine Interessen gehen in eine ganz andere Richtung: Er leckt sich nach dem «jungen, zarten Ding» die Lippen, hält es für einen «fetten Bissen» und will es erschnappen. «O du allerliebstes, appetitliches Haselnüßchen du», denkt er, «dich muß ich knakken» (Bechstein), und er macht ihm entsprechende Avancen, nennt sie «mein liebes, charmantes Rotkäppchen», «mein liebes, frommes Kind» oder «mein gutes, kluges Kind». In einigen französischen Fassungen redet er es mit «mein Lämmchen» und «Herzchen» an. Der Wolf macht seinem Namen alle Ehre, jedenfalls seinem englischen Namen. Die umgangssprachliche Bedeutung des englischen «wolf» ist nämlich Schürzenjäger, und «wolf-whistle» heißt das bewundernde Pfeifen, das Männer gelegentlich einer attraktiven Frau hinterherschicken.

Die «süße Dirne» (Grimm), das «allerliebste, niedliche Ding von einem Mädchen» (Bechstein) hat es dem Märchenwolf angetan, und seine Wünsche sind eindeutig: Er möchte Rotkäppchen vernaschen. Das ist fraglos weder anständig noch moralisch, aber bezeichnend. Ähnliche Wünsche werden in vielen Männern wach, wenn sie im Wald, auf der «Piste» oder wo auch immer einem reizenden Rotkäppchen begegnen. Und was des bösen Wolfs weitere lüsterne Gedanken betrifft, so sind sie, mit dem verglichen, was in so mancher Männerrunde gesagt wird, wenn es beim «Thema eins» um «die Weiber» geht, geradezu poetisch. Nicht von ungefähr verfügt der Volksmund über ein ganzes Arsenal mehr oder minder abgeschmackter Begriffe, die «wölfische» Männergelüste adäquat ausdrücken. Man lese nach bei Bornemann: «Der obszöne Wortschatz der Deutschen» – zwei Bände!

Schon kleine Jungen reizt, was Mädchen unter ihrer Schürze haben, und in der Regel müssen sie schon sehr alt werden, bis ihr Interesse daran endgültig erlischt. Männer sind so, und man kann schwerlich von ihnen verlangen, wie Dornröschen oder Aschenputtel zu sein. Die sind in der Tat anders. Sie träumen von einem schönen und reichen Märchenprinzen nicht als einer Nuß, die sie knacken möchten. Sie denken ihn sich nicht als einen fetten Bissen, den sie gern vernaschen würden, und sie wollen ihn nicht fressen, sondern lediglich heiraten. Es liegt ihnen auch fern, von Männern in Begriffen zu schwärmen, die dem obszönen Wortschatz angehören. Sie sind nicht wölfisch, wie sollten sie auch. Sie bringen die Wölfe aber auch nicht um, keine einzige tut das, und folgt man Perraults Quintessenz des Märchens, lassen es manche Mädchen durchaus zu, daß ihnen ein Wolf bis ins Haus, ja bis in ihr Kämmerlein folgt. Rotkäppchen hat den Wolf schließlich auch nicht abscheulich gefunden und, wie wir sehen werden, sich ganz freiwillig zu ihm ins Bett gelegt.

Der Wolf hat es schwer, an sie heranzukommen. Auf seine Anspielung mit der Schürze hat sie nicht reagiert, und sie bringt das Gespräch umgehend und sehr geschickt auf ein harmloses Thema, plaudert angelegentlich mit ihm über ihre kranke Oma. Damit ist der Wolf abgeblitzt. Sein allzu direkter und dazu plumper Annäherungsversuch ist ja auch alles andere als geeignet, ein Mädchen wie Rotkäppchen zu gewinnen. In anderen Rollen gelingt es ihm indes genausowenig, an das Mädchen heranzukommen. In der Bechsteinschen Version versucht er es als Doktor, in weiteren Fassungen spielt er den Biedermann, gibt sich als feiner Dandy oder gar als Geistlicher aus – ohne Erfolg. Das Mädchen ist freundlich zu ihm, mehr aber auch nicht. Von seiner Männlichkeit zeigt es sich nicht im mindesten beeindruckt. Eine Weile geht er schweigend neben Rotkäppchen her und überlegt. Er müsse es «listig anfangen», sagt er sich, und schließlich fällt ihm auch etwas Neues ein, wie es ihm doch noch gelingen könnte, sie zu «erschnappen»: «Rotkäppchen», spricht er, «sieh einmal die schönen Blumen, die ringsumher stehen, warum guckst du dich nicht um? Ich glaube, du hörst gar nicht, wie die Vöglein so lieblich singen? Du gehst ja für dich hin, als wenn du zur Schule gingst, und es ist so lustig draußen in dem Wald.»

Gar nicht dumm versucht er, die Sinne des Mädchens für die Reize der Natur zu öffnen. Nimmt sie erst einmal Blumen und Vogelgesang wahr, so mag er hoffen, wird sie möglicherweise auch in ihm mehr sehen als lediglich einen Gesprächspartner. Tatsächlich schlägt Rotkäppchen nach seinem Appell die Augen auf, sieht plötzlich die Sonnenstrahlen zwischen den Bäumen hin und her tanzen, bewundert die schönen Blumen, und dann läuft sie in den Wald und pflückt sie – allerdings nicht für den Wolf, was auch zu viel erwartet gewesen wäre. Was er hier bei ihr versucht, ist nicht darauf angelegt, einen sofortigen Erfolg zu erzielen. Immerhin hat sie auf seine Worte reagiert, und er hat noch ein weiteres erreicht: Sie ist vom Weg abgewichen, zwar noch lange nicht vom rechten, hat aber immerhin ein mütterliches Verbot übertreten. Wer damit einmal angefangen hat, schlägt möglicherweise später auch andere Verbote in den Wind. Im Augenblick hat der Wolf jedoch keine Chancen und trollt sich erst einmal.

Das heißt aber nicht, er verschöbe die Erfüllung seiner Wünsche auf den Sankt-Nimmerleins-Tag. Er tut zweierlei, um auf seine Kosten zu kommen: Als erstes gleicht er den Frust aus, den er erlitten hat, und holt sich bei der Großmutter, was bei Rotkäppchen nicht zu bekommen war. Ein Wolf ist eben ein Wolf, und in Notzeiten ist Frau für ihn gleich Frau – Hauptsache weiblich. Sein Appetit auf Rotkäppchen hat dadurch allerdings nicht gelitten. Er liegt im Bett der Großmutter, hat sich mit deren Nachthemd getarnt und wartet ein weiteres Mal auf das Mädchen, und dieses Mal befindet er sich in optimaler Ausgangslage. Das ist das zweite, was er für sich getan hat.

Rotkäppchen kommt, die Tür ist offen, sie tritt verwundert ein, spürt, daß etwas nicht stimmt, und ihr wird ängstlich zumute. Sie ruft «Guten Morgen!» – keine Antwort. Wären ihr nicht im Wald die Augen aufgegangen, hätte sie mit Sicherheit keinen weiteren Schritt getan. Sie hat sich verändert in der Zwischenzeit, hat jetzt Augen für Dinge, die vorher für sie nicht existiert haben, und ist dadurch über ihre Schulkindmentalität hinausgewachsen. Sie läuft nicht mehr wie ein Kind davon, wenn es Angst hat, und sie ist offener geworden für sinnliche Reize, hier für den Reiz einer Gefahr. Und ein weiteres Mal ignoriert sie ein mütterliches Gebot. Sie gibt ihrer Neugier nach, geht zum Bett und zieht die Vorhänge beiseite.

Der Wolf hat sich herzlich schlecht getarnt. Großmutters Nachtmütze verbirgt weder seine Wolfsohren noch sein unverkennbar großes Maul, und nicht einmal seine Tatzen hat er unter die Decke gesteckt. Wie sonst hätte Rotkäppchen alles sehen können? Was da vor ihr im Bett liegt, kann sie unmöglich für ihre Großmutter gehalten haben! So stellt sie in einer französischen Fassung (Charles Marelle 1888) denn auch fest, die Großmutter sehe wie «Freund Wolf» aus. Nichtsdestotrotz bleibt sie, läuft auch jetzt nicht davon, vielmehr ist ihre Neugier noch größer geworden, und sie treibt ihr Spiel mit der Gestalt im Bett. «Ei Großmutter», redet sie sie an, und das kann unter den gegebenen Umständen nur ironisch gemeint sein. «Was hast du für große Ohren!» Für die Ohren der Großmutter hätte sie kaum Interesse bekundet, und ihre Oma kennt sie außerdem gut genug. Es ist der Wolf, dem ihre Wißbegier gilt, wie der ist, möchte sie herausfinden. Ihre diesbezügliche Neugier zu wecken, ist dem alten Schwerenöter gelungen, und er spielt nun ihr Spiel mit. Warum er so große Hände habe, will sie als nächstes wissen, und er antwortet: «Daß ich dich besser packen kann.» Bei Perrault sagt er: «Damit ich dich besser umarmen kann.» Das ist deutlich genug und dennoch für Rotkäppchen kein Grund, das Weite zu suchen, und damit ist die Rechnung des Wolfs aufgegangen.

Wie er es gewollt und gehofft hat, ist er jetzt weit mehr für das Mädchen als ein Gesprächspartner, mit dem es unverbindliche Konversation macht. Nun interessiert sie sich für ihn als Mann, will sie wissen, wie er beschaffen ist, und zwar ganz genau. Außer ihrer Neugier bringt sie ihm keine weiteren Gefühle entgegen, was den Wolf jedoch wenig kümmert. Er ist einzig darauf aus, Rotkäppchen zu fressen, und dazu liefert sie ihm nun das Stichwort. Sie möchte auch noch das letzte wissen, nämlich wozu sein «entsetzlich großes Maul» gut ist. Der Wolf zeigt es ihr. Laut Urfassung springt er «auf» das arme Rotkäppchen und verschlingt es. Er tut dies «eben so rasch, wie er vorher die Großmutter verschlungen hatte» (Gustav Holting, 1840). Ein Gourmet ist dieser Wolf nicht, was ja auch kaum zu erwarten war, und er läßt sich keine Zeit bei der Lust. Sein Ziel hat er jedoch erreicht, er hat «sein Gelüsten gestillt», wie es selbst bei den braven Brüdern Grimm heißt. Und was macht er danach? Er dreht sich auf die Seite, schläft ein und schnarcht – ein Wolf, wie er im Buche steht!

Die Wölfe anderer Fassungen dieses Märchens sind auch nicht viel besser, aber es gibt einen, der sich etwas mehr Zeit läßt und dazu Sinn für ein anregendes Vorspiel hat. Die folgende Szene entstammt einer Version der Geschichte, die 1885 in Nièvre aufgezeichnet wurde und die Jack Zipes mitgeteilt hat. Nachdem Rotkäppchen die Bettvorhänge zurückgezogen hat, ist es hier der Wolf, der den Dialog eröffnet: «Zieh dich aus, mein Kind, und lege dich neben mich», fordert er das Mädchen auf, und dann kommt auch hier die Schürze ins Spiel. Rotkäppchen legt sie als erstes ab und will dann wissen, wo sie sie hinlegen soll. Sie möge sie ins Feuer werfen, sie werde sie nicht mehr brauchen, antwortet ihr der Wolf, und so geht es nun mit einem Kleidungsstück nach dem anderen, bis Rotkäppchen nichts mehr anhat. Dieser Wolf gönnt sich einen Striptease. Danach legt Rotkäppchen sich zu ihm und stellt die bekannten Fragen. Außerdem will sie hier wissen, warum er so haarig ist. «Damit ich dich besser warmhalten kann, mein Kind», erwidert er ihr. Ein Wolf zum Wärmen – das ist etwas Neues, aber warum nicht? Letztendlich will natürlich auch er Rotkäppchen fressen, sie aber möchte sich lieber nicht fressen lassen, und nun legt das kleine Rotkäppchen den großen Wolf auf eine Weise herein, die ihresgleichen sucht. Sie müsse mal sehr dringend, erklärt sie ihm. Er will sie natürlich nicht fortlassen und sagt, sie solle ins Bett machen. Das lehnt sie ab, sie wolle nach draußen gehen. Er läßt sie gehen, bindet aber, klug, wie er sich dünkt, ein Seil an ihren Fuß und beweist damit seine Arglosigkeit. Wie wenig weiß auch er von Mädchen! Im Hof macht Rotkäppchen das Seil an einen Pflaumenbaum fest, in anderen Versionen bindet sie es einer Ziege ans Bein, und fort ist sie. Er ist der Betrogene und muß sehen, wo er nun sein Gelüsten gestillt bekommt.

Wölfe sind gefährlich, gewiß, aber wenn selbst ein «niedliches Ding von einem Mädchen» effektiv mit einem Wolf umzugehen weiß und es gegebenenfalls fertigbringt, ihn zu nasführen und hereinzulegen, muß man nicht Jagd auf die Wölfe machen und ihnen die Bäuche aufschlitzen oder sie ertränken, wie das in den Grimmschen Fassungen geschieht. Wölfe sind auch nur Menschen, und ihre eklatante Lüsternheit ist nicht allein böse. Das jedenfalls behauptet Goethe in seinen Maximen und Reflexionen (3,492). Nach ihm ist Lüsternheit «Spiel mit dem zu Genießenden und Spiel mit dem Genossenen». Zu längeren Spielen lassen sich allerdings die meisten Märchenwölfe keine Zeit, und sie sind reichlich grob und gierig. Als personifizierte männliche Lüsternheit stellen sie jedoch nur einen Aspekt des Männlichen dar und kommen so in Wirklichkeit kaum vor. Ein bißchen Wolf kann indes keinem Mann schaden. Versteht er es gar, seine wöl-

fischen Triebe in genußreiche Spiele umzusetzen, wird er für so
manche Frau durchaus seinen Reiz haben. Die meisten Männer,
so ist zu fürchten, werden sich allerdings damit begnügen, schönen Frauen mit wölfischen Blicken hinterherzusehen und zu
denken: «Ach du appetitliches Haselnüßchen du, dich möcht'
ich knacken.»

Hier noch ein Nachtrag: Er führt zurück in eine Zeit, in der
ich noch nicht ans Bücherschreiben dachte, Lehrer an einer
Lernbehinderten-Schule war und eine schwierige achte Klasse
führte. Den Schülern dieser Klasse verdanke ich die erste Anre-
gung, das Wesen dieses Märchenwolfs zu ergründen, und das
kam so: Wir sollten zur Schulentlassungsfeier etwas vorführen,
und scherzhaft meinte ich, wir könnten ja ein Märchen aufführ-
ren. Es gab Gelächter, und dann schlug einer ebenso scherzhaft
«Rotkäppchen» vor. Ein Knabe, der nicht zu meinen Tugend-
bolden gehörte, meinte daraufhin, er würde gern den Wolf spielen und Rotkäppchen vernaschen. Erst verblüfftes Schweigen,
dann noch größeres Gelächter, und als jemand die hübsche Jut-
ta, den «Star» der Klasse, für die Rolle der Märchenheldin empfahl, gab es begeisterte Pfiffe.

Ich nahm meine Schüler beim Wort, und noch in derselben
Stunde erarbeiteten wir die ersten Dialoge. In der Endfassung
sah die entscheidende Szene dann folgendermaßen aus:

ROTKÄPPCHEN: Mann, was hast du für große Augen!
WOLF: Damit ich dich besser sehen kann.
ROTKÄPPCHEN: Siehst du mich denn gerne? (dreht sich vor ihm)
WOLF: Ja, Rotkäppchen.
ROTKÄPPCHEN: Du hast auch ganz schön große Ohren.
WOLF: Damit ich dich besser hören kann.
ROTKÄPPCHEN: Soll ich dir mal was flüstern?
WOLF: Ja, Rotkäppchen, bitte!
ROTKÄPPCHEN: Du bist ein garstiges, gräßliches graues Viech!
WOLF: Aber ich habe ein ganz weiches Fell.
ROTKÄPPCHEN: Und ein unverschämt großes Maul!

WOLF: Damit ich dich besser fressen kann.

ROTKÄPPCHEN: Du hast mich also zum Fressen gern?

WOLF: Ja, Rotkäppchen, komm, laß dich bitte fressen.

ROTKÄPPCHEN: Ist nicht, mein Lieber! Daraus wird nichts. Rück erstmal die Großmutter raus.

WOLF: Läßt du dich dann fressen?

ROTKÄPPCHEN: Darüber reden wir später.

WOLF: Ich hab die Großmutter gar nicht gefressen. Sie ist im Schrank.

ROTKÄPPCHEN: Hallo, Großmutter! Hier ist Kuchen und Wein für dich, und schöne Grüße von der Mutter.

WOLF: Wie ist es nun, Rotkäppchen, darf ich dich jetzt fressen?

ROTKÄPPCHEN: Du darfst mich *nicht* fressen. Du gehst jetzt in deinen Wald und verwandelst dich erstmal in einen richtigen Menschen. Dann kannst du wiederkommen und mich zu einem Eis einladen. Und nun ab mit dir, du Ungeheuer! –

Damit sind wir sogar noch zu einer gewissen Moral der Geschichte gelangt und können den Wolf getrost verlassen.

Wie jemand, der für einen garstigen Frosch gehalten wird, am Ende dennoch im Bett der Prinzessin landet

Der Froschkönig oder der eiserne Heinrich, KHM 1

Der nächste und gleichzeitig letzte Exponent dieses Kapitels ist kein Ungeheuer, ganz und gar nicht haarig und hat auch ansonsten wenig mit dem Wolf gemein. Er ist nicht jemand, der gierig nur das eine will, und er ist nicht lediglich ein Aspekt des Männlichen, vielmehr eine eigene Persönlichkeit, die genau weiß, was sie will. Am Anfang der Geschichte ist er klein, grün, naß und nackt, haust in einem Brunnen und stammt aus dem Grimmschen Märchen Nummer eins *Der Froschkönig oder der eiserne Heinrich*. Wie der Wolf ist dieser Frosch in aller Welt bekannt, dessenungeachtet ist er aber, genausowenig wie der Wolf, der Held des Märchens; diese Rolle spielt die schöne Königstochter. Aus ihrer Perspektive ist die Geschichte erzählt, sie ist, ganz ähnlich wie Rotkäppchen, die Identifikationsfigur und daher auch die Gute – ungeachtet ihrer nicht zu übersehenden Fehler und Mängel, die aber, wie bei den Heldinnen und Helden der Märchen üblich, großzügig übersehen werden. In der Sekundärliteratur steht ebenfalls die Prinzessin im Vordergrund des Interesses. Märchenforscher, Psychologen und Pädagogen beschäftigen sich wohlwollend mit ihrem Tun und Lassen, fragen, welche Gefühle sie bewegen, welche Entwicklung sie nimmt. Die Tatsache, daß es maßgeblich der männliche Frosch ist, der durch seine Initiativen und Aktionen die Handlung vorantreibt, pflegen sie geflissentlich zu übersehen. Der vielgeschmähte Frosch steht weitgehend im Schatten der ach so schönen Königstochter – allerdings nur bei den Experten. Ansonsten ist es der Frosch, über den man spricht, den man zeichnet, malt, persifliert und über den man Witze macht. Als das männliche Element der Geschichte wird auch hier er es sein, der die Hauptrolle spielt.

Der Frosch ist so wenig ein Tier wie der Rotkäppchen-Wolf,

vielmehr, wie jedermann weiß, ein verkappter Königssohn. In vielem unterscheidet er sich von seinen Vorgängern dieses Kapitels, in einem nicht: Genauso wie sie ist er hinter einem schönen Mädchen her und will es für sich gewinnen. Er begehrt die schönste von drei Königstöchtern. Bedenkt man seine Ausgangsposition, ist er nicht gerade bescheiden, denn einen Frosch zu küssen ist wohl das letzte, was einer hübschen Königstochter einfiele. Es heißt allerdings am Anfang des Märchens, es stamme aus einer Zeit, in der das Wünschen noch geholfen hat. Das mag so sein, aber dem Frosch hätte auch alles Wünschen kaum etwas geholfen, denn freiwillig hätte die Prinzessin ihn niemals in ihr Bettchen gelassen – was ihm durchaus klar ist. Im Gegensatz zu so manchem verliebten Prinzen macht er sich keine Illusionen, schätzt er seine Situation realistisch ein. Nicht zuletzt deswegen erreicht er – entgegen allen Erwartungen – sein Ziel, und allein das macht ihn zu einem bemerkenswerten Modell des Männlichen.

Dieser Märchenfrosch hat die Phantasie der Menschen bewegt wie kaum eine andere Märchengestalt, und bereits im Mittelalter war er den Menschen ein Begriff. Sein Ruf ist allerdings herzlich schlecht, ist es von Anfang an gewesen, was in erster Linie auf seine spezifische Art von Männlichkeit zurückzuführen sein dürfte. Die war schon dem berühmten Prediger und Poeten Berthold von Regensburg (1220–1272) ein Dorn im Auge. Er wetterte gegen den Frosch, der für Mädchen ein Unglück sei, empfahl, ihm die Augen herauszureißen und ihn dann zu verbrennen, und zwar «cum omnibus quae habet», also mit allem, was er hat. Für einen Mann der Kirche sind das bemerkenswert rabiate Töne gegenüber einem Wesen, das nichts als ein Fabeltier ist, aber so ist es eben: Dieser nackt-nasse Brunnenbewohner löste und löst immer noch heftige Reaktionen in den Gemütern der Menschen aus, und er hat in den verschiedensten Bereichen Wellen geschlagen. Über keine andere Märchenfigur gibt es so viele zweideutige Witze, bösartige Karikaturen und Persiflagen. Er ist ein beliebtes Sujet für Männermagazine und für die Werbung. Aber auch Dichter und Schriftsteller haben sich mit ihm beschäftigt – von Marie Luise Kaschnitz über Robert Musil bis hin zu Johannes Mario Simmel. Frau Kaschnitz sieht ihn als bösen Krieger, «eine Patronentasche sein Gürtel, ein Flammenwerfer seine Hand». Bei Karin Struck wird er ein widerlicher Pascha genannt, Walter Hasenclever läßt ihn krummbeinig und großmäulig als Verkörperung von Joseph Goebbels auftreten. Die vielen hämischen Witze und schadenfrohen Satiren sehen ihn vor allem als Lüstling, der es auf vielerlei Art mit der Prinzessin treibt.

Nicht nur Bruder Berthold reagierte also derart heftig auf ein Wesen, das nicht mehr als eine zweitrangige Märchenfigur ist, und die meisten gehen übel mit ihm um, denn für fast alles, was man dem Frosch an Schlechtem angehängt hat, findet sich im Märchen selbst kein Beleg. Er wird rücksichtslos umgedeutet und entstellt, denn weder hat er etwas von einem Militaristen an sich, noch zeigt er die geringsten Züge des NS-Propagandaministers. Ein Unglück für das Mädchen ist er auch nicht, und ihn als Lüstling hinzustellen, ist ebenfalls eine glatte Diffamierung. Seit dem Mittelalter hat der Frosch also die unglaublichsten Projektionen auf sich gezogen, was zeigt, daß er Dichtern und Predigern so gut wie Cartoonisten und Witzemachern ganz schön unter die Haut gegangen sein muß. Damit ist er auch von der Rezeption her ein gewichtiger Vertreter seiner Art. Die starke Beachtung, die er gefunden hat und immer noch findet, dürfte sich maßgeblich von der unvergleichlichen Rolle herleiten, die er in dieser einmaligen Liebesgeschichte spielt.

Er ist kein Schwärmer, hat wenig mit dem Dornröschenprinzen gemein, versucht aber auch nicht wie der Wolf mit irgendwelchem Schmus bei der schönen Königstochter zu landen, etwa in der Art von «mein liebes, charmantes Rotkäppchen»; auf irgendwelche Listen verzichtet er ebenfalls. Es wird nicht gesagt, ob oder wie sehr er verliebt gewesen ist, auf jeden Fall läßt er sich nicht von Gefühlen übermannen wie so mancher verliebte Prinz. Er behält einen kühlen Kopf und tut, was unter den gegebenen Umständen das klügste ist: Er sitzt in seinem Brunnen und wartet auf eine Chance – was nicht heißt, er sitze nur da und hoffe auf ein Wunder. Er wartet auf die Prinzessin, und die kommt auch – schön wie der junge Morgen. An heißen Tagen pflegt sie nämlich genau an diesem Platz zu erscheinen, denn er ist kühl, liegt im Wald und ist vom Schloß nicht weit entfernt. Sie setzt sich auf den Brunnenrand, wirft eine goldene Kugel in die Höhe und fängt sie wieder auf.

Das sei ihr liebstes Spielwerk, heißt es. Über den Sinn ihres Tuns ist viel gesagt und geschrieben worden, einig ist man sich darin, daß es ein ebenso kindliches wie egozentrisches Spiel ist. Das liegt auf der Hand, denn Bälle wirft oder spielt man sich zu, in normaler wie in übertragener Bedeutung, oder sie werden auf ein Ziel geworfen – manchmal auch jemandem ins Gesicht. Die Prinzessin tut nichts dergleichen, fängt ihre goldene Kugel nur immer wieder selbst auf. Kontaktbereitschaft zeigt dieses Spiel jedenfalls nicht an, was für die Absichten des Frosches eine zusätzliche Erschwerung bedeutet.

Er ficht ihn nicht an. Er bekommt seine Chance: Der Prinzessin entgleitet die Kugel, sie fällt zur Erde, rollt ins Wasser und versinkt im Brunnen. Das Mädchen blickt ihr erschrocken nach, fängt dann an zu weinen, weint immer lauter und kann sich gar nicht trösten. «Ach!» klagt sie schließlich, «wenn ich meine Kugel wieder hätte, da wollt' ich alles darum geben…» (Urfassung). Damit ist das passende Stichwort gefallen, die Stunde des Frosches gekommen. Er streckt seinen Kopf aus dem Wasser und sagt: «Königtochter, was jammerst du so erbärmlich?» (Urfassung). Er ist nicht einmal freundlich. Was hätte es ihm auch genützt? Sie findet ihn garstig, seinen Kopf dick und häßlich und denkt: Was schwätzt der einfältige Frosch? Artige Komplimente hätten ihn nicht weitergebracht, die kann er sich schenken. Statt dessen macht er ein Angebot. «Was gibst du mir, wenn ich dein Spielwerk wieder heraufhole?» sagt er und liegt damit genau richtig bei ihr, denn gleich ist er ein lieber Frosch. «Was du haben willst, lieber Frosch», antwortet sie ihm und bietet ihm Perlen, Edelsteine und sogar ihre goldene Krone. Das alles will er natürlich nicht haben, dafür aber will er von ihrem Tellerlein essen, aus ihrem Becherlein trinken und last but not least in ihrem Bettlein schlafen. Und, im Gegensatz zum lediglich lüsternen Wolf, möchte er von ihr liebgehabt werden und ihr Geselle sein. Er sucht also keineswegs nur ein Abenteuer.

Ohne sich lange zu besinnen, willigt sie ein. «Ach ja», sagt sie, «ich verspreche dir alles, was du willst.» Das sind natürlich nichts als leere Worte, sie will allein ihre Kugel wiederhaben und ist im übrigen der Meinung, ein Frosch sitze quakend bei seinesgleichen und könne keines Menschen Geselle sein. Er holt ihr die Kugel herauf, und sie springt glücklich damit davon. Vergeblich bittet er sie, zu warten und ihn mitzunehmen, wie sie es versprochen hat. Sie aber hört nicht auf ihn, hat ihr Versprechen schon vergessen, und auch von Dankbarkeit zeigt sie keine Spur.

Der Frosch hätte gute Gründe gehabt, sich nach einem anderen Mädchen umzusehen, das aber tut er nicht, und ihr schnödes Verhalten entmutigt ihn nicht. Er ist ein selbstbewußter Frosch und zäh in der Verfolgung seines Ziels.

Am nächsten Tag zur Essenszeit macht er sich auf zum Schloß, klopft an die Tür und ruft: «Königstochter, jüngste, mach mir auf.» Er bittet nicht, er fordert. Nichtsahnend öffnet sie, denn inzwischen hat sie nicht nur ihr Versprechen, sondern auch den Frosch vergessen. Kein einziges Mal hat sie mehr an ihn gedacht, erfahren wir aus der Urfassung. Nun sitzt er fordernd vor ihr, und sie erschrickt. Hastig wirft sie die Tür wieder zu, kehrt zur Tafel zurück und setzt sich mit klopfendem Herzen hin. Es klopft vor Angst, und zwar gewaltig, heißt es. Es ist dem Frosch immerhin gelungen, es dazu zu bringen. Das mag man nicht als Erfolg für ihn verbuchen, denn der Prinzessin Herz klopft schließlich nicht aus Liebe zu ihm, dessenungeachtet ist es ihm jedoch gelungen, beträchtliche Gefühle in ihr zu wecken, und das ist weit besser als gar nichts, denn nun wird sie an ihn denken und ihn nicht gleich wieder vergessen!

Der König bemerkt die Erregtheit seiner Tochter und will wissen, was los ist. Sie muß ihm die ganze Geschichte erzählen, und als sie damit fertig ist, klopft der Frosch zum zweitenmal, verlangt abermals Einlaß und erinnert gleichzeitig an das ihm gegebene Versprechen. Das ist genau der richtige Augenblick für einen zweiten Versuch, ins Schloß zu gelangen, und dieses Mal wird er deutlicher. Seine Taktik ist so gut wie sein Timing.

Der König befindet, was versprochen sei, das müsse gehalten werden, und schickt Töchterchen, dem Frosch die Tür zu öffnen. Na bitte! Er hüpft herein, folgt ihr auf dem Fuße bis zu ihrem Stuhl, und als sie keine Anstalten macht, ihm hochzuhelfen, verlangt er von ihr: «Heb mich herauf zu dir.» Sie zaudert, aber der König befiehlt es ihr, und nun ißt der Frosch von ihrem Teller, trinkt aus ihrem Becher und hat damit sein erstes Ziel erreicht. Das nächste ist delikater, aber er zeigt darob weder Unsicherheit noch Hemmungen, vielmehr weiterhin ein ungebrochenes Selbstbewußtsein. Er habe sich sattgegessen und sei nun müde, befindet er, begehrt, in ihr Kämmerlein gebracht zu werden, und sie solle ihr Bettlein zurechtmachen. «Da wollen wir uns hineinlegen», verkündigt er in der Urfassung. Er ist bestimmt und bestimmend, dazu ein exakt kalkulierender Stratege, und dieses Verhalten wird ihm mancher verübeln, aber genau weil er so ist, erreicht er letztlich sein Ziel. Im Augenblick scheint er allerdings weit davon entfernt zu sein, denn sein Ansinnen läßt die Prinzessin schaudern. Ein kalter Frosch in ihrem «schönen reinen Bettlein», da kann sie sich nur schütteln. Sie fängt an zu weinen und bringt es nicht fertig, ihn anzurühren. Ihr Vater hat dafür kein Verständnis, wird ob ihrer Weigerung zornig und befiehlt ihr, zu tun, was sie versprochen hat, woraufhin sie den Frosch mit spitzen Fingern anfaßt, hochnimmt, in ihr Zimmer trägt und dort in eine Ecke setzt.

Ihr Widerwille gegenüber einem kalten, glitschigen Frosch mag verständlich sein, aber es ist eben kein Frosch, mit dem sie es zu tun hat, sondern ein sprechendes und höchst menschlich und unverkennbar männlich agierendes Wesen. Allerdings trägt es weder Anzug noch Krawatte. Auf den Darstellungen mancher Illustratoren hat der Froschkönig eine Krone auf dem Kopf, aber das ist auch alles. Tatsächlich ist der arme Kerl nackt, was der Prinzessin nicht eben untypische igitt-Reaktion erklären mag. Mädchen reagieren eben anders als junge Männer auf entblößte Vertreter des anderen Geschlechts, und diese Märchenprinzessin, unreif und unerfahren, wie sie noch ist, erweist sich zudem als besonders empfindlich. Für den Frosch ist das eine weitere Herausforderung, denn will er in ihr Bett gelangen, wird ihm das nur gelingen, wenn er ihre Barriere aus Angst und Abscheu überwindet und durchbricht. Er versucht es gar nicht erst mit Liebenswürdigkeit oder durch freundliches Bitten, was ihm auch hier schwerlich geholfen hätte. Er bleibt bei seiner bisherigen Linie, zäh und zudringlich läßt er ihr keine Ruhe, kommt herangehüpft und verlangt, in ihr Bett gehoben zu werden, und außerdem droht er ihr: «Heb mich herauf, oder ich sag's deinem Vater.»

Der letztendliche Erfolg zeigt, daß der Frosch richtig handelt. Mit Sanftheit und durch schöne Worte hätte er dieses Mädchen niemals gewinnen können – allein darum nicht, weil sie selbst alles andere als sanft ist. Zart, mild und weich kann man die Prinzessin ebenfalls kaum nennen. Sie pflegt ihre Versprechen zu brechen, erzeigt sich wenig dankbar, ist ichbezogen, heult wie ein kleines Kind immer gleich los, wenn ihr etwas gegen den Strich geht, und ihre Anstellerei gegenüber dem Frosch ist derart überzogen, daß ihr Vater darüber in Zorn gerät.

Abermals stellt sich die Frage, warum er dieses Mädchen so nachdrücklich begehrt. Materielle Interessen scheiden aus, denn er ist selbst ein Königssohn und auf kein Erbe angewiesen. Vermutlich weiß er, daß es keine weiblichen Engel gibt, die ebenso schön wie zärtlich, sanft und gut sind, was für einen Mann ein bemerkenswerter Erkenntnisstand ist. Jedenfalls sieht er die Fehler und Schwächen der Prinzessin, aber sie stören ihn eben nicht, er will sie so, wie sie ist. Auch er ist schließlich kein braves Hänschen von sanftem Naturell. Aber er ist genau der, der mit einem Mädchen wie dieser Prinzessin umzugehen weiß, auch wenn es scheint, als habe er mit seiner letzten Drohung den

Bogen überspannt, denn sie fruchtet nicht. Genau dazu hat es aber kommen müssen, um sie zu gewinnen. Endlich ist es ihm gelungen, die auf sich selbst und ihren Vater bezogene Prinzessin aus der Reserve zu locken. Zum ersten Mal kümmert sie nicht, was ihr Vater sagen oder tun könnte, und was noch wichtiger ist: Zum ersten Mal handelt sie selbständig, folgt ihren eigenen Gefühlen und läßt ihnen freien Lauf: Sie nimmt den Frosch und wirft «ihn bratsch! an die Wand» (Urfassung).

Sie erweckt damit den Eindruck, den Frosch umbringen zu wollen, aber davon ist nicht die Rede. Allerdings legt die bearbeitete Fassung einen solchen Schluß nahe. Tatsächlich hat die Prinzessin im Augenblick ihrer Tat Angst und Ekel überwunden, und im gleichen Atemzug schlagen ihre Gefühle um, ihr Abscheu wandelt sich in das genaue Gegenteil, und sie hat alles andere im Sinn, als den Frosch zu vernichten. Darum wirft sie ihn mitnichten gegen die Zimmerwand, und der arme, durch diese Aktion erlöste Prinz, ist keineswegs auf dem harten Fußboden gelandet. Diese Version verdanken wir der moralischen Zensur der Brüder Grimm. Was sie tatsächlich getan hat, offenbart die handschriftliche Urfassung des Märchens: Sie hat den Frosch gegen die Rückwand ihres Bettes geworfen, und dementsprechend landet er sanft und weich genau da, wo sie ihn offenbar hat hinhaben wollen – in ihrem Bett.

Da jedenfalls liegt er nun, und der Bann ist gebrochen. Sie sieht nicht länger einen garstigen Frosch in ihm oder, noch ganz Kind, einen einfältigen Wasserpatscher, sondern erkennt endlich, was er tatsächlich ist: Ein junger Mann, der erfolgreich um sie geworben hat. In der Märchendiktion erblickt sie in ihm einen schönen, jungen Prinzen. Nunmehr frei von ihren kindlichen Vorstellungen und Ängsten wie von ihren kindlichen Bindungen, trifft sie, ohne zu zögern, die nächste eigene Entscheidung: Sie legt sich zu ihm.

Zähigkeit und Ausdauer des Froschkönigs haben ihren verdienten Lohn gefunden. Er hat die Frau bekommen, die er gewollt hat und mit der er, so wie er geartet ist, vermutlich gut leben kann. Auch für sie dürfte er der passende Partner sein, denn was sollte sie schon mit einem Softie anfangen? Entsprechend endet das Märchen dieses Mal nicht mit den üblichen Floskeln, sondern mit einer weit konkreteren Aussage. Laut Urfassung heißt es: «Sie schliefen vergnügt zusammen»... «ein». So oder so, auf jeden Fall vergnügt – eine Feststellung, wie sie kein anderes Märchen trifft und wie man sie weder in gehobenen noch in trivialen Liebesgeschichten zu lesen bekommt. Vergnügt miteinander schlafen – vergnügt zusammen einschlafen, sollte es sich dafür nicht lohnen, einen Frosch zu küssen?

Blaubärte und andere Ehemänner

Dornröschens Ärger mit Mann und Schwiegermutter und andere Szenarien nach der Hochzeit

Der treue Johannes, Fortsetzung. Der Rabe, Pentameron 39.
Dornröschen/Talia, Fortsetzung. Die Schwiegermutter, Urf. 1812, Nr. 84.

Viele Märchen enden mit dem Läuten der Hochzeitsglocken, nicht wenige zeigen aber auch, wie es nach der Hochzeit weitergeht. Im Märchen von der Gänsehirtin geht es gut weiter, wie wir gesehen haben; das Jawort der Prinzessin vom goldenen Dach ist hingegen keineswegs das Happy-End der Geschichte vom treuen Johannes. Drei Raben lassen sich auf dem Bugspriet des Schiffes nieder und zählen auf, was alles geschehen muß, damit die Frau, die der junge König gewonnen glaubt, tatsächlich die Seine wird – und es auch bleibt: Schwingt er sich in den Sattel eines fuchsroten Pferdes, das ihm bei der Landung des Schiffes in seiner Heimat entgegenspringt, wird er seine Braut niemals wiedersehen. Zieht er ein für ihn bereitliegendes Brauthemd an, wird es ihn bis auf Mark und Knochen verbrennen. Kommt er davon, weil er das Hemd ins Feuer wirft, wird seine junge Frau beim Tanz nach der Hochzeit erbleichen und wie tot niedersinken. Zieht ihr niemand drei Tropfen Blut aus der rechten Brust, wird sie sterben. Eine düstere Prognose! Danach scheint es alles andere als einfach zu sein, als Paar glücklich und zufrieden bis an sein seliges Ende zu leben.

Man hat sich dieses Märchen in fast allen europäischen Sprachen erzählt, die Zigeuner und die Tartaren kennen es, und ursprünglich stammt es aus Indien. Die Struktur der Geschichte ist weitgehend überall gleich, nur die Gefahren, die Glück und Leben des Paares bedrohen, sind unterschiedlich. So versuchen beispielsweise alle möglichen Tiere wie Schlangen, Drachen oder Löwen ins Brautgemach einzudringen, und der Mann – wer sonst? – muß ihnen die Köpfe abschlagen, soll auch nur die Hochzeitsnacht lebend überstanden werden. Erscheint jedoch eine Kröte, muß sie geküßt werden, mitunter sogar dreimal. Vergifteter Wein, Tee oder ein vergifteter Apfel bedrohen das Paar; die beiden können erschossen werden oder auf den Tod erkranken, eine Brücke, über die sie gehen müssen, kann einstürzen oder gar der Palast, in dem sie leben, und zu guter Letzt müssen sie bereit sein, das Leben ihrer beiden Kinder zu opfern.

Es ist beileibe nicht einfach gewesen, die Prinzessin vom goldenen Dach zu finden, an sie heranzukommen und schließlich ihr Jawort zu erlangen. Verglichen mit dem, was danach auf den jungen König zukommt, ist das jedoch ein Kinderspiel gewesen. Er muß fortan einen untrüglichen Sinn für drohendes Unheil haben, Manns genug sein, es abzuwenden, und notfalls Frösche küssen können. Dabei kann er nicht ahnen, was ihn konkret bedroht, auf was alles er gefaßt sein muß, denn die Märchen zeigen die Gefahren nur in symbolischer Form. Hinter dem fuchsroten Pferd und dem vergifteten Brauthemd kann sich alles mögliche verbergen. Einige Märchen werden allerdings konkreter und zeigen, wer tatsächlich hinter den Anschlägen steckt und bösartige Attentate auf das eheliche Glück verübt, und da stellt sich dann heraus, daß Unbill und Unheil von einer Seite kommen, von der viele Paare als letztes Bedrohliches erwarten – besonders die nur zu oft arglosen Männer. Die Täter, so erfährt man, sind stets Mitglieder der eigenen Familie; manchmal ist der Vater der Braut der Schurke, manchmal der des Mannes, aber die Ehegefahr Nummer eins ist, folgt man den Märchen, die Mutter, genauer: die Mutter des Mannes, die Schwiegermutter der Frau. Sie stiftet am meisten Unheil, und damit kommen wir zurück zu Dornröschen.

Nur in der poetischen Version der Brüder Grimm endet das Märchen mit dem berühmten Kuß und anschließender Hochzeit. Den deutschen Lesern wurde die Fortsetzung der Geschichte unterschlagen, vermutlich darum, weil sie ganz und gar nicht poetisch ist. Die Grimms kannten sie indes nur zu gut und nicht nur aus den Fassungen der Geschichte, die Charles Perrault *(Die schlafende Schöne im Wald)* und Giambattista Basile *(Sonne,*

Mond und Talia) weit vor ihnen veröffentlicht hatten. Nein, sie selber besaßen die Fortsetzung! Unter dem Titel *Die böse Schwiegermutter* verbannten sie sie ab der Zweitauflage der «Kinder- und Hausmärchen» in die Anmerkungen. In der Erstauflage von 1812 findet sie sich als Fragment unter Nummer 84 und heißt dort *Die Schwiegermutter*. Sie ist schaurig und klingt unwahrscheinlich: Der Prinz, inzwischen König, Dornröschens Ehemann und Vater zweier Söhne, zieht ins Feld, und da sieht die alte Königin, seine Mutter also, ihre Chance gekommen. Sie läßt ihre Schwiegertochter und deren zwei kleine Söhne «in einen dumpfigen Keller einsperren» – nur so, ohne irgendeine Angabe von Gründen. Damit nicht genug, kommt sie eines Tages die Lust an, einen ihrer beiden Enkel zu verspeisen. Sie ruft den Koch und erteilt ihm einen entsprechenden Auftrag, woraufhin er wissen will, in was für einer Soße sie ihn wünsche. Sie wünscht ihn in einer braunen.

Der Koch erzählt aber der Königin in ihrem Kerker, welches Ansinnen man an ihn gestellt hat. Sie schlägt ihm vor, statt des Kindes ein Schweinchen zu schlachten und es wie gewünscht anzurichten. Das tut der Koch, und Schwiegermutter, nichts von dem Betrug ahnend, läßt es sich schmecken. Nach kurzer Zeit will sie das zweite Kind serviert bekommen, dieses Mal in weißer Soße, und sie verzehrt es «mit noch größerem Appetit». Tatsächlich aß sie jedoch abermals ein Spanferkel. Schließlich verlangt sie vom Koch, nun auch noch die junge Königin zu kochen, hier aber endet die Geschichte mit einem «usw.», und das bedeutet, von dieser Stelle an geht das Märchen wie bei Perrault und Basile weiter. Wir werden sehen.

Diese familieninterne Menschenfresserei mag befremdlich erscheinen, ist aber nur halb so schlimm, denn, wie gesagt, Märchen sind keine Tatsachenberichte. Es fließt nicht wirklich Blut in diesen Geschichten, und das weiß im Prinzip jedes Kind, denn Kinder vermögen sehr wohl zwischen Märchen und Wirklichkeit zu unterscheiden. Kaum eines wird annehmen, Dornröschens Schwiegermutter habe wahr und wahrhaftig ihre Enkel nebst deren Mutter verschlungen, was sie in der Tat ja auch gar nicht getan hat. Dessenungeachtet sind derartige Grausamkeiten auf der emotionalen Ebene durchaus real und wahr. Sie sind bildhafter Ausdruck entsprechender Gefühle, und die gibt es nicht nur in Märchen. Wer hätte nicht gelegentlich jemanden zum Teufel, in die Hölle oder sechs Fuß unter die Erde gewünscht? – Mitglieder der eigenen Familie nicht ausgenommen. Das ist menschlich. Also ist die alte Königin keine Menschenfresserin, hegt aber mit Sicherheit gegenüber der Frau ihres Sohnes zutiefst unfreundliche Gefühle.

Wo aber bleibt bei diesem Drama der Ehemann, der Prinz, der einst das schöne Dornröschen wachgeküßt hat? Er ist nicht da und bekommt von alledem nichts mit. Inzwischen zum König avanciert, geht er seinen eigenen Interessen nach. Er ist in den Krieg gezogen. Dornröschens wegen vergaß er nur so lange alles andere, bis er sie glücklich gefunden, erobert und zu seiner Frau gemacht hat, und träumen tut er auch nicht mehr von ihr. Das ist bezeichnend, denn Ehemänner träumen sehr wohl von Frauen, kaum jemals aber von ihren eigenen. Das jedenfalls hat Sigmund Freud herausgefunden, und es ist bisher von niemandem bestritten worden.

Der König läßt Dornröschen allein, sie ist als Ehefrau und Mutter seiner Kinder nicht mehr Mittelpunkt seines Lebens. So ist es nun einmal, Amor pflegt kein Dauergast zu sein, und «des Mannes Lieb' ist nicht des Mannes Leben», meinte 1824 Lord Byron in «Don Juan». Daß sie es sei, wäre auch zuviel erwartet, zeigen doch die Märchenhelden immer wieder, wie sehr es sie hinaus «in die weite Welt» zieht – nicht nur als Jünglinge. Der Mann muß eben hinaus ins feindliche Leben – so dürfte es schon zu Zeiten der menschlichen Urhorde gewesen sein. Den Märchenkönig zieht es ins Feld, und Frau und Kinder überläßt er mit bestem Gewissen der Obhut seiner Mutter, und warum sollte er das auch nicht? Nie im Leben käme er auf den Gedanken, daß sie seine Frau und Kinder am liebsten umbringen würde, um ihren Sohn wieder für sich allein zu haben. Lange Zeit hat nicht einmal die Wissenschaft diese Seite des Ödipuskomplexes darzustellen gewagt. Jüngst hat es eine Frau getan, Christiane Olivier in ihrem Buch «Jokastes Kinder». Dem Märchenkönig sind solche Gedanken fremd, auch er zeigt die schon mehrmals statuierte Ahnungslosigkeit von Männern, was weibliches Fühlen, Denken und Wünschen betrifft.

Basiles Märchen *Sonne, Mond und Talia*, das fünfundvierzigste des «Pentameron», gibt der Dornröschengeschichte einen etwas anderen Akzent. Der Held befindet sich hier auf der Jagd, kommt bei der Verfolgung eines ihm entflohenen Falken von den anderen ab und gelangt zu einem einsam gelegenen Schloß, in das sich der Falke geflüchtigt hat. Der König klopft ans Tor, niemand meldet sich, und da dringt er durch ein Fenster in den Palast ein. Zu seinem großen Erstaunen findet er drinnen keine Menschenseele vor, aber noch viel erstaunter ist er, als er in einem samtenen Sessel unter einem Baldachin aus Brokat eine schlafende Schöne entdeckt: Talia, die italienische Variante Dornröschens. Er ruft sie an, aber sie kommt nicht zu sich, und auch alle seine weiteren Versuche, sie zu wecken, bleiben vergeblich, bewirken aber, daß er in Liebe zu der schönen Schläferin entbrennt, und zwar so sehr, daß er es nicht beim Küssen beläßt. Alles vergessend, was das nun Folgende hätte verhindern können, trägt er sie auf ein Bett und, so heißt es, pflückt die Früchte der Liebe.

Die besondere Nuance der Geschichte liegt darin, daß dieser Mann kein Prinz ist, sondern ein König, und zwar ein verheirateter. Ein Ehemann auf Abwegen also.

Dieses Märchen hätten vermutlich weder die Brüder Grimm in die «Kinder- und Hausmärchen» aufgenommen noch Perrault in seine Feenmärchen – zumindest nicht in dieser Form. Aber Moral hin oder her, was der König hier tut, kommt vor; Ehebruch ist so alt wie die Ehe. Die schöne Schläferin bekommt davon nichts mit, schläft weiter, erwacht nicht, und er verschwindet. Für ihn war es ein Abenteuer, und wäre es dabei geblieben, wäre die Geschichte das Erzählen nicht wert gewesen, und nur ganz Arglose hätten daraus etwas über Männer lernen können.

Ein Jahr später fällt dem König sein damaliges Erlebnis wieder ein, und bei Gelegenheit einer neuerlichen Jagd in dieser Gegend begibt er sich noch einmal ins Schloß, um nach der schönen Unbekannten zu schauen. Er findet sie wach und mit einem Zwillingspärchen vor, den Folgen seines damaligen Abenteuers. Sie sind «Wunder an Schönheit», «zwei strahlende Edelsteine», Sonne heißt der Junge, Mond das Mädchen. Dem König verschlägt es die Sprache, und es trifft ihn ein zweites Mal, dieses Mal nicht nur seine Sinne. Er weiß sich vor Freude nicht zu lassen, erzählt Talia, wer er ist und wie sich alles zugetragen hat, und die beiden schließen ein «enges Freundschaftsbündnis», das sie einige Tage genießen. Als er Abschied von ihr nimmt, verspricht er, sie baldigst zu holen und in sein Reich zu führen. Wieder daheim, vermag er nur noch an Sonne, Mond und Talia zu denken, selbst im Schlaf murmelt er ihre geliebten Namen.

Dieser Mann hat ein Problem und ist nun gefordert, männliche Entschlußkraft und männlichen Willen zu zeigen und so oder so Entscheidungen zu treffen. Was aber tut er? Gar nichts tut er. Er gibt sich seinen Gefühlen hin und ergeht sich in schönen Erinnerungen, das ist alles. Er sagt nichts, unternimmt nichts, macht auch keinerlei Anstalten, sein Talia gegebenes Versprechen einzulösen. Er denkt auch nicht über seine Ehe nach, und schon gar nicht macht er sich über seine Frau Gedanken, außer daß er davon überzeugt ist, sie ahne nichts von seiner neuen Liebe – ein keineswegs einmaliges Verhalten für einen Ehemann in einer Situation wie dieser.

Die Königin ist allein durch sein langes Ausbleiben mißtrauisch geworden, und sein weiteres Gebaren hat ihr endgültig klargemacht, woran sie ist. Sie zeigt nun all jene Verhaltensweisen, die ihr Mann vermissen läßt, handelt unverzüglich und entschlossen, dazu überlegt, zweckmäßig und höchst effektiv. Durch Bestechung verschafft sie sich die notwendigen Informationen, sendet dann einen Boten zu Talia und läßt ihr sagen, der

König wolle die Kinder wiedersehen. Talia, derart schlau getäuscht, schickt sie mit großer Freude. Kaum sind sie im Schloß angekommen, ruft die Königin den Koch, befiehlt ihm, die Kinder unverzüglich zu schlachten und «allerlei Leckerbissen daraus zu bereiten», und dann geht die Geschichte weiter wie im Fragment der Brüder Grimm, allerdings mit einem Unterschied: Nicht sie selbst ißt die Kinder (in Wirklichkeit sind es junge Böcklein), vielmehr setzt sie sie ihrem Manne vor, und der läßt es sich arglos und nichtsahnend schmecken. «Iß nur», ermuntert ihn seine Frau, «du issest von dem deinigen». Das wiederholt sie etliche Male, bis er schließlich gereizt entgegnet, das wisse er sehr wohl, habe sie ihm doch nichts mit ins Haus gebracht, verläßt zornig die Tafel und zieht sich grollend in sein Landhaus zurück, um sich zu beruhigen. Er zeigt hier ein auch heute nicht ganz unbekanntes Ehemanngebaren, aber von dem, was tatsächlich um ihn herum vorgeht, bekommt er nichts mit.

Die Königin fühlt sich durch das, was sie getan zu haben wähnt, noch nicht befriedigt. Unter dem Vorwand, der König erwarte sie, läßt sie nun auch Talia holen, die nur zu gern dem Boten folgt. Statt aber von ihrem Geliebten empfangen zu werden, sieht sie sich dessen wütender Gattin gegenüber, von der sie verhöhnt, beschimpft und heruntergemacht wird, und dann soll sie auf dem Scheiterhaufen für alles büßen, was sie der Königin angetan hätte. Talias Entschuldigung, der König habe, während sie in tiefen Schlaf versenkt gewesen sei, von ihren Gefilden Besitz ergriffen, läßt die Königin nicht gelten, ordnet vielmehr an, das Feuer zu entzünden und Talia augenblicklich hineinzuwerfen.

Talia darf natürlich nicht sterben, und darum erscheint in letzter Sekunde der König und verhindert den Fortgang des Geschehens. Es hat wahrhaftig lange genug gedauert, bis er endlich merkt, was los ist, und auch das ist nur dem Zufall zu verdanken, der ihn gerade in diesem Augenblick sein Refugium hat verlassen lassen. Eine ähnliche Arg- und Ahnungslosigkeit ist uns schon beim biblischen Simson begegnet und beim jüngsten

Bruder der Geschichte vom Ranzen, Hütlein und Hörnlein. Als sie jedoch endlich dahintergekommen sind, welches Spiel man mit ihnen getrieben hat, sind sie zu Berserkern geworden. Diesem König ergeht es nicht anders: Er rast vor Zorn. Als ihm seine Frau obendrein höhnisch und voller Genugtuung erklärt, er habe seine eigenen Kinder gegessen, packt ihn blindwütige Verzweiflung, und ihn erfüllt nur noch Haß.

Er ist das Opfer der Rache seiner betrogenen Gemahlin geworden, und zwar ganz und gar unvermutet. Keinen Augenblick hat er damit gerechnet, sie könne ihm hinter die Schliche kommen, und ihm ist niemals der Gedanke gekommen, sie könne zu einer solch grausamen Vergeltung fähig sein. Nach seinem männlichen Selbstverständnis sind «brave Ehefrauen» nicht so, und sie tun so etwas nicht. Hilflos vor Wut und Zorn steht er nun da, unfähig, angemessen oder gar effektiv zu denken oder zu handeln, denn seine Vernunft hat ihn verlassen. Hoffnungslos von seinen Gefühlen übermannt, kann er nur noch brüllen und toben. Dann läßt er seine Gattin ins Feuer werfen – das denkbar stärkste Bild, die Heftigkeit der Gefühle dieses Mannes auszudrücken. In Wirklichkeit wäre er wohl eher über seine Frau hergefallen und hätte auf sie eingeschlagen. Derartiges kommt vor, wie man weiß, und, wie sich hier zeigt, nicht nur in Hütten, sondern auch in Palästen.

Die Königin hat nicht weniger Ursache, außer sich zu sein, und an Grausamkeit steht sie ihrem Mann in nichts nach, aber sie wird nicht von ihren Gefühlen übermannt, handelt vielmehr kühl und berechnend. Es sind eben die Männer, die, das Wort sagt es, übermannt werden – sei es von Liebe, von Zorn oder von Haß. Dennoch obsiegt letztlich der König. Seine Frau hat zwar über ihn triumphiert, aber das ist auch alles, was sie erreicht. Sie muß dafür büßen, und gleichzeitig ist er sie los. Das ist praktisch und ihm sehr nützlich, denn nun ist der Weg zu seiner Geliebten frei. Der einstigen Gattin weint er keine Träne nach; die moralische Dimension spielt keine Rolle für ihn, und der Gedanke, er habe mit seiner Untreue den Anlaß zu dem

Dilemma gegeben, kommt ihm nicht in den Sinn. Dessenungeachtet endet das Märchen rundherum glücklich: Die Kinder sind gar nicht tot, der Koch hat sie gerettet und wird dafür zum Edelmann ernannt. Der König schließt Sonne, Mond und Talia voller Freude in die Arme, dann findet umgehend die Hochzeit statt, und die ganze Familie, so schließt die Geschichte, lebt lange Zeit glücklich.

Eine glückliche Zweitehe – das soll es geben. Eine Scheidung per Scheiterhaufen ist allerdings nur im Märchen zu haben – und in bösen Wunschträumen. Nicht nur in männlichen! Von entsprechenden weiblichen Wünschen ist hier nur nicht die Rede, immerhin hat die Königin eine Kostprobe davon gegeben, welche Rachegedanken einer Frau gegebenenfalls durch den Kopf gehen können.

Ausgangspunkt der Geschichte ist wieder einmal die Verzauberung eines Mannes durch eine schlafende Schöne – hier eines Ehemannes. Immer wieder hat es auf Männer eine ungeheure Wirkung, wenn sie sich plötzlich einer hilf- und wehrlos daliegenden Schönen gegenübersehen. Als einer der ersten gab Göttervater Zeus einer solchen Verlockung nach. Ohne Rücksicht auf Ehefrau Hera und seine Reputation als Oberhaupt des Olymp ergötzte er sich an der in einem Turm schlafenden schönen Danae – in Gestalt eines Goldregens, sagt der Mythos. Danach sind in Märchen und Sagen so gut wie in der Literatur und ebenso in Schwänken und Burlesken eine Unzahl schlafender, besinnungsloser, benommener oder gar scheintoter Schönheiten von männlichen Göttern, Helden und literarischen Gestalten in andere Umstände versetzt worden. Die Folge des göttlichen Goldregens war Perseus, einer der berühmtesten Helden des Altertums. Die am wenigsten prätentiöse Variante dieses Themas stellt Michel de Montaigne im zweiten Buch seiner «Essais» vor, und zwar als Tatsachenbericht: Eine Bauersfrau, Witwe und keusch lebend, findet sich schwanger. So unerklärlich ihr der Zustand auch erscheint, ihr ist klar, ein Mann müsse daran seinen Anteil gehabt haben, und daraufhin tut sie folgendes: Sie begibt sich zur Kirche und bittet den Pfarrer, nach der Predigt zu verkünden, sie werde demjenigen, der sich zur Urheberschaft ihres gesegneten Umstandes bekenne, verzeihen, und, wenn er es wünsche, ihn heiraten. Durch diese Ankündigung ermutigt, meldet sich der Täter, ein junger Knecht. Nach einem Fest, auf dem es hoch hergegangen sei und alle ausgiebig dem Wein zugesprochen hätten, so bekennt er, habe er die Bäuerin in tiefem Schlaf nahe ihrem Herd auf dem Boden liegend vorgefunden, so «daß er sich ihrer bedienen konnte, ohne daß sie erwachte». Er ist kein Märchenkönig, aber wo ist der Unterschied? Dieser Mann ist allerdings ledig, was alles weitere leichter macht: Die Bäuerin steht zu ihrem Wort, die beiden heiraten, und Montaignes Bericht endet mit der Feststellung, sie lebten noch heute ehelich zusammen.

Hier erlag ein Knecht der Versuchung, in Heinrich von Kleists Erzählung «Die Marquise von O» ist es ein Graf, im Pentameron ein Märchenkönig. Ob arm oder reich, real oder fiktiv, ledig oder verheiratet, solchen Situationen haben all diese Männer nicht widerstehen können. Ohne Rücksicht auf Stand und Ehre, Sitte, Anstand und Moral haben sie die Lage einer Frau, die sich nicht wehren konnte, nichtswürdig ausgenutzt. Man kann die Männer deswegen verurteilen, sie gewissenlose Gewalttäter und Vergewaltiger nennen, die nach Meinung manch heutiger militanter Feministinnen kastriert gehörten – aber Frauen haben gut schmähen. Sie kennen das Problem nicht, und sie reagieren nicht wie Männer. In keiner Geschichte spielt ein schöner Jüngling die Rolle Talias, und keine Märchenheldin pflückt wie der König aus dem Pentameron die Früchte der Liebe. Und keine Prinzessin oder Königin oder überhaupt irgendein weibliches Wesen ist je von einem schlafend daliegenden Prinzen oder gar von einem volltrunken daliegenden Bauern derart hingerissen worden, daß sie sich aller guten Sitten und jeglicher Moral nicht achtend auf ihn gestürzt hätte. Außerdem wäre es schwierig, einen Mann zu vergewaltigen, zumal einen schlafenden.

Männer sind körperlich nicht nur ein wenig anders konstruiert als Frauen, sie reagieren auch weit heftiger und ungestümer als jene auf einschlägig sinnliche Reize. Als Basiles ungetreuer Ehemann allein mit der tief schlafenden Talia im verlassenen Schloß ist und sie schlechterdings keinen Einspruch erheben kann, will er mit aller Macht nur noch das eine, und, alles andere vergessend, tut er's dann auch. Märchenprinzessinnen tun das nicht, haben es niemals getan. Sie sind anspruchsvoller, keine begnügt sich mit dem einen, sie wollen stets den ganzen Mann, möglichst auf Lebenszeit und ganz für sich allein. Und sie sind fraglos weit weniger zügellos, wobei jedoch zu bedenken ist, daß es bei den meisten Männern südlich ihrer Gürtellinie nicht unerheblich mehr zu zügeln gibt.

Wie ein glücklich verheirateter Jäger den verführerischen Reizen einer Nixe erliegt

Die Nixe im Teich, KHM 181. Straparola, 30

Der Held des Grimmschen Märchens Nr. 181, *Die Nixe im Teich*, ist ebenfalls ein Ehemann auf Abwegen. Er ist kein Graf, sondern ein braver Müllerssohn, aus dem ein tüchtiger Jäger geworden ist. Nachdem er eine gute Stellung gefunden hat, sieht er sich nach einer Lebensgefährtin um. Er findet ein schönes und treues Mädchen in seinem Dorf, die beiden heiraten, beziehen ein kleines Häuschen, und dort leben sie ruhig und glücklich zusammen und lieben sich von Herzen, heißt es.

Endlich einmal ein vernünftiger und besonnener junger Mann! Er weiß sein Berufs- wie sein Privatleben in sinnvoller und zweckmäßiger Weise zu gestalten, läßt sich weder von Machtwillen und Ehrgeiz getrieben zu bösen Taten hinreißen noch verliert er wegen eines schönen Mädchens den Kopf. Folglich wählt er seine Frau nicht im Zustand seelischer und geistiger Unzurechnungsfähigkeit, und das Paar hat alle Chancen, gut miteinander auszukommen. Sie werden Kinder bekommen, sie anständig aufziehen, er wird irgendwann Oberförster werden, und am Ende werden sie vielleicht, wie einstmals Philemon und Baucis, hochbetagt, aber immer noch froh und wohlgemut unter der Linde vor ihrem Haus sitzen und sich von alten Zeiten erzählen.

Das wäre eine wahrhaft schöne Geschichte. Sie ist leider zu schön, um wahr zu sein, denn welcher Mann, betagt und jenseits von Gut und Böse, würde schon gern auf ein derart ereignisloses Leben zurücksehen? Märchenhelden lieben Abenteuer und Gefahren und erliegen nicht zuletzt immer wieder den Reizen einer unbekannten Schönen. Ein solches Schicksal ist auch dem braven Jäger bestimmt: Er wird der Nixe im Teich verfallen. Seinem Vater ist das klar, er hat seine einschlägigen Erfahrungen gemacht, weiß um die männliche Empfänglichkeit für die Reize einer verführerischen Nixe und tut folglich, was in seiner Macht steht, seinen Sohn vor der Gefahr zu bewahren.

Die gefährliche Teichbewohnerin ist ein schönes, junges Weib, das sich, wie einst die schaumgeborene Venus, langsam aus dem Wasser erhebt, die Männer freundlich anlächelt, mit sanfter Stimme spricht und mit zarten Händen ihre langen Haare gefaßt hält, die weit über ihre Schultern herabfließen und ihren weißen Leib bedecken, der keineswegs in einem Fischschwanz endet. Gegebenenfalls aber umschlingt sie lachend einen Mann und zieht ihn zu sich in die Tiefe.

Was sich hier so ungemein reizvoll aus dem Wasser des Weihers erhebt, ist eine weitere Verkörperung der männlichen Traumfrau. Welchen Mann könnte eine solche Nixe kaltlassen? Welcher Vater könnte seinen Sohn davon abhalten, ihr zu verfallen? Fatalerweise ist sie ebenso unwiderstehlich wie für den Mann verderblich. Alle Verbindungen des Menschen mit Nixen, Nymphen und Undinen sind gescheitert. So verführerisch diese Wesen auch sind, sie haben keine Seele, oft auch kein Herz, und ihre Küsse sind bisweilen tödlich. Schon als Knaben läßt der Vater seinen Sohn niemals in die Nähe des Teiches, und er warnt ihn immer wieder: «Hüte dich, wenn du das Wasser berührst, so kommt eine Hand heraus, hascht dich und zieht dich hinab.» Was aber nützen schon väterliche Warnungen? Die meisten Söhne bestehen darauf, ihre eigenen Erfahrungen zu machen, seien sie nun gefährlich oder nicht. Wer wollte es ihnen verdenken?

Der junge Jäger scheint indes vernünftiger zu sein, hat bisher stets den Teich gemieden und keinerlei Verlangen nach schönen Nixen gezeigt. Dann aber kommt der Tag, an dem er einem Reh nachsetzt. Endlich gelingt es ihm, es mit einem Schuß niederzustrecken, er hat aber im Eifer der Verfolgung nicht bemerkt, daß er in die Nähe des gefährlichen Weihers geraten ist. Nun gut, das kann passieren. Er weidet das Tier aus, und danach dürfte sein Jagdeifer so weit abgekühlt sein, um zu erkennen, wo er sich befindet. Was aber macht der Mann? In aller Seelenruhe geht er hinunter zum Weiher und wäscht sich darin die Hände, als handele es sich um das Wasser in der Regentonne vor seinem Haus. Was ist in ihn gefahren? Ist er plötzlich leichtsinnig geworden? Nein, das ist der brave Jäger nicht, er handelt nicht in bewußter Absicht, hat nicht vor, sich von der Nixe erwischen zu lassen. Das hat er zu keiner Zeit gewollt, seine Vernunft ist stets dagegen gewesen, und schon gar nicht hat er seiner Frau untreu werden wollen. Oft genug hat er ihr erzählt, daß er sich vor den Nachstellungen der Nixe in acht nehmen müsse und sich nicht in die Nähe des Weihers wagen dürfe. Dennoch hockt er nun da und taucht ohne weiteres seine Hände in das für ihn so gefährliche Wasser – nicht willentlich, aber auch nicht zufällig.

Er bietet das Beispiel eines Mannes, dessen bewußter Wille seinen unbewußten Wünschen und Regungen unterliegt. Diese erweisen sich als stärker und treiben ihn, das Schicksal herauszufordern, das Abenteuer zu suchen, seine Neugier zu stillen und jener Begierde nachzugeben, die in dieser Form nur Männer befällt. Gemäß Freudscher Terminologie siegt sein Es über das Ich. Es kommt auf seine Kosten. Lachend taucht die Nixe aus dem Wasser auf, umschlingt den Jäger mit ihren nassen Armen, als habe sie auf diesen Augenblick nur gewartet, und zieht ihn mit sich in die Tiefe. Es ist geschehen, was er bewußt nicht gewollt, unbewußt aber ersehnt hat. Er erlebt nun, wovon viele Männer nur träumen, sei es nachts, wenn sie schlafen, oder tagsüber, wenn sie ihrer Phantasie freien Lauf lassen ... Aus naheliegenden Gründen läßt das Märchen sich nicht darüber aus, was sich nun zwischen dem Jäger und der nassen Schönen auf dem Grund des Teiches abspielt.

Seine Frau wartet jedenfalls vergeblich auf ihn. Sie ahnt, was geschehen ist, geht zum Weiher der Nixe, findet am Ufer ihres Mannes Jägertasche und weiß nur zu genau, in wessen Hände er geraten ist. Wehklagend umkreist sie den Teich und ruft immer wieder seinen Namen – vergeblich, der Spiegel des Wassers bleibt unbewegt. Da schimpft sie auf die Nixe und verflucht sie, aber auch das bewirkt nicht das mindeste. Sie bricht in Tränen aus und sinkt schließlich, am Ende ihrer Kräfte, wimmernd am Rande des Wassers zu Boden. Es tut sich dennoch nichts; den Jäger rühren weder ihre Tränen noch ihre Klagen und auch nicht ihre Verzweiflung. Wer in den Armen einer Nixe liegt, ist für seine Frau nicht mehr erreichbar. Der See bleibt still.

Dieser Mann ist wahrhaftig untergegangen, versunken, entschwunden in eine andere Welt, und nur noch seine Tasche zeugt davon, daß es ihn einmal gegeben hat. Ihm ist es ergangen wie dem Fischer aus Goethes Gedicht, dessen folgender Vers nicht von ungefähr zum geflügelten Wort geworden ist: «Halb zog sie ihn, halb sank er hin, / und ward nicht mehr gesehn.» Nicht mehr gesehen wurden ebenfalls etliche brave Rheinschiffer, die ihre Blicke nicht von der Lorelei abwenden konnten, die sich, auf einem Felsen sitzend, singend ihre goldenen Haare kämmte. Auch sie sind auf Nimmerwiedersehen in den Fluten versunken. Noch übler ist es den Seeleuten gegangen, die sich vom berückend-süßen Gesang der Sirenen haben verlocken lassen. Statt der erwarteten Liebesfreuden hat man ihnen das Blut ausgesogen, und lediglich «ein Haufen von Knochen von vermodernden Männern» kündet noch von ihrem traurigen Schicksal (Homer, Odyssee 12/39 ff.). Man mußte schon schlau wie Odysseus sein, um sich nicht von ihnen bezirzen zu lassen.

Ohne weibliche Hilfe haben die meisten Männer gegenüber Nixen, Circen und Sirenen kaum eine Chance. Auch unser Märchenheld wäre verloren gewesen und nie wieder aus dem Weiher aufgetaucht, hätte seine Frau sich nicht mit allen ihren Kräften und mit allen erdenklichen Mitteln für ihn eingesetzt. Sie ist wahrhaftig so treu, wie er sie eingeschätzt hat, und nicht nur das. Sie kämpft um ihn und bringt dazu eine bewundernswerte Geduld auf. Die ist auch vonnöten, denn ein Mann braucht eine Menge Zeit, um sich aus den Fängen eines feucht-nackten Weibes zu lösen. Die Jägersfrau läßt ihrem Mann diese Zeit, geht erst beim nächsten Vollmond wieder an den Weiher, und was sie dann tut, ist wohl erwogen und zeugt von genauer Kenntnis bezeichnend männlicher Eigenheiten: Sie setzt sich am Ufer nieder und kämmt sich im Silberschein des Mondes mit einem goldenen Kamm ihre langen, schwarzen Haare. Das war das Zaubermittel der Lorelei wie das der Gänsemagd, und auch hier tut es seine Wirkung: Des Jägers Kopf taucht aus dem Wasser auf – allerdings nur für einen Augenblick. Er spricht kein Wort, schaut seine Frau mit traurigen Blicken an und taucht wieder unter.

Beim nächsten Vollmond spielt sie auf einer goldenen Flöte ein ergreifendes Lied. Von jeher hat man Flöten, zumal goldenen, eine magische Wirkung nachgesagt, und welchen Zauber allein weiblicher Gesang haben kann, haben die Sirenen gezeigt. Dennoch geschieht zunächst nichts. Erst als die Frau die Flöte an den Rand des Wassers gelegt und eine Welle sie hinweggenommen hat, taucht ihr Mann auf, dieses Mal bis zur Hälfte, und er breitet sehnsuchtsvoll seine Arme nach ihr aus. Eine zweite Welle überspült ihn jedoch und zieht ihn wieder hinab in die Tiefe.

Er leidet, möchte zu seiner Frau zurück, kann sich aber dennoch nicht von der Nixe lösen – ein rechtes Dilemma. Aber genau das ist die Crux, die mit Abenteuern dieser Art immer wieder verbunden ist: Kein Mann ist jemals mit einer dieser Liebeszauberinnen glücklich geworden, gleichwohl haben sich die meisten nicht von ihnen befreien können. Das erweisen nicht nur die Beispiele aus Märchen und Sagen, sondern auch die aus der Literatur.

Frank Wedekinds Lulu, Urverführerin und Prototyp des Vamp, hat die intelligentesten Männer in ihren Bann gezogen und dann einen nach dem anderen in Unglück und Tod gestürzt. Henrik Ibsens «Grüne» entfremdet Peer Gynt seiner Geliebten und verstrickt ihn in eine Bindung, aus der er sein Leben lang nicht mehr freikommt. Heinrich Manns «Künstlerin Fröhlich», alias Lola, weltweit durch den Film «Der blaue Engel» und durch Marlene Dietrich bekannt, ist von Kopf bis Fuß auf Liebe eingestellt, ansonsten aber nichts als ein Mädchen einfacher Herkunft, das in einem Tingeltangel als Sängerin und Animierdame auftritt. Dessenungeachtet verfällt ihr der alternde Gymnasialprofessor Raat mit Haut und Haaren, macht sich hoffnungslos zum Narren, verliert seine bürgerliche Existenz und wird nur noch Professor Unrat genannt. Das alles ficht ihn nicht an, er kommt weder zur Besinnung noch von ihr los, heiratet sie am Ende gar und geht prompt an ihr zugrunde. Er ist beileibe nicht das einzige Beispiel dieser Art. Der wackere Dragonerkorporal Don José kommt von der wilden Zigeunerin Carmen nicht los, und sein Leben zerbricht an ihr. Vergleichsweise harmlos ergeht es einem weiteren rechtschaffenen Jäger. Er ist lediglich zu einem «liebkranken Mann» geworden und hat sich, solange er lebte, nicht von den Küssen des Waldmägdeleins Wilja erholen können.

All diese Männer, so ist vielerorts zu lesen, seien die beklagenswerten Opfer zauberisch-dämonischer Verführerinnen und Männerverderberinnen geworden. Der römische Dichter Plautus (240–184 v. Chr.) hat sie «Fallotricke der Natur» genannt, die Kirchenväter der Synode von Macon (585) gar Fallstricke des Satans. Mit solchen harschen Abwertungen offenbaren diese Herren weit verbreitete männliche Vorurteile gegenüber dem anderen Geschlecht, und was unseren Fall anbelangt, so täten sie den beteiligten weiblichen Wesen zuviel Ehre an, denn die haben ganz und gar nichts Teuflisches an sich. Die lachende Nixe des Märchens ist genausowenig ein böser Dämon wie Carmen oder Lulu, und an der Tingeltangeltänzerin Lola Fröhlich ist wahrhaftig nichts Zauberisches. Sie sind allesamt einfache Mädchen aus dem Volk, verhalten sich auch so und sind keine Spur diabolisch.

Hinter der Nixe im Teich verbirgt sich ebenfalls nichts anderes. Forscht man dem Ursprung des Märchens nach, so erfährt man, daß ein Freudenmädchen aus Flandern das Modell für die Nixe abgegeben hat. Die Grimmsche Geschichte geht nämlich, wie nicht wenige Märchen, auf ein literarisches Vorbild zurück, und zwar auf die Erzählung Straparolas vom edlen Florentiner Kaufmann Simeoni, der seine «schöne, sittsame und fromme

Frau namens Isebella», die Entsprechung der treuen Jägersfrau, ebenso vergaß wie sich selbst, weil er sich unsterblich in die Kurtisane Argentina, das Pendant der Nixe im Teich, verliebte. Er fiel ihr derart anheim, daß er fünf Jahre nichts mehr von sich hören ließ. (Straparola, Die Novellen und Märchen der ergötzlichen Nächte, Band 2, Nr. 30, ca. 1553.)

Der Märchenheld und seine vielen Lust- und Leidensgenossen sind also mitnichten wehrlos und gegen ihren Willen von übermächtigen weiblichen Wesen überwältigt worden! Es ist ihr eigener Dämon gewesen, der sie in die Arme der diversen Mädchen getrieben hat. Die Nixe hat nicht den Jäger verführt, er ist es gewesen, der zu ihr hinunter an den Weiher gegangen ist – wie bewußt auch immer. Sein Pendant, den Florentiner Kaufmann, haben keine magischen Bande ans «schwellende» Bett Argentinas gefesselt. Ihm allein haben die «wundersüßen engen Umschlingungen und die würzigen Küsse» des Mädchens mehr bedeutet als Heimat, Geschäfte und nicht zuletzt die ehrenwerte Gattin. Heinrich Manns Professor Raat ging in den für ihn verruchten «Blauen Engel» in der bewußten Absicht, seine Schüler vor der Sünde zu bewahren. Es kam anders, aber das ist schwerlich der «Künstlerin Fröhlich» anzulasten. Sie hatte keinerlei Interesse an dem verknöcherten Schulmeister und Moralprediger, und sie hat ihn keineswegs verhext, mit ihr aufs Standesamt zu gehen. Auch Don José hat kein böser weiblicher Zauber gezwungen, die rechtens verhaftete Carmen zu befreien, zu desertieren und schließlich zu morden. Was Lulu betrifft, so sagt man zwar, sie habe die intelligentesten Männer zugrunde gerichtet, aber wie und womit hätte sie es fertigbringen können, ihnen ihren Verstand wie ihren freien Willen zu rauben? Nein, es sind die völlig verblendeten Herren gewesen, die sich von dem letztlich unbedarften Mädchen haben ruinieren lassen. Sie offenbaren damit eine bemerkenswerte Schwäche. Wer aber gibt schon gern Schwächen zu? Also sind die Frauen am Dilemma der Männer schuld und werden folglich Fallstricke des Satans genannt. So einfach ist das.

Es ist fürwahr bemerkenswert, daß Männer, und gerade solche, denen man weder Intelligenz noch Tüchtigkeit absprechen kann, ernsthaft geglaubt haben, ihr Leben mit einer Lulu, Lola, Carmen oder gar mit einer Nixe teilen zu können. Man stelle sich die Märchennixe am häuslichen Herd des Jägers vor oder Fräulein Fröhlich auf einem Akademiker-Ball! Und selbst wenn Männer ihren Irrtum erkannten, vermochten sie oftmals dennoch nicht, sich aus der Verstrickung zu befreien. Sogar ein Mann wie der ebenso welterfahrene wie listenreiche Odysseus hatte diesbezüglich Probleme. Er entging zwar den Sirenen, aber erst nach einem Jahr gelang es ihm, sich aus den Armen der Zauberin Circe zu befreien, um zu tun, was er von Anfang an gewollt hatte: heimkehren zu seiner Frau Penelope. Dort kam er indes nicht an, verfiel vielmehr aufs neue einer Frau, nämlich der Nymphe Kalypso, und brauchte dieses Mal sieben Jahre, bis er ihr entkommen konnte, obwohl er sich stets nach Penelope gesehnt hatte. Hätten ihm am Ende nicht die Götter geholfen, säße er vermutlich noch heute auf Kalypsos romantischer Insel.

Auch der Jäger streckt sehnsuchtsvoll die Arme nach seiner Frau aus, vermag aber nicht, auch seine untere Hälfte aus dem Wasser zu bringen. Damit sitzt er nach wie vor fest, und das ist bezeichnend. Sein Kopf ist frei, und sein Herz ist frei, sein Geist ist willig, aber sein Fleisch ist und bleibt schwach. Abermals obsiegt das Es über das Ich, und er sinkt zurück in die Tiefe.

Des Jägers Frau erscheint nun zum dritten Mal und stellt ein goldenes Spinnrad an den Uferrand. Ein Spinnrad ist der Mittelpunkt behaglicher Häuslichkeit, und die hat die Nixe nicht zu bieten. Das mag den Ausschlag gegeben haben, jedenfalls erhebt sich der Jäger nun zur Gänze aus dem Wasser, springt ans Ufer, faßt seine Frau an der Hand und entflieht mit ihr – ganz ohne Hilfe der Götter! Das ist eine respektable Leistung; wer aber glaubt, nun hätte er es geschafft, unterschätzt die Stärke nixen- und nymphenhafter Verstrickungen. Mit einem «entsetzlichen Brausen» erhebt sich der ganze Weiher, und seine Wasser verfolgen die Flüchtenden, holen sie ein, und sie sehen schon den Tod vor Augen.

Sie überleben, werden aber getrennt und finden sich schließlich in einem fremden Land wieder. Keiner weiß, wo der andere geblieben ist, und es vergehen Jahre voll Trauer und Sehnsucht, bis sie sich endlich wiedersehen. Aber sie erkennen sich nicht. Da spielt der Jäger auf der goldenen Flöte das traurige Lied, das einst seine Frau in der Vollmondnacht am Weiher darauf geblasen hat. Sie weint, erzählt ihm dann von jener Nacht, und da fällt es ihm wie Schuppen von den Augen. Am Ende eines langen Irrwegs erkennt er sie als seine «liebste Frau», und das ist hier nicht im biblischen Sinne gemeint. Der Jäger nimmt seine Frau spät, aber nicht zu spät als Mensch wahr. Nun endlich weiß er, daß sie für ihn die beste aller Frauen ist. Darum nämlich hat er sie erwählt und geheiratet. Aber er mußte erst auf gefährliche Abwege geraten und eine lange Krisenzeit durchleben, bis er es wirklich begriffen hat.

Damit muß rechnen, wer sich mit Nixen, Circen, Nymphen oder Lolas einläßt. Odysseus hat zwanzig Jahre gebraucht, bis er nach Hause zurückgekehrt ist, und davon sind acht Jahre zu Lasten zweier Frauen gegangen. Als Bettler kehrt er schließlich heim, auch ihn erkennt seine Frau anfangs nicht, und er hat erst eine Herkulesarbeit verrichten müssen, nämlich das Haus von den Freiern befreien, bis das Ehepaar endlich wieder zusammenfindet. Ein ewiger Honigmond erwartet die beiden dennoch nicht. Ihre glückliche Wiedervereinigung bedeutet nicht das Ende aller Kämpfe, es werde, so haben es die Götter beschlossen, auch hernach noch «unermeßliche Mühsal» geben (23. Gesang, 248/249). Was sagten doch die drei Raben in der Geschichte vom treuen Johannes? Er hat sie, sprach der erste. Er hat sie noch lange nicht, der zweite, und der dritte zählte all die Schwierigkeiten auf, die ein Paar überwinden muß, bis es endlich glücklich zusammenfindet und auskömmlich miteinander leben kann.

Dieses Märchen ist optimistischer. Hier umarmen und küssen

sich der Jäger und seine Frau, und die Geschichte schließt mit dem Satz: Ob sie glückselig waren, braucht niemand zu fragen. Vielleicht sind ihnen die Götter gewogener, weil die beiden möglicherweise ihr Maß an Kämpfen und Mühsal hinter sich haben. Unausweichlich scheint zu sein, daß ein Mann nicht nur um Ruhm und Ehre, Ansehen und Erfolg kämpfen muß, sondern auch um das Glück in der Ehe. Wer aber weiß das schon? Niemand hat Männer gelehrt, auf die Stimmen von Raben zu hören.

Und welcher Mann, der einer betörenden Nixe oder einem aufregenden Vamp verfällt, ist sich darüber klar, daß er in ein beliebiges weibliches Wesen lediglich sein eigenes Traum- und Wunschbild hineinsieht, daß er nur das Opfer einer Projektion ist? Und, da er seine Anima projiziert, er letztendlich in sein eigenes Machwerk so schrecklich verliebt ist? Man denke an Pygmalion und an Doktor Fausts Verzauberung durch ein Spiegelbild. Also wären die gefährlichen Nixen und Nymphen weitgehend der Männer eigenes Werk. Aber selbst diese Erkenntnis wird sie nicht davor bewahren, gegebenenfalls von umschlingenden nassen Armen in die Tiefe gezogen zu werden.

Ein hoffnungsvoller junger König ist Wachs in den Händen der Mutter und Spielball seiner Gefühle

Die sechs Schwäne, Fortsetzung

Offen geblieben ist, was aus dem ungleichen Paar im Märchen von den sechs Schwänen geworden ist. Wir haben den jungen König verlassen, nachdem er sich gerade mit der Schönen aus dem Baum vermählt hat, und uns gefragt, wie diese Ehe wohl weitergehen wird. Schlecht, so möchte man glauben, denn sein Entschluß zu heiraten ist aus einer momentanen Aufwallung seines Gefühls heraus erfolgt und von keinerlei vernünftigen Gründen bestimmt gewesen oder wenigstens mitbestimmt worden. Er kannte das Mädchen überhaupt nicht, hatte keine Ahnung von ihren Eigenschaften und wußte nichts über ihre Herkunft. Die Umstände, unter denen er ihr begegnet ist, und die Art und Weise, wie sie es verstanden hat, seine Aufmerksamkeit zu erregen, waren auch nicht dazu angetan, in ihr ein bescheidenes Wesen zu sehen, sittsam, «fromm und gut», wie er es getan hat. Er führt vor, was Männer alles glauben, wenn sie von einem schönen Mädchen fasziniert sind. Seine Mutter ist anderer Meinung. Nachdem er mit der halbnackten Fremden im Schloß erschienen ist und erzählt hat, wo und wie er sie vorgefunden hat, nennt sie sie eine hergelaufene Dirne, die eines Königs nicht würdig sei. Deutlicher drückt es der Erzbischof in Hans Christian Andersens Fassung der Geschichte, *Die wilden Schwäne*, aus. Er hält das Waldmädchen für eine Hexe, die die Augen des Königs geblendet und sein Herz betört hat. Auch hier ist, nota bene, das Mädchen an des Königs Ausnahmezustand schuld, und er nichts als ihr armes Opfer.

Wider Erwarten ist die junge Frau keine Hexe, hat nichts mit der Nixe des vorigen Märchens gemein oder mit Lulus und Lolas. Sie erweist sich tatsächlich als so bescheiden, fromm und gut, wie es der König von ihr angenommen und behauptet hat. War also er es, der die bessere Menschenkenntnis besaß, folglich eine gute Wahl getroffen und sich außerdem als gescheiter als seine Mutter und der Herr Erzbischof erwiesen hat? Nichts dergleichen, er hat nur ganz und gar unverdientes Glück gehabt. Der Erzbischof hat sich lediglich in bezug auf die junge Frau geirrt, den König hingegen ganz richtig eingeschätzt: Der ist verblendet gewesen, und das nicht zu knapp! Ihn hat nahezu ausschließlich die weitgehend entblößte Anatomie des Mädchens dazu gebracht, sie zu heiraten. Außerdem ist er der durch nichts begründeten Meinung gewesen, ein so schönes Kind müsse auch gut, fromm und reinen Herzens sein. Die provozierende Entkleidungsszene ließ weit eher das Gegenteil vermuten. Was aber bedeuten einem Verblendeten und Betörten schon Tatsachen?

Hier täuschten die äußeren Gegebenheiten, was gelegentlich vorkommt, das aber macht den König nicht zu einem Mann, der mit Herz und Vernunft eine für sein Leben wichtige Entscheidung getroffen hat. Er hat die Täuschung nicht erkannt, nicht erkennen können, selbst wenn er überlegt oder nachgedacht hätte, wovon er weit entfernt gewesen ist. Entgegen aller Wahrscheinlichkeit ist er an eine ausgezeichnete Frau geraten. Auch das kommt gelegentlich vor – nicht selten dann, wenn es die Frau ist, die den Mann wählt, wie wir es im Märchen von der Gänsehirtin gesehen haben. Auch diese Märchenschöne bekommt den Mann, den sie vermutlich gewollt hat. Die beiden heiraten, und sie führen eine gute Ehe. Hätte es allein von ihnen abgehangen, wäre es vielleicht dabei geblieben, und damit hätte die Geschichte ihr glückliches Ende finden können. Bis es aber dazu kommt, erwartet auch dieses Paar eine Menge Müh- und Trübsal, und es hat nicht viel gefehlt, und die Ehe wäre jämmerlich gescheitert.

Das Unheil, das die beiden auf immer zu trennen droht, kommt von der Mutter des Königs. Das Märchen geht ähnlich weiter wie die Fortsetzung des Grimmschen Dornröschen-Märchens: Die junge Königin bringt ihr erstes Kind zur Welt, einen schönen Knaben, und es herrscht darüber eitel Freude. Die

Königinmutter hingegen sieht endlich eine Gelegenheit, das glückliche Paar auseinanderzubringen und sich gleichzeitig der ihr unliebsamen Schwiegertochter zu entledigen. Sie nimmt ihr den kleinen Prinzen fort, bestreicht ihr den Mund mit Blut und klagt sie bei ihrem Sohn an, eine Zauberin und Menschenfresserin zu sein – in alten Zeiten jedes für sich ein todeswürdiges Verbrechen. Der König wollte ihr nicht glauben, heißt es. Schützend stellt er sich vor seine Frau, erlaubt nicht, ihr ein Leid zuzufügen, und das tut er, laut Urfassung der Geschichte, «aus großer Liebe» zu ihr. Nun wohl, für dieses Mal ist er davongekommen, aber seine Mutter gibt nicht auf, und er ahnt nichts von ihren bösen Absichten und schon gar nicht, wie skrupellos sie gegebenenfalls handeln kann. Er denkt und fühlt nicht anders als Dornröschens argloser und gutgläubiger Gemahl.

Bei der Geburt des zweiten Kindes wiederholt die Königinmutter ihren schändlichen Betrug und trifft ihren Sohn damit in doppelter Weise, denn so, wie die Umstände erscheinen, ist der König nicht nur persönlich, sondern auch politisch in einer prekären Lage: wie lange kann er noch zu seiner Frau halten, die als Königin des Landes unter Verdacht steht, eine Zauberin und Menschenfresserin zu sein? Dennoch tritt er weiterhin für sie ein. Sie sei zu fromm und gut, eine solche Tat zu begehen, und wäre sie nicht stumm und könnte sie sich verteidigen, so würde ihre Unschuld nur zu bald an den Tag kommen, rechtfertigt er sie. Als aber auch das dritte Kind verschwindet und die junge Königin kein Wort zu ihrer Verteidigung vorbringen kann, ist er als Ehemann wie als König am Ende seiner Möglichkeiten. Er kann nun nicht mehr anders, heißt es, er muß seine Frau dem Gericht übergeben, und das verurteilt sie erwartungsgemäß zum Feuertod. Als Mann, der er nun einmal ist, kann er tatsächlich nicht anders. Dieser Situation ist er nicht gewachsen, einer solchen weiblichen Intrige wehr- und hilflos ausgeliefert.

Dies ist nun das zweite Beispiel einer Schwiegermutter, der es um Haaresbreite gelingt, die Ehe ihres Sohnes auf bemerkenswert geschickte Weise zu zerstören. Es gibt viele weitere, nicht nur hierzulande. Selbst die Eskimos und die Massai in Ostafrika kennen solche Geschichten und damit das Problem. Es stellt sich mehr oder minder stets nach dem gleichen Muster dar, und in fast allen Fällen ist es, im Gegensatz zur landläufigen Meinung über böse Schwiegermütter, die Mutter des Mannes und nicht die der Frau, die den Ehemann so wirkungsvoll gegen seine Frau aufbringt. Er würde vermutlich nicht so leicht auf ihre Machenschaften hereinfallen, wenn er mehr über ihre Motive wüßte, aber sich über weibliche Motive Gedanken zu machen ist Männern nur höchst selten eingefallen und keinem einzigen der Märchenmänner.

Die früheste Version der Geschichte, auf die sich Ludwig Bechsteins Märchenfassung stützt, gibt Aufschluß darüber, was die Schwiegermutter zu ihren Schandtaten treibt: Sie haßt die Auserwählte ihres Sohnes als Konkurrentin, und sie neidet ihrem Sohn seine Liebe. Immer wieder ermahnt sie ihn, seine Frau «nicht allzu lieb zu haben». Es läuft wieder einmal auf den Ödipuskomplex hinaus: Der Sohn soll gefälligst seine Mama liebhaben und nicht seine Frau. Der Vater der Psychoanalyse hätte an diesem Gedanken gewiß seine Freude gehabt. Wer weiß, vielleicht hat er das Märchen gar gekannt und daraus geschöpft? Immerhin hat er 1913 einen Aufsatz über «Märchenstoffe in Träumen» veröffentlicht. Was Goethe billig war, könnte Sigmund Freud durchaus recht gewesen sein.

Nachdem es Muttern nicht gelungen ist, die Ehe zu verhindern, legt sie es darauf an, Unfrieden und Zwietracht zwischen den Ehegatten zu stiften, und tut ihr mögliches, ihren Sohn gegen seine Frau einzunehmen. Er hört jedoch nicht auf sie, zeigt sich ungehalten, wenn sie versucht, sie schlechtzumachen, und bleibt seiner Frau zugetan. Das ist in Ordnung, und damit hat er gewissermaßen die erste Runde dieses Kampfes gewonnen. Was aber heißt das schon? Er bekommt gar nicht mit, daß überhaupt ein Kampf stattfindet, und das ist die denkbar schlechteste Voraussetzung, ihn zu gewinnen. Seine Mutter bestärkt ihn in seiner Ahnungslosigkeit, zeigt sich fortan sanft und freundlich, und der jungen Frau gegenüber gibt sie sich ehrerbietig. Welcher Mann hätte ein solches Verhalten seiner Mutter nicht für bare Münze genommen? So zeigt auch der König keine Spur von Mißtrauen, hält die familiäre Welt für heil und freut sich auf den in Aussicht stehenden Nachwuchs.

Seine Frau bringt sechs Söhne und eine Tochter zur Welt, und des Königs Mutter ersetzt die Kinder durch junge Hunde. Es heißt, das tue sie ihrem Sohn aus Rache an, «weil er die junge Frau so lieb hatte». Sie verhält sich wie eine eifersüchtige Ehefrau, mithin kaum anders als die Frau des Königs in der Geschichte des Basile. Wie jener steht auch der Held dieser Geschichte zwischen zwei Frauen – nur ahnt er davon nichts. Eine Mutter, die dem eigenen Sohn derart zugetan ist, daß sie ihre Schwiegertochter aus Eifersucht verabscheut, gehört nicht in die übliche Vorstellungswelt eines Sohnes. Ferner haben Mütter einen besonderen Nimbus, gelten weithin als untadelig, selbstlos und gut – besonders bei Männern. Kurzum: Was diese Schwiegermutter hier tut, wird kaum ein Mann ihr zutrauen, und schon gar nicht der eigene Sohn. Im Märchen wird sie ein boshaftes, falsches, altes Weib genannt, für den Sohn ist sie über jeden Verdacht erhaben.

Sie führt den eben noch glücklichen Vater ans Kindbett, zeigt auf die Bescherung und spricht: «Siehe Sohn, die Kinder, die dir deine Frau geboren hat, es sind junge Hunde.» Bei diesem Anblick ist es mit der Standhaftigkeit unseres Ehemanns vorbei, nun fällt er um, und zwar gründlich, erliegt hoffnungslos dem für ihn inszenierten Schwindel. Er glaubt, was er sieht, und er glaubt bedingungslos seiner Mutter. Seine Frau, die in dieser Geschichte keineswegs stumm ist und sich gegen die ungeheuerliche Anschuldigung verwahren will, hört er nicht an. Er will kein Wort einer Entschuldigung gelten lassen, heißt es. Von einem Augenblick zum anderen erlischt seine Liebe zu ihr. Er wirft, wie es heißt, «einen Haß auf die junge Frau, die er vorher so lieb gehabt», womit es aber keineswegs sein Bewenden hat. Bis an die Brust läßt er sie im Burghof in die Erde eingraben, über ihrem

136

Kopf ein Waschbecken mit Wasser setzen und gebietet seinem Gesinde, «sich über ihrem Haupt zu waschen und ihre Hände an ihrem schönen Haar zu trocknen». Im Märchen von den drei Königskindern (W. Busch «Ut oler Welt» Nr. 23) läßt er sie lebendig einmauern. Wieder handelt es sich um ein für Märchen typisches Bild: Es drückt entsprechende Gefühle aus und macht sie durch ein dramatisches Geschehen anschaulich.

Jählings schlägt dieses Mannes Liebe in Haß um, er könnte seine Frau kaum schlimmer demütigen, und das ist in solchen Situationen für Männer bezeichnend. Zu ähnlichen Ausbrüchen kommt es bei schweren Ehekonflikten und häufiger noch bei Scheidungen – allerdings nicht nur auf seiten der Ehemänner; Niedertracht gibt es nur zu oft auf beiden Seiten. In den Märchen verhält es sich nicht anders, es liegen jedoch Welten zwischen männlicher und weiblicher Art und Weise, sich an seinem Ehepartner zu rächen oder ihn loszuwerden. In der Geschichte vom getreuen Ferenand (KHM 126) schlägt beispielsweise die Königin, ohne auch nur mit der Wimper zu zucken, ihrem Gemahl den Kopf ab und heiratet dann dessen Stallmeister, ihren Geliebten. Im russischen Märchen *Das Höckerrößlein* (Scherf, S. 214) befreit sich die Heldin von dem ihr unliebsamen Gatten durch ein vorgebliches Verjüngungsbad. Er zerkocht darin, heißt es lakonisch, und auch sie heiratet ihren Geliebten, den Ivan. In einer jüdischen Version der Geschichte übergießt eine Königin ihren Mann mit Höllenwasser, und er verbrennt zu Asche. Dem Volk erklärt sie ungerührt: «Seht, er war ein gottloser Mensch, sonst hätte er überlebt.»

So handhaben gegebenenfalls Gattinnen das Problem, und es gibt etliche von dieser Art in den Märchen. Keine von ihnen begeht von Gefühlen übermannt die Tat, keine wird dazu von jemand anderem bestimmt; alle haben ihre klaren Motive und handeln dann effektiv und so, daß sie hinterher nicht zur Rechenschaft gezogen werden können – kurzum, sie benutzen ihren Verstand. Der Märchenheld hingegen wird von Gefühlen beherrscht, er ist ein Spielball in den Händen seiner Mutter, und wider jegliche Vernunft und alle Erfahrung glaubt er, seine Frau habe Hündlein zur Welt gebracht. Welche Tochter hätte ihrer Mutter eine so hanebüchene Geschichte abgenommen? Der Sohn aber ist von dem überzeugt, was er vor Augen sieht. Ebenso fiel der junge König des vorigen Märchens auf die plump gefälschten Indizien herein: Die Kinder waren fort, und seine Frau hatte Blut am Mund – ergo, folgerte er kraft seines männlichen Verstandes messerscharf, mußte sie getan haben, wessen seine Mutter sie beschuldigt hat. Dabei ist es schlechtweg ein Ding der Unmöglichkeit, ein Kind zu fressen – und das auch noch, ohne ein Knöchelchen übrigzulassen. Und hätte die Frau sich nicht wenigstens den Mund abgewischt?

Dem König gibt das alles nicht zu denken, Tatsachen sind für ihn Tatsachen, und seine männliche Logik läßt sich durch nichts beirren. Beide Könige sind von blinder Faktengläubigkeit und denken auf eine Weise logisch, die schon absurd ist – oder komisch. Nur Männer bringen das fertig, und es handelt sich nicht etwa um mit Dummheit geschlagene oder auch nur ein wenig beschränkte Vertreter ihres Geschlechts! Ausnahmeerscheinungen sind sie ebenfalls nicht, denn das mit den besten Köpfen des Landes besetzte königliche Gericht verhält sich nicht anders. Es erkennt die Frau der Greueltat für schuldig und verurteilt sie zum Feuertod.

Dieses Urteil wiegt schwer, denn es handelt sich um mehr als nur eine märchentypische Inszenierung zu dem Zweck, ein Gefühl darzustellen, und auch der Scheiterhaufen ist nicht lediglich ein Symbol. Es hat diese Urteile gegeben, und solche Scheiterhaufen haben tatsächlich gebrannt – hunderttausendfach und europaweit! Allerdings hat man Frauen nur in Ausnahmefällen wegen Kinderfresserei verbrannt, wohl aber, weil sie, so hielten es kluge und ehrenwerte Geistliche und nicht minder gescheite ehrenwerte weltliche Richter kraft ihres männlichen Denkens für erwiesen, mit leibhaftigen Teufeln intimen Umgang gepflegt hatten – eine kaum minder hirnrissige Beschuldigung. Bei diesen Prozessen wurde kollektiv und jahrhundertelang auf Frauen ein

«Haß geworfen», dessen Ursachen bis heute nicht zufriedenstellend geklärt sind.

Sieben Jahre muß des Königs Frau in ihrer Grube ausharren, da fliegt der Schwindel endlich auf, und ihres Mannes Gefühle schlagen abermals um: Ab sofort liebt er seine Frau wieder. Er läßt sie aus der Grube befreien, baden, pflegen und «mit edler Spezerei und kostbaren Würzen erquicken, daß sie wieder ein schönes Weib wurde», und damit ist für ihn der eine Teil der Angelegenheit geregelt. Seine «falsche Mutter», bisher für ihn persona grata, haßt und verabscheut er jetzt wie eben noch seine Frau und läßt nun sie in das Loch setzen, womit die Angelegenheit für ihn endgültig erledigt ist. Die Exaltation seiner Gefühle ist so schnell vorbei, wie sie gekommen ist, und, als sei nichts geschehen, sind Welt und Ehe für ihn wieder in Ordnung. So einfach ist das für diesen Mann.

Eine berühmte Frau hat einmal gesagt, sie liebe das Einfache: Männer! Diesem Märchen-Ehemann wird man sonderliche Kompliziertheit und grüblerischen Sinn in der Tat kaum nachsagen können, und seine Moral ist ebenfalls eher von schlichter Art. Würfe man ihm jedoch vor, er sei der Spielball sowohl seiner Mutter wie seiner diversen, höchst wechselhaften Gefühle, so würde er fraglos diesen Vorwurf mit größter Selbstverständlichkeit von sich weisen und überzeugt statuieren, Männer seien niemals Spielball irgendeiner Frau oder irgendwelcher Gefühle, denn sie zeichne, wie jedermann seit alters wisse, vornehmlich Vernunft und Sachlichkeit aus.

Eine solche männliche Selbsteinschätzung besteht in der Tat seit alters. Schon für die meisten Dichter und Denker des klassischen Altertums war sie eine Selbstverständlichkeit, und daran hat sich wenig geändert, lediglich die Ausdrucksweise hat sich gewandelt: Heutzutage halten sich die Männer gern für cool. Das soll ihnen auch gar nicht abgesprochen werden, sie sind es auf vielen Gebieten, wenn sie aber glauben, sie seien es auch in ihrem Liebes- und Eheleben, dann ist das sehr häufig ein großer Irrtum. Hier ähneln sie nur zu oft unserem Märchenkönig, führen sich einerseits wie verliebte Narren auf, andererseits toben sie wie Rumpelstilzchen, und in der Regel wird ihnen noch nicht einmal bewußt, wie wenig vernünftig, sachlich oder cool sie dann sind. Kaum anders verhält es sich mit der Manipulierbarkeit des Mannes und seiner in manchen Fällen geradezu sträflichen Leichtgläubigkeit. Mögen die Männer glauben, sie seien willensstark, standhaft und kritisch – der König zeigt, wie weit es damit her ist. Für die meisten Frauen ist das nichts Neues, sie kennen ihre Männer oder ihre Söhne oftmals besser als die sich selbst, und nicht wenige nutzen die männlichen Schwächen für ihre Zwecke aus. Wer wollte es ihnen verdenken?

Wie ein raffinierter Ehestratege seine Frau zum Mäuschen macht

Katze und Maus in Gesellschaft, KHM 2

Die exzessiven Gefühle und die davon initiierten Handlungsweisen der Märchenhelden zeigen, wie sehr Männer von Liebe wie von Haß verblendet sein können. Es gibt keine Märchenheldin, die auch nur annähernd derart verblendet gewesen wäre! Wer jedoch hiernach die Schlußfolgerung zieht, Männer seien naive, arglose und gefühlslabile Wesen, mit denen frau machen könne, was sie wolle, ist voreilig. Es sind nicht der Männer einzige Eigenschaften, und es gibt auch ganz andere Männer. Da das Personal der Märchen von einmaliger Vielfalt ist, fällt es nicht schwer, den bisherigen Ehemännern kontrastierende Alternativen gegenüberzustellen.

Die folgende Geschichte ist erst nach einigem Zögern in dieses Kapitel aufgenommen worden, denn es hat damit seine Schwierigkeiten. Zunächst handelt es sich bei den Helden abermals um Tiergestalten, was uns weniger stören muß, haben sich doch bereits Wolf und Frosch als beispielhafte Vertreter des Männlichen erwiesen. Doch hier geht es um eine Katze. Sie spielt die Hauptrolle im Märchen *Katze und Maus in Gesellschaft*. Als Nummer zwei der Grimmschen Sammlung steht es gleich nach dem Froschkönig-Märchen an hervorragender Stelle. Es wirbt darin, man sollte es nicht für möglich halten, eine Katze um eine Maus. Sie spricht von ihrer großen Liebe zu ihr und von der Freundschaft, die sie für sie empfinde. Die Maus ist skeptisch, was nicht verwunderlich ist, aber die Katze wiederholt ihre Liebes- und Freundschaftsbeteuerungen so oft und so lange, bis die Maus schließlich einwilligt, mit ihr zusammenzuziehen und «gemeinschaftliche Wirtschaft zu führen». Geheiratet wird vorher nicht, aber eine «wilde Ehe» ist schließlich auch eine Ehe und daher ausreichend, dem Thema dieses Kapitels gerecht zu werden.

Das Problem ist jedoch: Die Geschlechterrollen sind in dieser Geschichte nicht zweifelsfrei festgelegt, denn wer spielt hier den weiblichen, wer den männlichen Part? Und ausgerechnet in einer Katze einen Ehemann sehen zu sollen, erschien auf den ersten Blick nicht recht einsichtig. Bei näherem Hinsehen spricht indes Entscheidendes für die Männlichkeit dieser Katze, unter anderem, daß das Wort Katze ein Oberbegriff ist, es sich also bei der Märchenkatze durchaus um einen Kater handeln könnte, und der hätte sehr wohl eine Beziehung zum Männlichen, sogar eine sehr spezifische. Für die männliche Wesensart der Katze spricht ferner ihre Gewohnheit, die Maus «Mäuschen» zu nennen – ein Kosewort, das fast ausschließlich Männer benutzen. Des weiteren ist von ihr mehrfach als Gevatter die Rede. Das Märchen wählt also die männliche, nicht aber die weibliche Form. Wer dessenungeachtet dieser Rollenverteilung nicht zustimmen möchte, dem bleibt es unbenommen, in der Katze den weiblichen Teil zu sehen. Das hätte durchaus seine Berechtigung, denn fraglos ist es auch mancher Frau gelungen, ihren Mann zum Mäuschen zu machen – selbst einen so schrecklichen Mann wie Blaubart, wie sich in Kürze zeigen wird.

Eindeutig ist hingegen die frappante Unterschiedlichkeit der beiden Akteure dieses Märchens, denn hier tun sich zwei Wesen zusammen, die Feinde von Natur aus sind. Auf menschliche Verhältnisse übertragen ist das eine harte Prämisse – jedoch keine unrealistische. Zu allen Zeiten hat es Stimmen gegeben, die Mann und Frau tiefwurzelnde Feindschaft bescheinigt haben. Und seit man angefangen hat, über die Beziehungen der Geschlechter zueinander nachzudenken, ist auch vom Kampf der Geschlechter die Rede gewesen, ebenso vom Frauenhaß und Männerhaß. Die Wissenschaft hat das Phänomen unter den Stichworten Misogynie und Misandrie katalogisiert, man lese nach bei Bornemann. Das Märchen kommt ganz ohne Wissenschaft und schwierige Wörter aus, ist dafür aber um einiges anschaulicher.

Mit ihrer Schönrederei ist es also der Katze gelungen, die

Maus herumzukriegen. Das mag verwundern, aber darauf hat sich so mancher Mann verstanden, und so manches Mädchen hat sich schmeichlerisch beschwatzen lassen und getan, was es lieber hätte lassen sollen. Dafür gibt es zahlreiche Beispiele, und eines ist in diesem Zusammenhang besonders relevant. Weit detaillierter als im Märchen zeigt es, was den Machenschaften der Märchenkatze durchaus vergleichbar ist. Es ist die Art und Weise, wie Faust um Gretchens Gunst wirbt. Im Endeffekt erreicht er dasselbe wie die Katze. Dank männlicher Überredungskunst hat das arme Mädchen so wenig nein sagen können wie die Maus im Märchen, wobei weder die eine noch die andere unter irgendeinem Zwang gestanden hat oder gar bedroht worden ist. Ganz freiwillig hat Margarete ihre Kammertür für den Doktor offengelassen, der so schön daherreden konnte, und ebenso freiwillig folgt Mäuschen der zungenfertigen Katze ins gemeinsame Domizil.

Die Zweisamkeit von Katze und Maus beginnt unmittelbar mit dem, was man Ehealltag nennen könnte. Es gilt, Vorsorge für den Winter zu treffen, und die beiden beschließen, ein Töpfchen mit Fett anzukaufen. Sie überlegen, wo es sicher aufbewahrt werden könnte, und die Katze schlägt vor, es in die Kirche zu bringen und unter dem Altar zu verstecken. «Da getraut sich niemand, etwas wegzunehmen», meint sie. Das hört sich gut an, klingt vernünftig und scheint zweckmäßig, aber diese Märchenkatze hat es faustdick hinter den Ohren, denn genau auf diese Wirkung hat sie es abgesehen. Tatsächlich dient dieser Plan einzig ihren eigenen Zwecken und Zielen und läuft den Interessen der Maus diametral entgegen. Er ist der erste Schritt innerhalb einer klug erdachten Strategie, im Haus die Oberhand zu gewinnen, und der nächste folgt sogleich. Die Katze erachtet es für notwendig und besteht darauf, das Töpfchen allein zur Kirche zu tragen. Sie begründet ihr Ansinnen mit einem einzigen Satz, der harmlos klingt, aber alles andere als harmlos ist. «Du, Mäuschen», beginnt sie. Nun hat wahrhaftig nicht jeder, der seine Partnerin Schätzchen, Liebchen oder mein Kleines nennt, böse Absichten, und auch Mäuschen als Kosewort kann ganz arglos gemeint sein. Es hat sich jedoch schon einmal gezeigt, daß bei derlei Diminutiven Vorsicht geboten ist, und Goethe hat in den Szenen in Frau Marthens Garten ein weiteres Beispiel gegeben. Er hat seinem Doktor Faust etliche verführerische Verkleinerungsformen in den Mund gelegt und ihn äußerst geschickt damit umgehen lassen. Gretchen hätte wahrhaftig mißtrauisch werden müssen, als er sie «kleiner Engel» nannte, «liebs Kind» oder gar «liebe Puppe».

Das «Mäuschen» der Katze ist ebenso reine Manipulationsstrategie wie Fausts «liebs Kind», und beider Absichten sind perfide. Faust wollte indes nur in Gretchens Bett, die Katze hat weitergehende Ziele, und die steuert sie umgehend an. Folgendermaßen fährt sie fort: «Du, Mäuschen, kannst dich nicht überall hinwagen und gerätst mir am Ende in eine Falle.» Den Satz kann man getrost erst einmal auf der Zunge zergehen lassen. Naiven Gemütern werden die Worte der Katze einleuchtend erscheinen oder gar den Eindruck liebevoller Besorgnis erwekken. Die Maus ist so ein naives Gemüt und merkt nicht, daß die Behauptung der Katze nichts als ein weiterer Schritt zu ihrer Unterdrückung ist. Erst einmal wird sie zum Mäuschen gemacht, dadurch auf ein kleines Maß zurückgestutzt und gleichzeitig verniedlicht, dann wird unter dem Deckmantel des Gut-Meinens ihre Freiheit eingeengt, wobei die Begründung nicht nur unlogisch, sondern auch scheinheilig ist. Vorher ist die Maus schließlich auch allein ausgegangen und hat mit den Fallen gelebt wie alle anderen Mäuse. In Begleitung der Katze wäre sie noch um vieles sicherer, denn die könnte sie ohne weiteres vor Fallen und anderen Gefahren bewahren. Durch die vorgebliche Fürsorglichkeit ihres Gefährten offenbar völlig kritiklos geworden, erkennt sie das nicht und fügt sich. Arme Maus.

Die Katze bedient sich hier eines probaten Mittels: Sie übt Herrschaft durch Fürsorge aus – ansonsten eher eine weibliche Praktik, vorzugsweise von Müttern und Ehefrauen angewandt, die so Mann und Kinder am Bändel halten. Hier zeigt sich, daß sehr wohl auch ein Mann sich ihrer höchst erfolgreich zu bedienen weiß. Und das nicht nur im Märchen. Als ich unlängst bei einem Vortrag die Katze als bemerkenswerten Unterdrückungsstrategen vorgestellt hatte, begann eine Zuhörerin plötzlich zu lachen. Sie entschuldigte sich und erklärte dann, ihr sei schlagartig die Taktik ihres Schwagers klargeworden. Er hatte ihrer Schwester ausgeredet, den Führerschein zu machen, und dabei genau wie die Märchenkatze argumentiert. Daraufhin lachten noch einige weitere Damen, befanden, dieser Schwager sei beileibe keine Ausnahme, und berichteten von Männern, die ihre Frauen zu überzeugen gewußt hatten, kein eigenes Geld zu verdienen, ihr Studium aufzugeben, auf eine Karriere zu verzichten – selbstverständlich zu ihrem eigenen Besten und weil die besorgten Ehemänner es gut mit ihnen meinten.

Das ist nicht so überraschend. Ein gefügiges Mäuschen, das klaglos «das Hauswesen allein besorgt», ist von jeher ein gängiges männliches Wunschbild gewesen. Besonders prägnant hat es sich in den Ehestandsratgebern niedergeschlagen, die früher in kaum einem bürgerlichen Bücherschrank fehlten. So ist in dem bis in jüngste Zeit immer wieder neu aufgelegten «Philosophisch Ehezuchtbüchlein» des Johann Fischart die ideale Ehefrau als ein Wesen beschrieben, das durch «linde Worte und sittsame Stimme» den Mann erfreut, ihn «als ihr Haupt» gehorsam anerkennt und brav als «Zier des Hauses» stets daheim bleibt. Manches Mannes Herz mag bei einem solchen Frauenbild höher geschlagen haben. Leider ist es reichlich illusionär. Der «universal gebildete Humanist Fischart» (Schriftstellerlexikon) hatte offenbar wenig Ahnung von wirklichen Frauen. Oder hat er etwa seine Leser lediglich zum Narren gehalten?

Das Märchen erfüllt den einschlägigen Männerwunsch nach einem gefügigen Mäuschen, aber damit begnügt sich die Katze nicht, sie hat weiteres im Sinn. Es gelüstet sie nach dem Fett, und sie spricht zur Maus folgendermaßen: «Was ich dir sagen wollte, Mäuschen, ich bin von meiner Base zu Gevatter gebeten; sie hat ein Söhnlein zur Welt gebracht, [...] das soll ich über die Taufe halten. Laß mich heute ausgehen, und besorge du das Haus allein.» Mit dieser Bitte beginnt der nächste Akt dieser beispielhaften Ehegeschichte – die Entmündigung der Maus. Allein der pflaumenweiche Anfang der Rede hätte sie mißtrauisch machen müssen, aber die Katze hat gut vorgearbeitet, Mäuschen wehrt sich nicht, beklagt sich nicht einmal. Sie hat A gesagt und muß nun B sagen, und genau das tut sie. «Ja, ja, geh in Gottes Namen», stimmt sie zu, kann aber Enttäuschung und einen gewissen Unmut nicht unterdrücken. «Wenn du was Gutes issest», fügt sie hinzu, «so denk an mich», und von dem roten Kindbettwein tränke sie auch gern ein Tröpfchen, meint sie.

Die Katze kümmern Mäuschens Worte herzlich wenig. Sie geht geradewegs zur Kirche, schnappt sich das Töpfchen und leckt genüßlich die fette Haut ab. Danach macht sie sich einen guten Tag, läßt sich die Sonne auf den Pelz scheinen, vergnügt sich ganz nach Katerart auf den Dächern der Stadt und kommt erst spät am Abend heim. Auf Nachfrage erklärt sie «ganz trokken», das Kind habe den Namen «Hautab» erhalten. Das sei ein wunderlicher und seltsamer Name, meint die Maus und will wissen, ob er in ihrer Familie gebräuchlich sei. «Er ist nicht schlechter als Bröseldieb, wie deine Paten heißen», erwidert die Katze. Da hat sie sich nun auf Kosten der Maus einen schönen Tag gemacht; Mäuschen hat sich damit abgefunden, meckert nicht, macht ihr keinen einzigen Vorwurf, geschweige eine Szene. Mit einer solchen Ergebenheit könnte die Katze weiß Gott zufrieden sein. Was aber tut sie? Sie verhöhnt sie obendrein und verspottet sie samt ihrer Familie. Warum? Will sie sie derart niedermachen, daß ihr ein für alle Male die Lust vergeht, Köpfchen zu erheben oder ihr kleines Schnäuzchen aufzumachen? Aber wozu? Die Katze ist eh Herr im Haus und allein durch ihre Größe der kleinen Maus haushoch überlegen. Hat sie es nötig, auch noch gemein zu ihr zu sein?

Ihr Verhalten ist wenig verständlich, hat jedoch eine lange Tradition. So wie diese Katze sind die Männer jahrhundertelang Herr über ihre Frauen gewesen sowohl kraft ihrer körperlichen

Überlegenheit wie kraft göttlichen Ratschlusses. «Er soll dein Herr sein», heißt es in der Bibel wie im Koran. Die alten Philosophen dachten kaum anders, lehrten nahezu alle die Oberherrschaft des Mannes über die Frau. Die Naturwissenschaftler sahen sie als natürlich an, die Priester als gottgewollt, und die Rechtsgelehrten schufen die entsprechenden Gesetze. Wer hätte je eine derart unangefochtene und nach allen Seiten abgesicherte Machtposition besessen? Aber die Männer gaben sich so wenig wie die Katze im Märchen zufrieden. Weit schlimmer als jene haben sie das andere Geschlecht herabgewürdigt und verunglimpft, und zwar von alters her. Fast ein halbes Jahrtausend vor der Zeitenwende nannte Euripides die Frauen «eine grausame Geißel der Menschheit», Plato hielt sie für ein minderwertiges Werk des göttlichen Schöpfungsaktes, und in dieser Art ist es weitergegangen. Man hat ihnen eine Seele abgesprochen, beschränkte Intelligenz bescheinigt, sie bitterer als der Tod gefunden (Prediger 7; 26), und sie hatten zu schweigen in der Gemeinde (Paulus).

Heutzutage hat man haufenweise Material über die Unterdrückung der Frauen gesammelt und regt sich gern über die immense Diffamierung des weiblichen Geschlechts auf, aber niemand scheint sich bisher ernsthaft Gedanken gemacht zu haben, welche Ursachen dieses, bedenkt man es recht, höchst merkwürdige und wenig einsichtige Phänomen haben könnte. Ich denke, die Märchenkatze wird uns ein wenig auf die Sprünge helfen.

Es dauert nicht lange, da überkommt sie erneut ein Gelüsten, und dieses Mal spricht sie so zur Maus: «Du mußt mir den Gefallen tun und nochmals das Hauswesen besorgen.» Sie sei, sagt sie, aufs neue zu Gevatter gebeten und könne nicht absagen. «Du mußt», sagt sie jetzt, und von Bitten ist nicht mehr die Rede. Sie kann sich diese weitere Rücksichtslosigkeit nun erlauben, denn je mehr die Maus nachgibt, desto mehr kann sich die Katze herausnehmen. So heißt es denn auch: «Die gute Maus willigte ein.» Die Katze begibt sich abermals zur Kirche, frißt den Fettopf halbleer, befindet, nichts schmecke besser, als was man selber ißt, und genießt abermals ihre Freiheit. Mäuschen bringt derweil das Haus in Ordnung.

Im Fell einer Katze präsentiert sich hier männlicher Egoismus und männlicher Freiheits- und Abwechselungsdrang. Welcher Mann entflieht nicht gern ab und an dem häuslichen Dunstkreis, läßt seine Partnerin das Hauswesen allein besorgen und vergnügt sich ohne die Angetraute. Er muß nicht zwangsläufig hinter einem anderen Mäuschen her sein, das ist die Märchenkatze auch nicht. Nein, es geht vorrangig um die Freiheit. Weggehen und erst spät am Abend wiederkommen, das ist es, was die Katze genießt. Wäre es ihr nur um das Fett zu tun gewesen, hätte sie ja von der Kirche gleich wieder nach Hause kommen können. Nein, sie nimmt sich von Anfang an den ganzen Tag einschließlich des Abends frei. Allerdings unter einem Vorwand. Welche Partnerin, sei sie nun Maus oder Mensch, hätte auch schon Verständnis für ein derartiges männliches Gelüst? Also gibt man vor, irgendwo Gevatter stehen zu müssen.

Heutzutage muß man kaum mehr zu einer derartigen Ausrede Zuflucht nehmen. Seit den Zeiten der Katze haben die Männer zugelernt. Man müsse, so spricht heute der Mann, – leider, leider – wieder einmal an einer Konferenz, einer Sitzung, einer Verhandlung teilnehmen. Längere Abwesenheit vom häuslichen Herd ermöglichen Tagungen, Kongresse oder Messen, bei denen es, wie im Märchen, stets auch etwas Gutes zu essen gibt. Nach entsprechendem Mahl steht einem Bummel durch die Stadt nichts im Wege – Vergnügungen mit fremden Mäuschen gelegentlich inbegriffen. Und das alles ist ganz legitim, ein Sachzwang sozusagen, dazu staatlich sanktioniert, da steuerlich absetzbar. Daneben gibt es Lösungen wie die wöchentliche Skatrunde, den Verein, die Partei, die Loge, den Club, die eine regelmäßige Abwesenheit von zu Hause rechtfertigen. Als männlicher Zufluchtsort hat von jeher auch die Kneipe eine Rolle gespielt. So, wie indes die gesellschaftlichen Verhältnisse derzeit liegen, werden diese Plätze zunehmend weiblich unterwandert.

Selbst etliche britische Clubs, die mit Abstand exklusivsten männlichen Refugien, sind heute nicht mehr «strictly out of bounds for ladies».

Folgt man dem Märchen, tritt dieser männliche Freiheits- und Abwechselungsdrang in immer kürzeren Abständen auf: Die Katze hat schon wieder ein Verlangen nach dem Fett. Sie sei zum drittenmal zu Gevatter gebeten worden, erklärt sie der Maus, verhält sich dann aber merkwürdig. Sie fragt: «Du lässest mich doch ausgehen?» Warum fragt sie noch? So, wie die häuslichen Machtverhältnisse liegen, hätte sie ohne weiteres «ganz trocken» sagen können, was sie will und wünscht. Statt dessen schleicht sie buchstäblich wie die Katze um den heißen Brei herum – und das nicht zum ersten Mal. Man denke nur an ihr pflaumenweiches «Was ich dir sagen wollte, Mäuschen...». So führt sich doch nur jemand auf, der sich seiner nicht sicher ist und sich letztlich vor dem andern fürchtet.

Wie das? Die große und starke Katze sollte Angst vor der kleinen Maus haben? Nun, selbst Pferde scheuen vor einem Mäuschen. Es ist halt so, daß weder körperliche Größe noch überlegene Muskelkraft vor solchen Ängsten bewahren – nicht allein im Tierreich. Die Katze repräsentiert eben nicht nur männlichen Chauvinismus, sondern ebenso die heimlichen Ängste des «starken» Geschlechts vor dem «schwachen». Sie mögen irrational sein, wider alle Vernunft und jenseits jeder Logik, aber sie existieren nun einmal und haben ebenfalls eine lange Tradition. Von frühesten Zeiten an und durchaus nicht nur hierzulande ist Männern die Frau immer wieder als bedrohliches Wesen erschienen. Und warum? Beispielsweise, weil ihr Herz ein Fangnetz ist und ihre Arme Fesseln sind. So steht's in der Bibel, so nämlich geht der sechsundzwanzigste Vers im Buch des Predigers weiter. Und dann heißt es, nur wem Gott wohlwolle, der könne sich vor ihr retten. Demzufolge wären die bedauernswerten Männer ohne Gottes Hilfe den Frauen hilflos ausgeliefert. In der Antike sah es nicht anders aus. So warnte im Jahre 450 vor der Zeitenwende der berühmte Euripides immer wieder vor der weiblichen Gefahr, und er konstatierte, wer ein Weib nähme, «fasse Feuer in seinen Busen». Und auch für die Anhänger Mohammeds sind die Weiber Fallstricke des Satans. Das jedenfalls besagt ein arabisches Sprichwort. Alles Bisherige stellen indes die Verfasser des berühmt-berüchtigten «Hexenhammer» in den Schatten. Schlecht seien die Weiber von Natur, schön zwar ihr Anblick, die Berührung aber garstig und der Umgang mit ihnen tödlich, wettern sie, und in der Art geht es seitenlang weiter.

Damals wie heute, unter der Ägide des Zeus, unter der Allahs wie des jüdisch-christlichen Gottvaters haben also die Männer in den Frauen eine Gefahr gesehen, und das wirft unabweislich die Frage auf, was zum Teufel sie derart in Angst und Schrecken versetzt. Nun, der Teufel kann hier auch nicht weiterhelfen. Mann, der auch er fraglos ist, hat er nämlich die gleichen Probleme – in einem Fall zumindest. Der ist jedoch bezeichnend und zeigt darüber hinaus eine denkbare Ursache für der Männer merkwürdige Angst vor dem Weiblichen. Der Teufel, dem sonst alle menschliche Furchtsamkeit fremd ist, hebt auf einem Stich des englischen Sittenschilderers Thomas Rowlandson (1756–1827) mit dem Titel «The devil in a fright» entsetzt die Hände und weicht, den Mund voller Angst weit aufgerissen, vor einer Frau zurück. Der Grund für sein Entsetzen? Sie hat ihre Röcke hochgerafft, den nackten Bauch vorgestreckt und hält ihm ihre Scham entgegen. Ist das des Pudels Kern? Teuflische Angst ausgerechnet vor dem, wohin Männer sonst so lüstern streben? Allemal ist Satans Reaktion beispielhaft. Die Vulva sei es, die den Mann vernichte, glauben die neuseeländischen Maori, und diese Vorstellung ist uralt und bei vielen Völkern bekannt. Ihren bezeichnenden Ausdruck hat sie im Begriff der Vagina dentata gefunden, einer mit Zähnen bewehrten weiblichen Scheide, die droht, dem Mann sein Liebstes abzubeißen – ein wahrhaft entsetzlicher Gedanke. Seit Freud spricht man von Kastrationsangst. Der neue Terminus hat an der alten Angst freilich nichts geändert. Jean Paul Sartre, Dichter, Denker, Philosoph und moderner Mensch, hält das Geschlecht der Frau für einen gefräßigen Mund, der den Penis zu verschlingen trachtet, und sieht demgemäß im Liebesakt einen Versuch, den Mann zu kastrieren. Wenn schon ein Philosoph etwas Derartiges glaubt, wie mag es dann so manchem schlichten Ehemann ergehen?

Das deutsche Kinder- und Hausmärchen spart den sexuellen Aspekt aus, gleichwohl erlaubt die Maus diesbezügliche Assoziationen. Im umgangssprachlichen Wortschatz ist die Maus nicht nur ein Synonym für Frau, sondern auch für ihr Genital; und ein Mäuschenmarkt ist ein Ort, wo Männer Frauenbekanntschaften machen können. Einen anderen Aspekt des Geschlechterverhältnisses zeigt das Märchen hingegen sehr eindrücklich: die eklatante Unterschiedlichkeit der beiden Protagonisten – fremder können sich zwei Wesen schlechterdings nicht sein. Menschen, wie auch die meisten Tiere, neigen aber dazu, sich vor allem Fremden und Andersartigen zu fürchten. Sie flüchten davor oder greifen es an. Die Katze tut beides, vor allem aber unterdrückt sie die Maus, und das ist von alters her das gängige männliche Rezept, der vom Weibe ausgehenden Gefahr Herr zu werden. Obrigkeiten im Verein mit Rechtsgelehrten schufen die entsprechenden Gesetze: Sie machten den Mann als Eheherrn zum Vormund seiner Frau, und er besaß nicht nur über seine Kinder das Züchtigungsrecht. Und wehe den Männern, die es nicht schafften, Herr über ihre Frau zu sein! Wurde dies publik, ernteten sie nicht nur Hohn und Spott, sondern wurden vielerorts auch bestraft, beispielsweise dadurch, daß man ihnen das Dach vom Haus abhob.

Angst des Mannes vor der Frau als Motiv, zumindest als ein Motiv für die Unterdrückung der Frauen? Warum nicht? Der in patriarchalischen Kulturen weltweit verbreiteten Angst vor der Frau steht jedenfalls deren weltweite Unterdrückung gegenüber. Nun aber zeigen sich hier und dort Auflösungserscheinungen des bisherigen Modells; die bisher praktizierte Unterdrückung funktioniert nicht mehr so recht. Mehr und mehr Frauen mögen nicht mehr Mäuschen sein und im Manne ihren Herrn sehen. Wo die Märchenmaus noch ergeben ja gesagt hat, sagen sie entschieden nein, pochen darüber hinaus auf Gleichberechtigung und üben auf eine Art und Weise Kritik an den Männern, wie es sie in unserem Kulturkreis in der Form noch niemals gegeben hat. Und wenn Frauen heute konstatieren, der Bauch gehöre ihnen, und ihren Männern gegenüber auf Erfüllung der ehelichen Pflichten drängen, sei es im Bett oder mit dem Staubsauger, dürften sie auf so manchen Mann eine ähnlich erschreckende Wirkung haben wie einst Thomas Rowlandsons Lady auf den Teufel. Ist das aber so, müßte das derzeitige weibliche Verhalten die einschlägigen männlichen Ängste beträchtlich verstärken, und das läßt sich in der Tat beobachten: Unsere heutige Welt ist voll von verängstigten Männern.

Immer mehr von ihnen trauen sich nicht mehr aufs Standesamt, dafür sieht man immer mehr männliche Paare. Von der feministischen Agitation offenbar zutiefst verschreckt und nach Verlust ihrer einstigen Herrenrolle total entmutigt, verleugnen viele ihre Männlichkeit, wollen das starke Geschlecht nicht länger sein und verabscheuen demgemäß alles, was einst als repräsentativ für das Männliche gegolten hat: Heroischer und Heldentum, Krieger und Kämpfer und damit alles Starke und Bestimmende, jede Härte und jegliche Gewalt. Entsprechend ist ihre Weltsicht: Sie beklagen die Tristesse des Daseins, fürchten alle mögliche Unbill, haben Angst vor jeder nur denkbaren Katastrophe und ergehen sich mit Vorliebe in düsterer Endzeitstimmung. Nennt man sie weinerlich, so stört es sie nicht, sie stehen zu ihren Tränen, zu ihrer Traurigkeit und zu ihrem Pessimismus, und manche sind gar ins Lager der Feministinnen übergelaufen. Wo oder wann hätte es jemals dergleichen gegeben? Solange Frauen erfolgreich unterdrückt worden sind, haben sich Männer niemals so aufgeführt.

Die Märchenkatze hat solche Probleme nicht, bei ihr ist die männliche Welt noch heil und in Ordnung. Erfolgreich hält sie die Maus weiterhin unter Druck und fühlt sich dementsprechend wohl und sicher. Ein kuschendes Mäuschen, das brav in ihrem «dunkelgrauen Flausrock» zu Hause sitzt, kann ihr nicht gefährlich werden. Gelassen hört sie sich an, wie sich die Maus über die merkwürdigen Namen der Täuflinge wundert: Erst Hautab, dann Halbaus – das mache sie so nachdenksam, sagt sie. Die Katze läßt das kalt, vielleicht lacht sie sich gar ins Fäustchen. Unbeschwert geht sie, schleckt den Topf ganz aus, und kommt erst spät in der Nacht nach Hause. Gefragt, wie das dritte Kind heiße, antwortet sie «Ganzaus» und leckt sich in Erinnerung an das schöne Fett den Bart.

Als im Winter die Vorräte knapp werden, gehen sie zusammen zur Kirche, finden dort den leeren Topf vor, und endlich geht Mäuschen ein Licht auf: «Du hast alles gefressen, wie du zu Gevatter ausgegangen bist, erst Haut ab, dann Halb aus, dann ...» «Willst du schweigen», ruft die Katze, «noch ein Wort, und ich fresse dich auf.» Mäuschen aber hat «Ganz aus» schon auf der Zunge, und kaum ist es heraus, da macht die Katze einen Satz, packt die Maus und schluckt sie hinunter. Mäuschen hat ihren Mund zu weit aufgemacht, dazu die Tricks der Katze durchschaut und ihr das noch offen ins Gesicht gesagt. Damit hat sie sich zu viel herausgenommen, und das hat sie nun davon.

Die Brüder Grimm fügten dem Märchen noch einen Satz hinzu: «Siehst du, so geht's in der Welt.» Heute, so mögen viele meinen, gehe es so nicht mehr zu, und den Katzen sei das Mäusefressen vergangen. Wer will aber wissen, ob nicht so manches, was Männer derzeit an sanften Tönen von sich geben, lediglich Lippenbekenntnisse sind und sie sich nur aus taktischen Gründen dem Zeitgeist anpassen? Es gibt kaum Beispiele dafür, daß Männer auf Dauer Positionen freiwillig und kampflos aufgegeben hätten. Und welche Katze läßt schon das Mausen? Wer daher meint, demnächst würden die Mäuschen die Macht übernehmen, könnte sich sehr getäuscht haben.

Ein eklatanter Eheversager

Herr Korbes, KHM 41

In der vorangegangenen Geschichte ist ein Mäuschen das Opfer einer Katze, im nächsten Märchen ist ein Hähnchen das Opfer eines Hühnchens, was zeigen mag, daß es in der Ehe auch einem Mann an den Kragen gehen kann. *Herr Korbes* ist die Hauptfigur des gleichnamigen Märchens Nummer 41, und dieser Mann stellt ein eklatantes Gegenbild zum Katzenchauvi der vorigen Geschichte dar. Zunächst tritt er in einer bezeichnenden Tiermaske auf, nämlich als Hähnchen. Er will mit seinem Hühnchen eine Reise machen und hat dafür einen schönen Wagen mit vier roten Rädern gebaut. Er spannt vier Mäuschen davor, die beiden steigen ein, und los geht die Fahrt. Das Ziel ist Herrn Korbes Haus. Wenn auch nicht ausdrücklich von einer Hochzeit die Rede ist, so spricht doch alles dafür, daß hier ein frischge backener Ehemann seine Frau heimholt.

Eine Katze möchte mitfahren. Hähnchen, offenbar noch in bester Hochzeitsstimmung, hat nichts dagegen: «Recht gern», lädt es sie freundlich ein und reimt dann, zwar nicht sonderlich schön, aber fraglos fröhlich: «Ihr Räderchen schweift, / Ihr Mäuschen pfeift, / Als hinaus / Nach des Herrn Korbes seinem Haus.» Nun bittet ein Mühlstein, ob er mitfahren dürfe, dann ein Ei, dann eine Ente, dann eine Stecknadel und zuletzt eine Nähnadel. Hähnchen, unverändert gut gelaunt und ohne jeden Arg, läßt sie alle aufsitzen und mitfahren und hat nur ein Bedenken: «Nehmt euch wohl in acht, / daß ihr meine roten Räderchen nicht schmutzig macht», und das tun sie auch nicht. Endlich gelangt das Paar zu Herrn Korbes Haus. Die Mäuse fahren den Wagen in die Scheune, die Hochzeitsreise ist zu Ende, und Hühnchen fliegt mit Hähnchen auf eine Stange. Sie sind zu Hause angekommen, und nun kann es losgehen mit dem Ehestand und dem gemein-

154

schaftlichen Wirtschaftführen. Da wären allerdings noch die aufgelesenen Fahrgäste, die besetzen das Haus: Der Mühlstein legt
sich quer über die Tür, die Nähnadel springt aufs Bett und läßt
sich mitten im Kopfkissen nieder, die Stecknadel steckt sich ins
Stuhlkissen, die Katze setzt sich in den Kamin und die Ente auf
die Brunnenstange, das Ei wickelt sich ins Handtuch.

Damit endet der erste Teil der Geschichte, und damit endet
auch die bisherige harmlos-heitere Stimmung. Es ist nun vorbei
mit der schönen, heilen Hochzeitswelt, in der alles eitel Wonne
ist. Hähnchen und Hühnchen verschwinden sang- und klanglos
von der Bildfläche und werden kein einziges Mal mehr erwähnt.
Die Kutsche mit den schönen Rädern hat ausgedient und bleibt
samt den reizenden pfeifenden Mäuschen in der Remise, und
verniedlichende Verkleinerungsformen gibt es fortan auch nicht
mehr. Aus Hähnchen, das so fidel reimte und gar niemandem
mißtraute, ist Herr Korbes geworden, und für den beginnt nun
der Ernst des Lebens, genauer gesagt der Ernst des Ehelebens.

Er kommt nach Hause und findet dort sein Hühnchen nicht
mehr vor. Das ist nicht verwunderlich, denn irgendwann nach
der Hochzeit hört jede Frau auf, ein Wesen mit irgendeinem
«chen» am Ende zu sein. Und keine Ehefrau kann auf Dauer
«lieblich wie eine Hirschkuh und holdselig wie ein Reh» sein,
wie sich das der weise Salomo vorgestellt hat (Sprüche 5;19).
Selbst Weisheit schützt also nicht vor der männlichen Illusion
von der verkleinerten und verniedlichten Traumfrau mit dem
Verstand einer Kuh – oder eben eines Hühnchens. Herrn Korbes
werden im folgenden seine diesbezüglichen Illusionen gründlich
und ohne Rücksicht auf seine freundlich-arglose Hähnchenseele
genommen. Er wird mit der Realität konfrontiert und muß erfahren, daß seine Partnerin weder so klein noch so niedlich wie
ein reizendes Hühnchen ist, dafür aber über manch andere Eigenschaften verfügt, die er ihr in naiver Verkennung weiblicher
Wesensart nicht zugetraut hat. Sie erwartet ihn im Haus – allerdings in veränderter Gestalt.

Märchen können, was sonst nur Träume fertigbringen: eine

Person in verschiedene Persönlichkeitsteile aufspalten. Als Katze hockt Frau Korbes im Kamin, als Nadel steckt sie in Bett und Kissen, als Ei befindet sie sich in der Küche, als Ente am Brunnen und als Mühlstein hängt sie bedrohlich über der Tür. Heute wird man an einen großen Mühlstein denken, wie er in Mühlen verwendet wurde. In alten Zeiten waren jedoch weit kleinere und entsprechend handliche Exemplare fester Bestandteil der Küche, und sie wurden ausschließlich von Frauen benutzt. Auch Näh- und Stecknadeln wird man überwiegend in weiblichen Händen finden, und mit Eiern wie mit Küchenhandtüchern hantieren Männer auch nur selten. Ferner gilt bei vielen Völkern das Ei als Symbol der Fruchtbarkeit und des werdenden Lebens, es ist also auch von daher der weiblichen Sphäre zugehörig; und bei einer Ente wird man ebenfalls kaum an etwas Männliches denken. Bei den alten Griechen galt sie als eine Art Muttergottheit, und nach einer alten Überlieferung hatten die germanischen Schildmaiden, die Walküren, Entengestalt. Bliebe die Katze. Sie ist hier kein über die Dächer der Stadt streunender Kater. Die Katze gilt vor allem als Symboltier des Weiblichen. Katzen waren die Attribute der griechischen Göttin Artemis, und das Gespann der germanischen Göttin Freya wurde von Katzen gezogen. Es handelt sich also bei den Hausbesetzern um lauter weibliche Wesenheiten, und mit denen bekommt Herr Korbes es nun zu tun.

Er geht zum Kamin und will Feuer machen, da wirft ihm die Katze Asche ins Gesicht. Er eilt in die Küche, um sich zu säubern, da bespritzt ihn die Ente mit Wasser. Er greift zum Handtuch und will sich damit abtrocknen. Dabei rollt ihm das Ei entgegen, zerbricht und klebt ihm die Augen zu. Er tastet sich zu seinem Sessel und läßt sich hineinfallen. Sofort springt er wieder hoch, weil ihn die Stecknadel gestochen hat. Darüber wird er «ganz verdrießlich» (Urfassung), wirft sich auf sein Bett und vergräbt seinen Kopf im Kopfkissen. Da fährt ihm die Nähnadel übers Gesicht. Herr Korbes schreit auf, und wütend beschließt er, sein Haus zu verlassen und in die weite Welt zu laufen. Er kommt aber nur bis zur Haustür. Dort springt ihm der Mühlstein auf den Kopf, schlägt ihn tot, und das ist das abrupte Ende des Märchens.

Auch hier fügten die Grimms noch einen Satz hinzu: «Herr Korbes muß ein recht böser Mann gewesen sein», behaupten sie, und man fragt sich, mit welchem Recht? Ist der arme Kerl nicht vielmehr das Opfer böser weiblicher Machenschaften, die ihn schließlich verzweifelt aus dem Haus treiben? Müßte es daher am Schluß nicht weit eher heißen, der Herr Korbes muß ein sehr böses Weib gehabt haben? So sieht auch Tankred Dorst in seinem Drama «Korbes» die Sache. Korbes mag alles mögliche sein, aber böse kann man ihn in der Tat kaum nennen. Anfangs ist er selbst zu Mühlsteinen, Nadeln und Enten freundlich und läßt sie in seinem schönen Wagen mitfahren; und später kommt er friedlich nach Hause und schickt sich als erstes an, etwas sehr Lobenswertes zu tun, nämlich Feuer zu machen. Wie aber reagiert darauf die hinterhältige Katze? Statt ihm freundlich schnurrend um die Beine zu streichen, wirft sie ihm Asche ins Gesicht. Ihm widerfährt nun weiblicherseits ein übler Tort nach dem anderen, was ihn schließlich zur Verzweiflung treibt. Dennoch wird Herr Korbes nicht böse, er bleibt friedlich, wehrt sich nicht einmal. Erst ganz am Schluß wird er wütend, aber auch da läßt er seine Wut an nichts und niemandem aus. Er will nur fort, und wer wollte es ihm verdenken? Er kommt aber nicht fort, ihm geschieht vielmehr, was in den Märchen üblicherweise nur Bösewichten passiert: Er wird schmählich erschlagen. Womit hätte der arme Herr Korbes dieses Schicksal verdient?

Das Märchen stellt ihn auf den Prüfstand, und zwar sowohl als Mann wie als Ehemann, und mißt ihn nach eigenen Maßstäben. Das Ergebnis ist negativ: Er wurde gewogen, als zu leicht befunden und darum, drastisch, wie Märchen sein können, am Schluß kurzerhand abserviert. Es gibt Gründe dafür: Schon als Hähnchen hat er sich als reichlich arglos und naiv erwiesen. Positiv ausgedrückt, könnte man sagen, er sei zu gut für diese Welt, aber auch das ist für einen Mann ein Mangel – jedenfalls in diesem Märchen –, und auf alle Fälle dann, wenn man gedenkt zu heiraten, denn das erfordert einen ganzen Mann, zumindest einen gewissen Grad an Männlichkeit. Der aber geht Herrn Korbes ab, und er macht entsprechende Fehler.

Kaum hat er sein Haus betreten, begeht er den ersten: Er will Feuer machen. Warum sollte er nicht? wird man heute fragen und es löblich finden, wenn ein Mann sich derart hilfreich im Haushalt betätigt. Die Katze im Märchen sieht das anders und dankt Herrn Korbes die gute Tat nicht, verhindert sie vielmehr und spielt ihm übel mit. Sie hat gewiß nicht zufällig den Kamin zu ihrem Sitz erwählt. Man darf sich darunter keine marmorverkleidete Luxusfeuerstätte vorstellen, wie sie heute zum gehobenen Wohnkomfort gehört und gern vom Hausherrn bedient wird. Beim Kamin früherer Zeiten handelte es sich um einen nach vorn offenen Rauchfang, in dem oben Würste, Schinken und Speck zum Räuchern hingen und unten an Ketten die Kochtöpfe. Er war über Jahrhunderte der Mittelpunkt des Hauses und die alleinige Domäne der Frau, und von jeher ist es die Aufgabe der Frauen gewesen, das Feuer zu hüten – eine höchst ehrenvolle Aufgabe, was sich allein dadurch zeigt, daß es so wohl bei den alten Griechen wie bei den Römern eine Göttin des Herdes und des Herdfeuers gegeben hat. Keinem Mann wäre es eingefallen, sich in diesen geradezu sakrosankten weiblichen Bereich einzumischen. Herr Korbes tut's – naiv und ahnungslos, wie er nun einmal ist. Er bekommt eine entsprechende Abfuhr, nämlich Asche ins Gesicht. Ihm wird so klargemacht, daß sein Tun unerwünscht ist. Das ist das eine, gleichzeitig aber provoziert ihn die Katze. Sie fordert ihn heraus, und das tut sie in Maßen, fast noch spielerisch, denn sie hätte ihm schließlich auch mit ihren scharfen Krallen oder ihren spitzen Zähnen zusetzen können. Eine solche Provokation verlangt eine Reaktion, die aber läßt Herr Korbes vermissen, und das ist sein zweiter Fehler. Ohne ein Wort zu sagen oder auch nur die Miene zu verziehen, läuft er davon. Er ignoriert ganz einfach die Katze und was sie getan hat, und das kann kein weibliches Wesen gut vertragen. Nicht einmal eine richtige Katze nimmt es klaglos hin, so gravierend nicht beachtet zu werden. Das wenigste, was Korbes hätte tun können, wäre gewesen zu fragen: «Muschi, was soll das»? Schlimmstenfalls hätte er sie am Schwanz packen und hinauswerfen können, wie es der Fuchs mit der Frau Füchsin im Grimmschen Märchen Nummer 38 getan hat. Das wäre gewiß nicht nett gewesen, und er hätte unverhältnismäßig reagiert, was aber immer noch besser gewesen wäre, als gar nichts zu tun.

Ein solches Verhalten hat zwangsläufig Konsequenzen. Unvermeidlich wird Herr Korbes weiter provoziert, denn Frauen wollen beachtet werden. Das behauptet unter anderen Christiane Olivier, eine der derzeit renommiertesten Kennerinnen der weiblichen Seele. Und sie möchten selbstverständlich wissen, was mit dem Mann ihrer Wahl los ist, insbesondere wie stark er ist und wo seine Grenzen liegen. Also reizt sie ihn, um zu sehen, wie er darauf reagiert – eine seit Urzeiten bekannte Praktik. Mit gezielten Nadelstichen und versteckten kleinen Bosheiten (das Ei im Handtuch) versucht sie, ihn aus der Reserve zu locken. Herr Korbes, unbedarft und dazu befangen von einem unrealistischen Frauenbild, kann oder will nicht glauben, daß sein geliebtes Hühnchen ihn so schnöde behandelt, lediglich um ihm auf den Zahn zu fühlen. Entsprechend hilflos ist er dem Arsenal einschlägiger weiblicher Waffen ausgeliefert, und da er ihnen nichts entgegenzusetzen weiß, sieht er von Mal zu Mal schlechter aus. Mit seinem asche- und eierverschmierten Gesicht hat er alle Ansehnlichkeit verloren und ist zur lächerlichen Figur geworden. Er rührt sich dennoch nicht, begehrt nicht auf, wehrt sich nicht. Ihm fällt nichts Besseres ein, als sich in seinem Sessel auszuruhen, und da fährt ihm die Stecknadel in den Allerwertesten. Er hätte nun gut und gern aus der Haut fahren dürfen, aber er fährt nur hoch und flüchtet dann in sein Bett, um sich die Decke über die Ohren zu ziehen.

Diesem Trauerspiel männlicher Unzulänglichkeit mochten die Brüder Grimm nicht tatenlos zusehen. Sie ließen ihren Märchenhelden wenigstens in Zorn geraten und sich aufs Bett werfen. Laut Urfassung geht er lediglich ins Bett – ohne Zorn, nur verdrießlich. So oder so mißbraucht er das Bett als Zuflucht vor der Welt, deren Unbill er nicht gewachsen ist. Einen derartigen Rückzug mag man Kindern zubilligen, aber gewiß keinem Mann und schon gar nicht einem Ehemann. Von ihm wird die Frau mit einigem Recht erwarten, daß er, wenn er das Bett nicht zum Schlafen aufsucht, nicht bloß seinen Kopf im Kissen vergräbt. Wer wollte es also der Nähnadel verdenken, daß sie ihn nun weit schmerzhafter trifft, als es die Stecknadel getan hat? Laut schreit Herr Korbes auf und will nur noch eines: fort. Da erschlägt ihn der Mühlstein. Der Mühlstein hat als weibliche Waffe Tradition. Schon ein Held des Alten Testaments kam so um wie Korbes im Märchen. Im Buch der Richter, im neunten Kapitel, heißt es: «Ein Weib warf Abimelech einen Mühlstein auf den Kopf.»

Männer wie Herr Korbes werden in Wirklichkeit nur höchst selten von ihren Frauen umgebracht. Das Schlußbild des Märchens zeigt lediglich eines: Dieser Mann ist erledigt. Er endet als Opfer subtiler weiblicher Gewalt, weil er kläglich versagt hat. Man kann ihm noch so viele Nadelstiche versetzen, er wacht nicht auf und er rafft sich nicht auf. Er verweigert jeglichen Kontakt mit der Frau und geht jeder Auseinandersetzung aus dem Weg. Wer seine Partnerin derart ignoriert, der hat nichts Besseres verdient. Herr Korbes ist als Ehemann wie als Mann ein hoffnungsloser Fall. Er ist gewiß kein böser Mann, aber alles andere als ein empfehlenswerter.

Zwischen Faszination und Horror: Der Ritter mit dem blauen Bart

Blaubart, Urf. 1812, Nr. 62. Fitchers Vogel, KHM 46.
Der Räuberbräutigam, KHM 40. Das Mordschloß, Urf. 1812, Nr. 73.
Das goldene Ei; Die drei Bräute; Die hoffärtige Braut, Bechstein.
Ritter Blaubart, Opie. Cannatella, Basile 3;1

Empfehlenswert ist der nächste hier vorzustellende Märchen-Ehemann auch nicht. Blaubart ist sein Name. Mit Herrn Korbes hat er lediglich gemein, daß sie beide Vertreter des männlichen Geschlechts sind und die Rolle verheirateter Männer spielen. Blaubart ist ein Kontrastprogramm und ein Gegenmodell zu Hähnchen-Korbes. Der blaue Bart ist sein Wahrzeichen, und er pflegt Frauen umzubringen. Als Nummer 62 veröffentlichten die Brüder Grimm eine deutsche Fassung dieses weit verbreiteten Märchens, nahmen sie aber ab der zweiten Auflage wieder heraus, weil sie Charles Perraults Geschichte von *Barbe-bleue* zu sehr ähnelte und sich außerdem schon drei Varianten des Themas in ihrer Sammlung befanden, nämlich *Das Mordschloß*, Nummer 73 der Urfassung, *Fitchers Vogel*, Nummer 46, und *Der Räuberbräutigam*, Nummer 40. Bei Bechstein finden sich weitere Versionen: *Die drei Bräute, Die hoffärtige Braut, Das goldene Ei, Das Märchen vom Ritter Blaubart*. Keine andere männliche Märchenfigur ist so zahlreich und vielfältig bei uns vertreten.

Das auffällig gefärbte maskuline Attribut ist das entscheidende Charakteristikum dieses unvergleichlichen Märchenhelden. Es drückt aus, woran es Herrn Korbes so eklatant mangelte: Männlichkeit. Dafür ist der Bart ganz allgemein das Symbol, und in erster Linie ist er ein Zeichen männlicher Stärke, männlichen Stolzes und männlicher Würde. Entsprechend wurde er gepflegt, und wehe, man hat einem Mann diese Zierde seines Geschlechts nehmen wollen! Ein solcher Tort kam nahezu einer Entmannung gleich. So gilt denn auch in der Psychoanalyse der

Bart als symbolische Entsprechung des Penis. Damit wäre er gleichzeitig ein Zeichen männlicher Geschlechtlichkeit, und in der Tat galten vielerorts Männer mit einem bläulich schimmernden Bart als Mädchenräuber, zumindest aber als Weiberhelden. Der Bart des Märchenhelden schimmert nicht nur bläulich, er ist blau, und das gibt dem Mann einen Anflug von furchterregender Fremdheit, wenn nicht gar von Abartigkeit.

Gleichzeitig verleiht er ihm aber eine ungeheure Anziehungskraft. Blaubart zieht Frauen geradezu magisch an, keine widersteht ihm, ganz gleich, ob er mit einer goldenen Kutsche daherkommt oder als armer Mann mit einer Kiepe auf dem Rücken – sie steigen bei ihm ein oder springen in seinen Korb. Er braucht sie nur anzurühren.

Sie ahnen sehr wohl seine Gefährlichkeit, und besonders der blaue Bart ist ihnen unheimlich, nichtsdestotrotz folgen sie ihm alle auf sein Schloß und lassen sich durch nichts davon abschrecken. Dreimal wird die Heldin des Märchens *Der Räuberbräutigam*, eine Müllerstochter, von einer Stimme gewarnt: «Kehr um, kehr um, du junge Braut, / Du bist in einem Mörderhaus», und im Keller des Schlosses erklärt ihr eine alte Frau, sie werde mit dem Tod Hochzeit halten. Das Mädchen bleibt. Im Bechstein-Märchen *Die hoffärtige Braut* warnt ein mächtiger Hund: «Kehrst du um, so ist es gut, / bleibst du da, so siehst du Blut», und er versperrt ihr den Weg. Sie mißachtet seine Warnung, besänftigt ihn mit Schinkenstücken und betritt das düstere Domizil ihres Geliebten, ihres klopfenden Herzens nicht achtend.

In der Blaubart-Ballade «Es ritt ein Reiter wohl durch das Ried» (Zupfgeigenhansel, Seite 65), von der es Versionen in fast allen europäischen Sprachen gibt, fragt er ein Mädchen: «Schöne Jungfrau, wollt ihr mit mir gahn, ich will euch lehren, was ich kann.» Sie will. Er schwingt sie hinter sich auf sein Roß, und ab geht es in einen «stockfinsteren Wald». Dort breitet er seinen Mantel im grünen Gras aus, läßt sich von ihr die Haare kraulen – und dann zeigt er ihr, was er kann. Sie weint danach. Er meint, sie weine um ihren Jungfernkranz. Der sei zerbrochen und werde nicht wieder ganz, erklärt er ihr prosaisch, aber durchaus realistisch.

Üblicherweise enden Blaubarts Liebesabenteuer nicht auf einer Decke im Wald, sondern in der geheimen Kammer im Keller seines Schlosses. Dort zeigt er auf ganz andere Weise, was er kann, und dabei fließen Ströme von Blut. Die Müllerstochter hat ihn, versteckt hinter einem Faß, bei seinem orgiastischen Tun beobachtet: Zusammen mit seinen trunkenen Kumpanen schleppt er eine schreiende und jammernde Jungfrau herein. Sie geben ihr Wein zu trinken, erst weißen, dann roten, dann gelben. Danach reißen sie ihr die Kleider vom Leib, legen sie auf einen Tisch und zerhacken ihren schönen Körper in Stücke, wobei ein abgeschlagener Finger im Schoß der heimlich Lauschenden landet.

Das ist wahrlich starker Tobak, aber der ist bezeichnend für die Blaubart-Geschichten, denn in den anderen Versionen des Märchens geht es um nichts weniger blutrünstig zu. Mit großem Messer, langem Schwert oder scharfem Beil fällt Blaubart in seiner verbotenen Kammer über die Frauen her. Das Ergebnis seines wilden Treibens findet die dritte Tochter in *Fitchers Vogel* vor: In einem Becken voller Blut schwimmen die Reste ihrer beiden Schwestern.

Das aber ist noch nicht alles; Blaubart begnügt sich nicht damit, derartige Untaten zu begehen, er schafft sich auch noch eine bleibende Erinnerung daran: Er stellt die Köpfe der Frauen auf eine lange Tafel *(Das goldene Ei)*, oder er hängt die «todten Weiber» (Urfassung) an die Wände seiner Kammer, wobei die ersten seiner Opfer nur noch Gerippe sind.

In der Ballade hängt er sie in einen Baum. Den hat das Mädchen entdeckt und gesehen, daß «daran elf Jungfräulein hangen». Sie weint nicht um ihre verlorene Jungfernschaft, es ist dieser Anblick, der ihr die Tränen in die Augen treibt, muß sie doch befürchten, die nächste in seiner Jungfrauensammlung zu sein. Sie befürchtet dies zu Recht. Sie werde die zwölfte sein und am höchsten Ast zu hängen kommen, eröffnet ihr Blaubart.

Das alles ist reichlich schrecklich, hat aber der Beliebtheit der Geschichte keinen Abbruch getan – im Gegenteil. Bereits im Jahre 1797 hat August Wilhelm Schlegel dafür eine Erklärung gefunden. Das berühmte Märchen von Barbe-bleue, schrieb er in der «Jenaischen Allgemeinen Literaturzeitung», rufe eine Mischung aus unendlichem Behagen und Entsetzen hervor.

Man hat mehrfach versucht, Blaubart mit wirklichen Frauenmördern in Beziehung zu setzen, beispielsweise mit dem bretonischen Edelmann Gilles de Rais, der, wie der Märchenheld, den Keller seines Schlosses voller Leichen hatte. Seine Opfer waren jedoch nicht Frauen, sondern hübsche Knaben. Heute ist man sich einig: Blaubart leitet sich von keinem wirklichen Untäter her, ist keine historische Figur. Er ist ein Märchenheld und steht damit außerhalb der Realität. Demgemäß ist er so wenig ein Frauenmörder, wie Frau Korbes eine Gattenmörderin gewesen ist. Er hat auch keine Mädchen geschlachtet. Das zeigt sich unter anderem am Fortgang des Märchens von Fitchers Vogel: Die Heldin der Geschichte fischt die Teile aus dem Kessel heraus, setzt sie zusammen, und gleich darauf sind ihre beiden Schwestern wieder quicklebendig. Sie springen hoch, freuen sich, küssen und herzen einander. Wer sich so einfach wieder zum Leben erwecken läßt und gleich darauf unbeschwert lachen kann, der ist weder richtig tot gewesen noch grausam zerhackt worden. Wenn es heißt, Blaubart habe die beiden Mädchen mit seinem «blinkenden Beil» erschlagen und in Stücke gehauen, so ist das, wie so manches andere in den Märchen, nicht wörtlich zu nehmen. Auch die schöne Jungfrau aus dem Märchen vom Räuberbräutigam hat beileibe nicht ihr Leben lassen müssen, und man hat sie auch nicht zerhackt. Wenn es nur darum gegangen wäre, wozu hätte man sie dann vorher mit drei Sorten Wein traktieren sollen?

Was Blaubart tatsächlich mit den vielen Frauen und Mädchen im Keller seines Schlosses getan hat, ist von einer Art, die nur eine symbolische Darstellungsweise erlaubt. Sexorgien im Märchen, das geht nun einmal nicht. Also werden eigentlich sexuelle

Handlungen durch gewalttätige ersetzt. Das ist nicht ungewöhnlich und geschieht häufig, und zwar darum, weil die gesellschaftliche Akzeptanz von Gewalt entschieden größer ist als die
von Sexualität. Desgleichen ist unser Gewissen gegenüber Sex
pingeliger als gegenüber Gewalt, und selbst in unseren Träumen
wacht unser Über-Ich über unsere diesbezügliche Wohlanstän-
digkeit. Auch träumend vollzieht sich Sex in aller Regel nur in
symbolischer Form. Genau wie in den Blaubart-Märchen steht
häufig ein Tisch für ein Bett, ein Gewaltakt für den Geschlechts-
akt; und Waffen aller Art, besonders Schwerter und Dolche,
deren Futterale nicht von ungefähr Scheiden heißen, übernehmen gern die Rolle des Phallus. Auffallend ist auch hier die
Verbindung von Liebe, Gewalt und Tod. Sie findet sich überdies
in Mythen, Sagen ebenso wie in der bildenden Kunst. In besonders krasser Form zeigt sie sich in der Vulgärsprache, beispielsweise in den Wendungen: ein Mädchen aufreißen, umlegen,
plattmachen. Auch hacken, stechen und stoßen sind Synonyme
für koitieren, wobei sich die Benutzer solcher Ausdrücke deren
«blaubärtiger» Bedeutung kaum bewußt sind.

Den Frauen in Blaubarts Kammer ist also kaum etwas anderes geschehen als dem Mädchen aus der Ballade, und wenn dabei Blut geflossen sein sollte, dann nur jene paar Tröpfchen, die
gelegentlich bei Verlust der Jungfernschaft verlorengehen. Die
riesigen Blutmengen, von denen in vielen Blaubart-Märchen die
Rede ist, entsprechen hingegen der immensen magischen Bedeutung, die seit Urzeiten jungfräuliches Blut und die Defloration
für die Phantasie der Männer gehabt haben. So hat man in einigen Gegenden bis in unsere Zeit hinein nach der Hochzeitsnacht
das blutbefleckte Bettlaken wie eine Fahne aus dem Fenster gehängt, und nicht wenige Männer erfüllt es mit Stolz, wenn es
ihnen gelungen ist, eine Jungfrau zu verführen.

Zu dieser Kategorie gehört auch Blaubart. Er ist zwar kein
Mörder, sehr wohl aber ein Frauenjäger, Weiberheld und Wüst-
ling. Er verfügt nicht über die üblichen Hemmungen, zeigt keine
Gewissensbisse und handelt, als gäbe es weder Normen, Regeln,

Sitten noch Gesetze. Das aber bringt nur eine Märchenfigur fertig! In Wirklichkeit vermag sich niemand völlig der sozialen Kontrolle der Gesellschaft und der seines besseren Ichs zu entziehen. Der Mensch ist von Kindesbeinen an moralischen und normierenden Einflüssen ausgesetzt, und infolgedessen kontrollieren später Gewissen und Über-Ich seine unzivilisierten Regungen und unterdrücken seine archaischen Gelüste. Blaubart lebt sie schrankenlos aus und tut, was die meisten nicht einmal zu träumen wagen. Das ist moralisch gesehen fraglos böse, gibt aber Blaubart seinen unvergleichlichen Reiz. Er führt beispielhaft vor Augen, was mancher Mann gern täte, wäre er aller äußeren und innerlichen Fesseln ledig.

In seiner geheimen Kammer sind die Frauen für ihn nichts als Objekte, mit denen er macht, was ihm gefällt. Und sie bleiben Objekte für ihn, das zeigen die Köpfe auf der Tafel und die «todten Weiber» an den Wänden. Es sind die, die er gehabt, verführt, entjungfert hat, und die danach für ihn erledigt, «gestorben», «tot» sind. Daher erscheinen sie als Leichen. Ihr unterschiedlicher Zustand bedeutet lediglich den Zeitfaktor: Die am besten erhaltenen entsprechen seinen jüngsten Eroberungen, während diejenigen, die schon Gerippen gleichen, seine frühesten darstellen, an deren Gestalt er sich kaum mehr erinnern kann. Er stellt sie aus wie Siegerpokale oder hängt sie an die Wände wie Jäger die Geweihe der von ihnen zur Strecke gebrachten Tiere. Blaubart hat Mädchen zur Strecke gebracht, und ihre Körper oder Köpfe sind seine Trophäen – Zeugnisse seiner Erfolge beim anderen Geschlecht nach dem Motto «viel Frauen, viel männliche Ehr».

In der Ballade aus dem Zupfgeigenhansl hat er gerade das Dutzend voll gemacht. So manchem Mann kommt es auf diesem Gebiet auf Quantität an. Schon etliche Collegeboys sammeln «dates» mit Mädchen wie andere Leute Briefmarken oder Münzen; und wie gern schmückt man sich unter Männern mit seinen Erfolgen «bei den Weibern». Casanova und Don Juan lassen grüßen. Erfolg bei Frauen hebt männliches Prestige und das männliche Selbstbewußtsein. Das hat wenig mit Liebe zu tun, viel mehr hingegen mit den Kerben, die Revolverhelden in die Kolben ihrer Waffen einschneiden: Für jeden, den sie umgelegt haben, eine. Nicht von ungefähr hat dieses Wort zugleich eine sexuelle Bedeutung: Männer legen nicht nur ihresgleichen um, sondern auch Mädchen.

Fazit? Blaubart ist keine Ausnahmeerscheinung. Nicht eben wenige Männer werden wie er ihre Leichen im Keller haben, über eine ähnliche geheime Kammer voller unzivilisierter, einschlägiger Wünsche und über eine vergleichbare Trophäensammlung verfügen – zumindest gern verfügen wollen. «Alle Mädchen sind dein» ist ein verbreiteter Männertraum. Dieser vielversprechende Satz steht übrigens an einer der Türen des Magischen Theaters in Hermann Hesses Roman «Der Steppenwolf», und Harry Haller, der Held der Geschichte, tritt erwartungsvoll ein und läßt sich seine diesbezüglichen Wünsche erfüllen.

Blaubart beschließt zu heiraten. Er begehrt die schöne Tochter eines armen Mannes zur Frau. Sechsspännig kommt er in einer goldenen Kutsche vorgefahren und hält beim Vater um die Hand der Schönen an. Hocherfreut über dieses unerwartete Glück willigt der Mann sofort ein und stört sich nicht weiter am blauen Bart des wohlhabenden Freiers. Das Mädchen hingegen irritiert der blaue Bart, und sie scheut sich, dieses Mannes Frau zu werden, obwohl er wahrhaftig wie ein Traummann daherkommt. Ihr Vater redet ihr gut zu, und dann lädt Blaubart die ganze Familie sowie ihre Freundinnen auf sein Schloß ein und bietet ihnen eine Woche lang, was Küche und Keller hergeben, und dazu Tanz, Spiel und fröhliche Geselligkeit. Danach findet sie den Bart des Schloßherrn nur noch halb so schlimm und den Mann nun aller Ehren wert (Perrault). Die beiden heiraten, aber ihr Vorbehalt bleibt. Klug baut sie etwaigen Eventualitäten vor: Sie bittet ihre Brüder, ihr sofort zu Hilfe zu kommen, wenn sie sie schreien hörten (Blaubart, Urfassung).

Zunächst besteht kein Grund zur Beunruhigung – ganz im Gegenteil. Blaubart erweist sich als vorbildlicher Gatte, ist seiner Frau gegenüber zuvorkommend, höflich und großzügig und zeigt ausgezeichnete Umgangsformen und Manieren. Im Märchen vom goldenen Ei nennt er sie gar «sein liebes Weibchen», und «seine liebe Frau», und er will sie als sein «treues Weib auf den Händen tragen» *(Die drei Bräute)*. Auch nach außen spielt er die Rolle eines Ehrenmannes und ist auf seinen untadeligen Ruf bedacht – ein Kavalier, wie er im Buche steht. Als er eines Tages in einer wichtigen Angelegenheit verreisen muß, in anderen Versionen geht er auf die Jagd, vertraut er seiner Frau die «Obhut über das ganze Schloß» an. Sie bekommt von ihm die Schlüssel zu allen Räumen ausgehändigt, und er gestattet ihr, alle Türen zu öffnen und sich alles anzusehen. Sie könne auch ihre Freundinnen einladen und sie mit allem bewirten, was das Schloß zu bieten habe, gesteht er ihr zu, er zeigt sich also als rechtschaffener, korrekter Gatte, mit dem sich leben läßt.

Das aber ist nur seine eine Seite, denn zwei Seelen wohnen, ach, in Blaubarts Brust. In seiner geheimen Kammer ist er ein Wüstling. So einfach, wie manche Frau glauben mag, sind Männer eben doch nicht. Das Märchen enthüllt und demonstriert die männliche Zwiespältigkeit gegenüber dem anderen Geschlecht. Der Blaubart der Blutkammer macht Jagd auf Mädchen und stellt mit ihnen die unglaublichsten Dinge an. Der Ehemann Blaubart gibt sich seriös, im Märchen von Fitchers Vogel geht er gar so weit, alles zu tun, was seine Frau sagt. Er habe Angst vor ihr, heißt es. In der Tat endet so mancher Schürzenjäger als Pantoffelheld.

Blaubart endet nicht so, er hat seine Kammer im Keller keineswegs aufgegeben oder stillgelegt. Nur für kurze Zeit hat er sich zum braven Gatten gemausert. Er ist nicht willens, es zu bleiben, und ergreift daher entsprechende Maßnahmen: Er knüpft an die Übergabe der Schlüssel eine besondere Bedingung. Unter keinen Umständen, so verlangt er, dürfe seine Frau die Kammer öffnen, zu deren Tür ein kleiner goldener Schlüssel passe. Das verbiete er ihr strikt und mit aller Strenge, und übertrete sie sein Gebot, droht er ihr an, werde sie «sein fürchterlichster Zorn treffen» (Perrault), sei ihr Leben verfallen, werde er ihr mit eigener Hand den Kopf abschlagen. Im Bechstein-Märchen *Das goldene Ei* fügt er hinzu: «Ich habe etwas darinnen, was dir zu sehen nicht frommt.» Warum gibt er ihr dann den Schlüssel? Er hätte ihn, klein, wie er ist, gut und gern in seine Westentasche stecken können. Es ist klar, er stellt ihr eine Falle. Er will, daß sie sein Verbot übertritt, sie soll sehen, was zu sehen ihr nicht frommt, soll Kenntnis bekommen von seinen geheimen Leidenschaften, Wünschen und Begierden. Und sie soll sich ihm gegenüber ins Unrecht setzen, denn das wird ihm die Möglichkeit geben, mit ihr nach Belieben zu verfahren.

Seine Rechnung geht auf: Sie gehorcht nicht, mißachtet seine Drohungen und öffnet die verbotene Tür. Sie sieht das Blut, die toten Frauen an den Wänden und läßt vor Schreck den Schlüssel fallen. Auf alles mögliche ist sie gefaßt gewesen, nicht aber auf diesen Anblick. Sie hat geglaubt, ihr Mann habe in seiner Kammer «das allerkostbarste verschlossen» (Urfassung) – und nun das! Jäh wird sie mit dem Geheimnis ihres Mannes konfrontiert, den sie bisher nur als Kavalier kennengelernt hat. Was ihr der blaue Bart signalisierte, hat sie nun leibhaftig vor sich, und ist entsetzt. Ihr Schock ist verständlich, denn was sie sieht, ist ihr so fremd und fürchterlich wie irgendwas. Sie verfügt über nichts Vergleichbares – nicht einmal in ihrer Phantasie. Hastig hebt sie den Schlüssel wieder auf und schlägt die Tür hinter sich zu. Damit kann sie das Geschehen jedoch nicht rückgängig machen. Der Schlüssel hat Blutflecken, die sich nicht entfernen lassen, so sehr sie sich auch bemüht. Voller Angst sieht sie der Rückkehr ihres Mannes entgegen.

Blaubart ist allein dadurch aus einem Dilemma heraus: Nicht mehr er muß Angst vor seiner Frau haben, sie hat nun Angst vor ihm. Obendrein ist eine Frau, die vor Angst zitternd ihren Mann erwartet, allemal eine angenehme Vorstellung – jedenfalls für einen Mann wie diesen Märchenhelden. Seine Taktik bringt ihm jedoch noch weit mehr blaubärtig-männlichen Lustgewinn. Er fordert den Schlüssel von ihr. Zunächst macht sie Ausflüchte, aber schließlich hilft ihr alles nichts, sie muß ihn am Ende vorzeigen und ist überführt.

Sie hat ihr Wort gebrochen, gegen sein Gebot verstoßen, sein Vertrauen mißbraucht und ist dadurch moralisch am Boden. Er kann schadenfroh über sie triumphieren und sich über sie erheben, was er emphatisch tut: Alle Gewalt habe er ihr gelassen, alles sei das Ihre gewesen, reich und schön auch ihr Leben, hält er ihr vor, aber seine einzige geringe Bitte, seinen dringenden Befehl, habe sie nicht beachtet – so gering also sei ihre Liebe zu ihm. Und weil seine Frau sich dermaßen vergangen hat, fühlt er sich nun von jeglicher Rücksichtnahme entbunden. Er hat eine Situation geschaffen, in der sie ihm ausgeliefert ist. «Bereite dich sogleich aufs Sterben vor», fordert er sie auf (Opie). In den meisten anderen Fassungen verzichtet er auf vergleichsweise moderate Töne. So läßt er seinem «fürchterlichsten Zorn» freien Lauf, schreit seine Frau an, daß das ganze Haus erzittert (Perrault), packt sie an den Haaren, wirft sie nieder, verkündet ihr, sie werde nun von seinen Händen sterben und fortan neben den Damen, die sie in der verbotenen Kammer gesehen habe, ihren Platz finden. Und dann holt er «sein großes Messer» heraus, um es ihr ins Herz zu stoßen, oder er zückt seinen Hirschfänger, ihr damit das Haupt abzuschlagen.

Die Wirkung ist entsprechend: Am ganzen Leibe zitternd und «Todesangst in den Augen» steht seine Frau vor ihm und beklagt reumütig ihren Ungehorsam – fraglos ein erhebender Augenblick für den Märchenhelden. Damit begnügt er sich jedoch nicht, bleibt ungerührt. Da wirft sie sich ihm weinend zu Füßen, und vor ihm auf den Knien liegend, fleht sie ihn um Gnade an. «Sie hätte einen Felsen erweicht, so schön und verzweifelt wie sie war», heißt es bei Perrault. Viele Illustratoren haben diese Szene immer wieder dargestellt: Blaubart hochaufgerichtet, seine Waffe in der Hand, und vor ihm kniend die Frau mit demütig gebeugtem Nacken, ihm auf Gedeih und Verderb ausgeliefert. Was kaum einem anderen Medium möglich ist, dieses Märchen setzt es unverblümt ins Bild: der triumphierende Mann und die total unterworfene Frau – ein männlicher Traum von archaischen Dimensionen.

Blaubarts Frauen flehen vergeblich um ihr Leben, er kennt kein Erbarmen. «Das nützt Euch alles nichts, Ihr müßt sterben», sagt er bei Perrault. Da fleht seine Frau um Aufschub, bittet um ein wenig Zeit, um zu Gott zu beten. Er gewährt ihr eine «halbe Viertelstunde», und das ist ein Fehler. Sie läuft in ihr Zimmer, wie er glaubt, um zu beten. Er wartet auf sie, seinen «großen Hirschfänger in der Hand». In der Grimmschen Version steht er an der Treppe und wetzt sein nicht minder großes Messer. Sie läßt auf sich warten. «Komm sofort herunter, oder ich komme hinauf!» droht er, und schließlich brüllt er: «Weib, jetzt hole ich dich.» Das tut er schließlich, stürmt die Treppe hoch, packt seine Frau, zieht sie herunter und schleppt sie in seine Blutkammer.

Nach allem vorher Gesagten dürfte klar sein, daß er ihr nicht ans Leben will. Umgebracht haben Männer gelegentlich ihre Frauen, wenn sie sie in flagranti bei einer Untreue erwischten, und lange Zeit war ihnen das nach Recht und Gesetz gestattet. Von einem solchen Tatbestand ist dieses Märchen indes weit entfernt. Blaubart will nichts anderes, als mit seinen Ehefrauen tun, was er mit seinen diversen Mädchen getan hat – ihnen sein großes Messer ins Herz stoßen, um bei der Symbolik des Märchens zu bleiben. So mit der eigenen Frau zu verfahren, ist jahrhundertelang undenkbar gewesen. Die christliche Ehefrau war allein schon für jede Art leidenschaftlicher Begehrlichkeit seitens ihres Mannes tabu. Der eheliche Beischlaf galt, und gilt mancherorts noch, nur dann als legitim und moralisch unbedenklich, wenn er der Zeugung dient. Michel de Montaigne, ansonsten tolerant und liberal wie kein zweiter seiner Zeit und fern jeder Dogmatik, hielt es für «eine Art von Inzest», «das wollüstige Liebesspiel» in die Ehe hineinzutragen. So ist es in seinen «Essais» aus dem Jahre 1580 im Kapitel «Familie und Ehe» zu lesen. Der Mönch Martin Luther brach eines der strengsten Tabus der Kirche, indem er heiratete, und er anerkannte die Ehe nicht als Sakrament, aber ausgelebte Lust im christlichen Schlafzimmer war, auch für ihn ein Ding der Unmöglichkeit. Er liebte und respektierte seine Frau, es wäre ihm jedoch niemals eingefallen, so bekennt er, seiner «Herrin Käthe», wie er sie gern nannte, «verliebt und in Hitze» zu begegnen. Ehe und leidenschaftlicher Sex schlossen sich aus, und Wollust, eine der sieben Todsünden, ist mit dem heiligen Bund der christlichen Ehe stets unvereinbar gewesen.

Blaubart nimmt dieses Verdikt nicht hin. Er schafft eine Situation, die es ihm erlaubt, sich über alle moralischen Normen hinwegzusetzen, denen er als Ehemann verpflichtet ist. Er läßt seinen sexuellen Gelüsten freien Lauf und unter dem Deckmantel gerechter Bestrafung auch seinen gewalttätigen Impulsen. Er kommt damit jedoch nicht durch und scheitert, weil er Frauen unterschätzt. Seine Frau hat den Aufschub nicht gewollt, um zu beten, das macht sie ihm nur vor. Sie will lediglich Zeit gewinnen, um ihre Brüder herbeizurufen. Diese Fehleinschätzung kostet ihn das Leben. Er gelangt mit ihr nicht bis in seine Kammer, der orgiastische Höhepunkt bleibt ihm versagt. Am Fuß der Treppe, wo er sein Messer gewetzt hat, stirbt er, durchbohrt von den Degen seiner Schwäger.

Sie sei fast so tot wie ihr Mann gewesen, heißt es bei Perrault von Blaubarts Frau – aber eben nur fast. Tatsächlich läßt sie sich nicht lange betrüben. Sie ist nun eine reiche Witwe, denn sie erbt ihres Mannes Güter und all sein Vermögen. Einen Teil verwendet sie dazu, ihre Schwester mit einem jungen Edelmann zu vermählen, einen anderen, um ihren Brüdern ein Hauptmannspatent zu kaufen; und den beachtlichen Rest bringt sie «einem höchst ehrenwerten Mann mit in die Ehe». Im Märchen von der hoffärtigen Braut wird sie die «brave Hausfrau eines Landgeistlichen»; in *Das Mordschloß* heiratet sie ihren Nachbarn, einen jungen Grafen. Nur eine kann ihren wilden, blaubärtigen Mann nicht vergessen, «der ein Mörder gewesen war, und den sie dennoch geliebt hatte». Sie trauert bis an ihr Lebensende um ihn, und das läßt nicht lange auf sich warten. Ihr alter Vater sieht sie noch «vor sich in die Grube sinken» *(Die drei Bräute)*.

In den Märchen hat man Blaubart am Schluß totgestochen, hingerichtet, verbrannt oder gar in seinem eigenen Blutkessel ertränkt – toter geht es nicht. Dessenungeachtet hat er wie kein einziger anderer Märchenheld überlebt, nämlich im Bewußtsein der Menschen. Nach der Erstveröffentlichung durch Perrault erschien die Geschichte vom Ritter Blaubart zunächst in den damals sehr beliebten und weit verbreiteten Kolportageheften und Bilderbogen, und von da an hat dieser Märchenmann nicht aufgehört, die Leute zu beschäftigen. Er wurde der Held unzähliger Romane, Dramen und Burlesken, Hauptperson von vier Opern, und es ist kein Ende abzusehen. Heutzutage tritt er in Filmen und Fernsehspielen auf, und es gibt über ihn eine Flut von Abhandlungen, Aufsätzen und Essays. Auch moderne Autoren haben sich seiner angenommen – von Max Frisch («Blaubart») über Arno Schmidt («Die zehn Kammern des Blaubart») bis Peter Rühmkorf («Blaubarts letzte Reise»). Jüngst erschienen zwei Anthologien über ihn: 1984 «Blaubarts Geheimnis» und 1990 «Blaubärtchen».

Man hat alles mögliche aus dem Märchenhelden gemacht; neuerdings versucht man, ihn auf subtile Weise nochmals umzubringen, nämlich dadurch, daß man ihn lächerlich macht, verkleinert, bagatellisiert. Der Titel «Blaubärtchen» offenbart diese Tendenz. Bei Peter Rühmkorf wird Blaubart zum Muttersöhnchen, bei Hanna Johansen zum Neurotiker, Stanley Ellin macht ein «Würstchen» aus ihm und Barbara König einen Softie namens Nepomuk. Für solche Charakterisierungen bietet nicht eines der vielen Blaubartmärchen Anlaß, der Märchenheld ist alles andere als ein «Blaubärtchen». Warum aber verharmlosen und verniedlichen sie ihn, bis nichts mehr übrigbleibt von seiner Männlichkeit und schon gar nichts von seiner wilden Sexualität? Können moderne Autorinnen und Autoren so viel geballte Männlichkeit nicht ertragen? Ängstigen sie sich gar davor? Auf jeden Fall paßt ein Mann wie Blaubart schlecht in den heutigen Zeitgeist. Gegenwärtig sind ganz andere Männlichkeitsmodelle en vogue. Ganz gleich, ob von Literaten, Journalisten oder von

Psychologen entworfen, ihnen geht nahezu alles ab, was Blaubart ausmacht. Wo er gewissenlos ist, quälen sie sich mit Schuldgefühlen, wo er herrisch ist, haben sie Selbstzweifel, wo er gewalttätig ist, sind sie pazifistisch, wo er Mädchen verführt, leiden sie unter Potenzschwierigkeiten. Gegenüber solchen Männerbildern stellt Blaubart fürwahr eine Provokation dar – ergo wird er literarisch kastriert.

Allerdings nicht von allen, zwei Autorinnen aus «Blaubärtchen» wissen den blaubärtigen Herrn durchaus zu schätzen. In Elke Heidenreichs Geschichte «Blaubart und ich» ist die Heldin mit dem brav-bürgerlichen Apotheker Karlheinz verheiratet; er ist ihr «höchst ehrenwerter Mann». Ihre Geschichte fängt da an, wo sie für die meisten Blaubartwitwen schloß. Gegen Karlheinz ist nicht das geringste einzuwenden, er ist ein geradezu idealer Gatte, der seine Frau liebt, und zwar so sehr, daß er sich niemals von ihr trennen würde. Aber er langweilt sie. Da begegnet ihr Blaubart. Männer wie Frauen schielen mehr oder weniger verstohlen zu ihm hin. Erstere fragen sich: «Was hat er, was ich nicht habe?» («Alles, mein lieber, alles»), letztere denken: «Wie fühlt er sich wohl an?»

Die Heldin will es wissen, läßt sich mit ihm ein, stellt fest, daß er sich großartig anfühlt und er wirklich «alles» hat, und begehrt ihn zum Mann. Da sie sich nicht scheiden lassen kann, Gatte Karlheinz ihr aber den Schlüssel zum Giftschrank seiner Apotheke anvertraut hat, macht sie Gebrauch davon. Sie vergiftet ihren Mann, was ihr leid tut, aber leider nicht zu ändern ist, und heiratet Blaubart. Die Ehe ist ein Erfolg, demnächst feiern die beiden silberne Hochzeit, und weder sie noch er haben sich in all den Jahren ein einziges Mal gelangweilt.

In Fay Weldons Geschichte «Schon wieder Blaubart oder Mr. Shavings Frauen» ist die Heldin mit einem Blaubart verheiratet, kommt aber nicht mit ihm zurecht und wünscht sich einen üblichen Mann. Den bekommt sie, heiratet in zweiter Ehe einen wohlhabenden linksliberalen Provinzbeamten mit einem sozialen Gewissen und der Überzeugung, er müsse die Sünden seines

Geschlechts wiedergutmachen. Er redet viel und lange über seine Gefühle, oft so lange, daß sie einschläft, bevor er endlich so weit ist, mit ihr zu schlafen. Er hat nicht gehalten, was sie sich von ihm versprochen hat, auch mit ihm ist sie nicht glücklich geworden, und in manch stiller Stunde sehnt sie sich nach ihrem «Ungeheuer» zurück.

In den Märchen muß Blaubart sterben, das ist keine Frage, allein die Moral verlangt es, und viele werden meinen, er solle um Himmels willen tot bleiben. Immerhin trauert eine von Blaubarts Frauen ihm so sehr nach, daß sie aus lauter Kummer über seinen Verlust stirbt. Das gibt zu denken. Und hätte Elke Heidenreichs braver Karlheinz ein wenig blaubärtiges Blut in seinen Adern gehabt, hätte sich seine Frau gewiß weniger mit ihm gelangweilt, und er wäre vermutlich noch am Leben. Auch das mag zu denken geben – besonders Männern, könnte es ihnen doch sonst wie diesem Apotheker ergehen.

Ilsebills Mann, der Fischer: idealer Gatte oder Pantoffelheld?

Von dem Fischer un syner Fru, KHM 19

Der nächste und gleichzeitig letzte Mann und Ehemann dieses Kapitels dürfte für Ängste weit weniger Anlaß geben. Von Wildheit kann bei ihm keine Rede sein, und jede Gewalttätigkeit liegt ihm fern. Ein rechter Held ist er auch nicht, ja, vielen erscheint er als ein Mann, der hoffnungslos unter der Fuchtel seiner Frau steht. Es handelt sich um den Fischer aus dem Grimmschen Märchen Nummer 19, *Von dem Fischer un syner Fru*, das den Brüdern Grimm vom Maler Phiilipp Otto Runge zugekommen und von ihm nicht unwesentlich geprägt ist. Obwohl das Märchen in pommerscher Mundart veröffentlicht wurde, hat es nicht nur auf die Zeitgenossen großen Eindruck gemacht. Vielerorts sind der Fischer und seine Frau zu einem Begriff geworden, und für Günter Grass ist das Märchen Anlaß gewesen, seinen schwergewichtigen Roman «Der Butt» zu schreiben.

«Dar wöör maal eens en Fischer un syne Fru», beginnt die Geschichte und geht dann nicht sonderlich poetisch weiter, denn es heißt, die beiden wohnten zusammen «in'n Pißputt», was indes nicht wörtlich zu nehmen ist. Sie sind halt arm. Der Mann geht alle Tage hinunter an die See, um seiner Arbeit nachzugehen. Es heißt, er sitzt dann und sitzt und angelt und angelt, guckt dabei ins helle und klare Wasser und ist mit sich, der Welt und seinem Beruf zufrieden.

Da fängt er den Butt, und der kann reden, er sei, wie er sagt, ein verwunschener Prinz, und bittet den Fischer, ihn wieder schwimmen zu lassen. Wer wäre ob einer sprechenden Scholle nicht erstaunt und höchst verwundert gewesen! Nicht so der Fischer. «Nu», sagt er, «du brauchst nicht so viele Worte zu machen; einen Butt, der sprechen kann, den werde ich doch wohl schwimmen lassen.» Spricht's, setzt ihn wieder ins klare

Wasser und angelt seelenruhig weiter. Er ist der Stoiker unter den Märchenhelden. Hätte er über den Vorfall Stillschweigen bewahrt, wäre seine Geschichte niemals erzählt und schon gar nicht gedruckt worden. Er berichtet aber seiner Frau von dem verwunschenen Butt, allerdings erst auf Nachfrage, weil sie wissen will, ob er denn nichts gefangen habe? Und er benötigt für seinen Bericht nur einen einzigen Satz: «Ne», sagt er, «ik füng enen Butt, de säd, he wöör en verwünschten Prins, do hebb ik em wedder swemmen laten.» Er ist kein Mann vieler oder gar großer Worte und schon gar niemand, der mit seinen Taten prahlt. Er ist sich nicht einmal bewußt, etwas Besonderes getan zu haben, ist es doch für ihn eine Selbstverständlichkeit gewesen, den Butt wieder schwimmen zu lassen – und es dabei zu belassen. Frau Ilsebill sieht das anders. «Hast du dir denn nichts gewünscht?» fragt sie ihn. «Ne», sagt er, «was soll ich mir wünschen?»

Er ist mit dem zufrieden, was er ist und hat, und begnügt sich mit einem Pißpott als Behausung. Dem weisen Diogenes, um 300 v. Chr., genügte eine Tonne als Wohnstatt, und er schätzte sich glücklicher als alle Besitzenden und dreimal glücklicher als die Reichen und Mächtigen. Der Fischer ist kein Weiser, aber kaum weniger anspruchslos. Er braucht keine Hütte zu seinem Glück, erst recht kein Schloß und schon gar nicht Zepter und Krone. Man könnte ihn als einen Mann preisen, dem es gelungen ist, die philosophische Maxime vom Glück, das in einem selbst liegt, in seinem Leben zu verwirklichen. Man kann ihn indes ebensogut für einen Narren halten.

Seine Frau will eine Hütte, er soll gehen, den Butt rufen und sie von ihm erbitten. Er mag nicht. «Ach», sagt er, «wat schull ik door noch hengaan?» Ilsebill meint, er habe ihn doch gefangen und dann wieder freigelassen, der Butt werde ihm gewiß den Wunsch erfüllen. Ganz im Gegensatz zu ihrem Mann möchte sie aus der Rettung des Fisches Kapital schlagen. «Ga glyk hen!» fordert sie ihn auf. Ihm ist es zuwider, den Butt um einen Gefallen zu bitten, er will aber seiner Frau auch nicht entgegen sein, also macht er sich auf den Weg, geht hinunter an die See, doch die Welt ist für ihn nicht mehr so ganz in Ordnung. Auch das Wasser ist nicht mehr hell und klar, sondern grün und gelb. Er ruft den Butt, sagt ihm, seine Frau wolle eine Hütte, macht aber deutlich, daß es allein ihr Wunsch ist: «Myne Fru, de Ilsebill / Will nich so, as ik wol will.» «Ga man hen», sagt der Butt, «se hett se all», und so ist es. Ilsebill nimmt ihren Mann bei der Hand, führt ihn hinein und sagt: «Siehst du, ist das nicht nett?» Er stimmt ihr zu, meint, «so soll's bleiben», und sie wollten nun vergnügt leben. Dem stimmt sie nur bedingt zu. «Das wollen wir noch bedenken», meint sie, und eine Woche später will sie ein Schloß. «Ach Frau», sagt er nur. Er regt sich nicht auf, empört sich nicht, kritisiert sie nicht, versucht lediglich, ihr das Schloß auszureden. Die Hütte sei doch gut genug, meint er und fragt: «Was sollen wir in einem Schloß wohnen?» Sie wischt seine Einwendungen und Bedenken mit einem «ach was» vom Tisch und verlangt, er solle ein weiteres Mal den Butt rufen. «Geh du nur hin», sagt sie und läßt sich nicht von ihrer Meinung abbringen. Da wird ihm das Herz schwer, er denkt bei sich: «Das ist nicht recht», geht aber dennoch.

Ein Pantoffelheld? Die amerikanische Autorin Judith Brown, Psychotherapeutin und Spezialistin für Paarkonflikte, hält ihn dafür. Ihrer Meinung nach ist der Fischer ein Mann ohne Rückgrat, Kraft und eigenen Willen, unfähig, sich gegen seine Frau durchzusetzen. Spätestens als sie das Schloß haben wollte, hätte er auftrumpfen müssen. Dann nämlich, so meint Mrs. Brown allen Ernstes, hätte Ilsebill ihn anerkannt, sich von ihm wahrgenommen und geliebt gefühlt, und die beiden wären ein glücklich-liebend Paar geworden. Amerikanerinnen mögen ja so reagieren, aber bestimmt keine norddeutschen Fischersfrauen, und schon gar nicht eine Frau wie Ilsebill. Und welche Erwartungen knüpft Judith Brown an den Mann? Der soll sich doch tatsächlich wie der alte Adam verhalten! Was sie sonst noch über ihn sagt, zeigt, wie wenig sie den Fischer versteht. Allein ihre Behauptung, er habe keinen eigenen Standpunkt, ist unhaltbar. Er weiß genau, was er will und tut, nur wenige Märchenmänner handeln so konsequent wie er. Auch Verena Kast, ebenfalls vielgelesene Psychotherapeutin, findet den Fischer passiv und zu feige, sich bei Ilsebill durchzusetzen.

Es ist schon komisch: Seit Jahrzehnten wehren sich Frauen gegen chauvihaftes männliches Verhalten, und hier beklagen zwei namhafte moderne und emanzipierte Autorinnen, daß der Fischer sich weigert, seiner Frau Grenzen zu setzen! Sie merken offenbar gar nicht, daß sie damit die traditionelle Rolle von Mann und Frau propagieren. Sie steckt uns offensichtlich tiefer in den Knochen, als dies allgemein angenommen wird – und nicht nur den Männern, wie sich hier zeigt. Außerdem: Grenzen setzt man unmündigen Kindern, für sie fühlt man sich zu Recht verantwortlich und trifft, wenn notwendig, auch gegen ihren Willen Entscheidungen.

Der Fischer schreibt seiner Frau nichts vor, spielt sich nicht als ihr Herr auf und macht ihr selbst dann keine Vorwürfe, wenn ihr Verhalten jedes Maß überschreitet. Er ist darüber betrübt, fühlt sich aber nicht für ihre Maßlosigkeit verantwortlich, und er trifft gegen ihren Willen keine Entscheidungen für sie. Dennoch ist er weit davon entfernt, für einen idealen Gatten gehalten zu werden. Bestenfalls erscheint er als ein befremdlicher Ehemann, was zeigen mag, wie unüblich es ist, auch dann das Verhalten seiner Frau zu respektieren, wenn man es zutiefst mißbilligt.

Ilsebill will, daß sie Könige werden. Der Fischer sagt wieder nur «Ach, Frau». Weder beschimpft er sie, noch setzt er sie unter Druck. Allerdings tut er sein mögliches, sie von der Idee abzubringen, jedoch allein dadurch, daß er an ihre Vernunft appelliert. Sie erweist sich Vernunftsgründen nicht zugänglich. Er leidet darunter, es bedrückt ihn, und wieder wird ihm das Herz schwer. «Es ist nicht recht und ist nicht recht», denkt er, aber nicht einmal das sagt er laut. Er wertet nicht, was seine Frau will und wünscht, und Entscheidungen trifft er nur für sich selbst: Er will nicht König werden, das sagt er ihr. «Gut», erwidert sie. Auch sie akzeptiert seine Entscheidung und bewertet sie nicht.

Wolle er nicht König werden, so wolle doch sie König sein, sagt sie, und er solle nun «stracks» zum Butt gehen. Er geht, geht zum dritten Mal, und damit hört das Verständnis so mancher Leute für ihn auf.

Wie kann er nur? Sie werden meinen, er hätte seiner Frau männlich-energisch entgegentreten oder ihr gelassen erklären müssen, wenn sie unbedingt Königin werden wolle, möge sie sich gefälligst selbst an die See begeben und den Butt darum bitten. Durch ein solches Auftreten hätte er der größenwahnsinnigen Ilsebill endlich Grenzen gesetzt, ihr eine notwendige Lehre erteilt und sich gleichzeitig als ein Mann erwiesen, der sich gegenüber seiner Frau durchzusetzen und zu wehren weiß.

Er ist aber nicht solch ein Mann. Er versucht nicht, Ilsebill seinen Willen aufzuzwingen, und er verzichtet darauf, ihr Schicksal bestimmen zu wollen. Er nimmt sie, wie sie nun einmal ist, und respektiert ihre Wünsche. Allerdings nur insoweit, als sie ihn nicht selbst betreffen. Als sie ihn in ihre Pläne einbeziehen will, weiß er sich sehr wohl dagegen zu wehren: Er läßt sie allein König werden. Es ist daher falsch zu folgern, er könne sich nicht durchsetzen und Ilsebill nicht widerstehen – er will es nicht, und das ist etwas ganz anderes. Und abgrenzen kann er sich gegebenenfalls ebenfalls von ihr, auch wenn einige Autoren das Gegenteil behaupten.

Der Fischer steht auch dann noch zu seiner Frau, wenn sie Ziele verfolgt, die er ablehnt und die ihn befremden. Er schickt sie daher nicht perfide allein ans Meer, wo sie vergeblich nach dem Butt rufen würde. Wie sie es möchte, geht er abermals den Butt rufen. Er geht ungern und widerwillig und hätte nichts sehnlicher gewünscht, als daß sie gewollt hätte, wie er wohl will. Darum wird ihm sein Herz schwer, aber das ist für ihn kein Grund, von seinem Vorhaben abzulassen. Sie soll haben, was sie sich wünscht, er läßt ihr Schicksal seinen Lauf nehmen, und es kümmert ihn nicht, daß die See schwarz und schlammig ist und stinkt. Er ruft den Butt. Niemand hat ihn dazu gezwungen, er tut's freiwillig, er will es so.

Man könnte sagen, er gebe mit diesem Verhalten ein außerordentliches Beispiel, kann ihn aber auch einen Mann ohne Rückgrat nennen und über ihn spotten. Ungeachtet einer so grundverschiedenen Bewertung steht eines fest: Hätte der Fischer sich geweigert, wäre der Teufel im Pißpott los gewesen und die Fischersfrau möglicherweise wie eine Furie auf ihn losgegangen – so, wie sie geartet ist. Was hätte der Fischer davon? Ein Ehekrieg würde weder ihm noch ihr nützen, würde aber zumindest sein Leben außerordentlich belasten. Also läßt er es nicht zu einer solchen Szene und zu einem Machtkampf kommen; der Ehefriede bleibt erhalten und damit die Möglichkeit, einmal wieder Hand in Hand gehen zu können.

Wie gewünscht, sitzt Ilsebill auf einem Thron, die goldene Krone auf dem Kopf, das Zepter in der Hand, und ist von Ehrenjungfrauen umgeben. Er steht vor ihr, sieht sie eine Weile an und meint dann, sie sehe wunderschön aus als Königin. Ja, auch das tut er noch, er freut sich mit ihr. Das ist eine ausgefallene Reaktion auf ihr König-Sein, wenn man bedenkt, wie schwer es viele Ehemänner ertragen können, wenn ihre Frauen Karriere machen oder sie gar überflügeln. Der Fischer ist anders, er verhilft seiner Frau nicht nur zu einer herausgehobenen Position, er bewundert sie dann auch noch und sagt ihr das. Verena Kast nimmt ihm das nicht ab; sie hält es offenbar für unmöglich, daß jemand von der tradierten Männerrolle derart abweichen kann, und deutet dementsprechend das Verhalten des Märchenhelden um. Dabei ignoriert sie, daß er ohne weiteres selbst hätte König sein können. Sie unterstellt ihm, er delegiere «seine Machtansprüche und seine Wünsche nach Größe» an seine Frau und sonne sich nun in ihrem Glanz. Eine derart verquere Interpretation hat der Fischer wahrhaftig nicht verdient.

Ilsebill erweist sich als unersättlich, sie will Kaiser werden und dann Papst und verändert sich dabei mehr und mehr zum Negativen. Sie spricht nicht mehr von «wir» und «uns», sondern nur noch von «ich», nimmt ihren Mann nicht mehr an die Hand, bittet ihn auch nicht mehr, sie kommandiert ihn: «Ich bin

Kaiser, und du bist mein Mann, willst du wohl gleich hingehen!»
Er tut alles, Ilsebills aus den Fugen geratenen Ehrgeiz zu bremsen und sie von ihren ausufernden Wünschen abzubringen –
vergeblich. «Mann, was für ein Geschwätz!» fertigt sie ihn ab.

Welcher Mann würde sich eine solche Abfuhr klaglos gefallen
lassen, nachdem er alles getan hat, seiner Frau zu helfen? Und
welcher Mann würde danach noch einmal zum Butt gehen? Der
Fischer tut's. Er geht, aber er hat Angst, jedoch weder weil der
Sturm heult und das Meer kocht, noch weil er sich vor Ilsebill
fürchtet. Er hat Angst vor der Katastrophe, die sich unvermeidlich ankündigt. Das aufgepeitschte, brodelnde Meer zeigt ihm
deutlich genug, wohin die Hybris seiner Frau steuert. «Das geht
und geht nicht gut», denkt er bei sich, und das ist der Grund,
daß er «zittert und bebt». Aber er ängstigt sich nicht um seinetwillen. Er hat nichts zu fürchten und nichts zu verlieren – auf
Ilsebill kommt das Unheil zu. Am liebsten riefe er den Butt nicht,
dennoch tut er es. Es ist ihr Wille, den er nun einmal respektiert,
und er kann und will das Schicksal nicht aufhalten. «Ach», sagt
er, «sie will Papst werden.» Auch mit diesem Ach distanziert er
sich von ihr. Er hilft ihr zwar, solidarisiert sich jedoch nicht mit
ihr.

Sie ist nun Papst, ihr Palast ist von tausend und abertausend
Kerzen erleuchtet, sie hat drei Kronen auf dem Kopf, und die
Würdenträger küssen ihr den Pantoffel. Sie ist dennoch nicht
glücklich. Steif wie ein Klotz sitzt sie da, rührt und regt sich
nicht. Sie wird von Mal zu Mal unzufriedener; er hingegen
bleibt, wie er ist, und ändert auch sein Verhalten ihr gegenüber
nicht. «Wie ist das schön, wenn du Papst bist», sagt er und
warnt sie gleichzeitig: «Frau, nun sei zufrieden, du bist Papst,
mehr kannst du nicht werden.» Sie aber antwortet: «Das werde
ich bedenken.» Er kann sie nicht beeinflussen, kann sie nicht
aufhalten, nicht von ihrer Hybris abbringen. Niemand könnte
es, nicht einmal ein Herkules. Diese Frau ist nicht zu bremsen.
Was immer der Fischer auch sonst hätte tun können, mit Engels-
zungen reden oder mit der Faust auf den Tisch schlagen, es wäre

vergebliche Liebesmühe gewesen. Also ergibt er sich in den Lauf der Dinge, die bei bestem Willen nicht zu ändern sind.

Mißgestimmt und unbefriedigt geht sie zu Bett, und ihre «Gierigkeit» läßt sie nicht schlafen. Sie wirft sich von einer Seite auf die andere und kann nichts anderes denken, als was sie noch werden könnte. Ihr fällt aber nichts mehr ein, was sie noch mißgestimmter und unzufriedener werden läßt. Ihr Mann neben ihr schläft hingegen «tief und fest». Trotz allem vermag er sich seine stoische Gelassenheit zu bewahren. Als es zu dämmern beginnt, setzt Ilsebill sich im Bett auf. «Ha», denkt sie, «könnte ich nicht auch Sonne und Mond aufgehen lassen?» «Mann», sagt sie und stößt ihn mit dem Ellenbogen in die Rippen, «wach auf, geh hin zum Butt, ich will werden wie der liebe Gott!» Er erschrickt derart, daß er aus dem Bett fällt. Aber auch hier ist nicht sie es, die ihn in Schrecken versetzt, er hat nicht vor ihr Angst, es ist ihr aberwitziger Wunsch, der ihm derart in die Glieder gefahren ist. Er hofft noch, sich verhört zu haben, aber er hat sich nicht verhört.

«Mann», sagt sie, «wenn ich nicht die Sonne und den Mond kann aufgehen lassen und mitansehen muß, wie jeden Tag die Sonne und der Mond aufgehen – ich kann das nicht aushalten. Ich habe keine ruhige Stunde mehr, wenn ich sie nicht selbst aufgehen lassen kann», und sie sieht ihn auf eine Weise an, daß ihn ein Schaudern überläuft. Der Fischer tut das Äußerste: Er fällt vor ihr auf die Knie, um sie von ihrer Wahnsinnsidee abzubringen – umsonst. Sie wird nun wirklich zur Furie. Die Haare fliegen ihr wild um den Kopf, sie reißt sich das Leibchen auf, tritt ihren Mann mit Füßen und schreit: «Ich halte das nicht aus, und ich halte es nicht aus, willst du wohl hingehen?»

Der Fischer fährt wie von Sinnen in seine Hosen und rennt hinaus. Draußen toben die Elemente, und er kann sich kaum auf den Füßen halten. Der Himmel ist pechschwarz, es donnert und blitzt, Bäume werden entwurzelt, Häuser umgeweht, und die Berge beben, er aber geht hinunter ans Meer. Die Wellen sind hoch wie Kirchtürme, und mächtige Felsen stürzen hinunter ins

Wasser. Der Sturm heult derart, daß er seine eigene Stimme nicht hören kann – er schreit gegen den Sturm an: «Mantje, Mantje, Timpe Te, / Buttje, Buttje in der See...»

Ein Feigling ist dieser Mann gewiß nicht. Und er ist auf einmalige Weise beharrlich und beständig: Er ändert seine Haltung auch nicht, nachdem seine Frau wie eine Megäre auf ihn losgegangen ist. Er sieht sie eben nicht unter moralischen Gesichtspunkten. Er hat sich auch nie über sie beschwert und nicht etwa geklagt, ein Kreuz, ein Leid, ein böses Weib habe ihm der Herr beschert (deutsches Sprichwort), und das tut er auch jetzt nicht. Er nimmt ihr Toben hin, wie er das Tosen der Elemente hinnimmt, als Naturereignisse, die jenseits von Gut und Böse sind. Er wehrt sich weder gegen das eine noch gegen das andere, denn er kann den Orkan so wenig aufhalten wie den Wahn seiner Frau. Im Grunde tut er nichts anderes, als sich nach dem zu richten, was die heutigen Kirchen den Brautleuten als Aufforderung mit auf den Weg geben, nämlich den Ehepartner in guten wie in schlechten Tagen zu lieben, zu achten und zu ehren. Ilsebill hat einen ganz und gar schlechten Tag und verhält sich, daß man kein gutes Haar an ihr lassen möchte. Aber sie ist eben nicht nur böse. In ihrem desolaten Zustand ist sie ebenso schreckenerregend wie bemitleidenswert. Und wenn sie schreit: «Ik holl dat nich uut un holl dat nich länger uut», dann zeigt sie damit, in wie großer Not sie ist. Am Endes ihres Weges ist sie das Opfer ihrer Maßlosigkeit und Vermessenheit geworden. Sie ist kein Mensch mehr, der Wünsche und Begierden hat, die Wünsche und Begierden haben nun sie, und zwar so sehr, daß sie es nicht mehr aushält und nur noch schreien, toben und treten kann. Vielleicht ist sie sogar dem Wahnsinn nahe.

Der Fischer verurteilt sie nicht, und er läßt sie nicht im Stich, tut vielmehr alles, ihr zu helfen, und er kann nur eines tun, ihren erschreckenden Zustand so oder so zu beenden: ihrem Wunsch nachgeben. Das tut er und scheut nicht das Wüten der Naturgewalten. Der Butt erscheint und fragt so ungerührt, wie er es jedes Mal getan hat: «Na, wat will se denn?» Der Fischer sagt es ihm, und der Butt erwidert: «Ga man hen, se sett all weder in'n Pißputt.»

Damit ist das einzige geschehen, was Ilsebills Hybris stoppen und damit auch ihrer Verzweiflung ein Ende machen konnte. Mit einem Schlag ist sie in die Wirklichkeit und auf den Boden der Tatsachen zurückgeworfen worden und dadurch von ihrem Wahn erlöst. Sie sitzt wieder im Pißpott, und das hat sie allein sich selbst zuzuschreiben. Dafür hat der Fischer mit seiner beharrlichen Haltung gesorgt – ob gewollt oder nicht. Und nicht er hat ihr eine Lehre erteilt, das hat das Leben selbst getan. Aus höchsten Höhen ist sie tief gefallen und kann nicht einmal ihrem Mann die Schuld an ihrer Misere geben – arme Ilsebill. Aber wehe, wäre es anders gekommen. Keine ruhige Stunde hätte der Fischer mehr gehabt! Man mag ihn getrost einen Pantoffelhelden nennen, aber an einem Mann wie ihm wird sich jede Frau die Zähne ausbeißen, und sei sie noch so herrschsüchtig.

Er bleibt er, von der Katastrophe unberührt, sitzt am Meer wie eh und jo, angelt und angelt, guckt in das wieder helle und klare Wasser und ist mit sich, seinem Beruf und der Welt zufrieden – vermutlich auch mit Ilsebill.

Glücksritter und Halunken – mehr oder weniger ehrenwert

Wie man auf moralisch anfechtbare Weise
zu Reichtum und Ansehen kommen kann

Jakob auf der Bohnenleiter, Köln 1984. Jack und die Zauberbohnen,
Opie

Im folgenden handelt es sich um Männer von besonderer Art,
und für die haben Märchen eine Vorliebe. Als Einzelgänger und
Außenseiter gehen sie ihre eigenen Wege, scheren sich wenig
darum, was andere tun und denken, und unterscheiden sich
dadurch vom Rest der Männerwelt. Sie sind gewissermaßen Al-
ternativmodelle, was ihnen offenbar ihren Reiz verleiht. Die wenigsten entsprechen dem Bild, das sich Elternhaus, Schule und
Obrigkeit von einem nützlichen Mitglied der menschlichen Gesellschaft machen; und den Maßstäben, die die Kirche an einen
guten Christen legt, genügen sie meist auch nicht. Sie gehören
also nicht zu jenen untadeligen Helden, die am Schluß für ihr
Gut-Sein belohnt werden, was ihrer Beliebtheit jedoch keinen
Abbruch tut – ganz im Gegenteil. Manche sind ausgesprochene
Gauner, denen ein böses Ende prophezeit wird, das sie indes,
sehr zur Erleichterung der meisten Märchenleser, kaum jemals
finden. Jack ist so einer, ein junger Mann britischer Herkunft,
aber auch in den Vereinigten Staaten recht bekannt. In die Kin-
der- und Hausmärchen hat er keinen Eingang gefunden – das
haben die Brüder Grimm nicht zugelassen, und er hat hierzulande nicht entfernt die Beliebtheit wie in seiner Heimat erreicht,
wo ihn nicht nur jedes Kind kennt. Für Kinder mag er in der Tat
kein rechtes Vorbild sein, was uns jedoch nicht stören muß. Es
genügt, daß er männlichen Geschlechts ist und dazu ein besonderer Vertreter seiner Art. Also: *Jack auf der Bohnenstange*, ein
englisches Märchen.

Jack ist kein Märchenprinz, sondern armer Leute Kind, und
gemäß der mündlich überlieferten Fassung ist er faul, zerlumpt
und schmutzig gewesen. Nach dem Tod seines Vaters schickt
seine Mutter ihn los, ihre einzige Kuh auf dem Markt zu verkau-

fen. Er kommt mit fünf Bohnen zurück, dafür hat er sie eingetauscht und ist der Meinung, ein gutes Geschäft gemacht zu haben. Seine Mutter schimpft ihn aufgebracht einen Narren und Tölpel, gibt ihm ein paar kräftige Ohrfeigen und wirft die Bohnen aus dem Fenster. Jack mag ein Narr sein, aber ein Tölpel ist er nicht. Als ihm ein alter Mann für die Kuh fünf Bohnen geboten hat, hat er sich mit dem Zeigefinger an die Stirn getippt und ihn gefragt, ob er ihn für blöd halte. Es seien aber Wunderbohnen, versicherte ihm der Mann, sie wüchsen in einer einzigen Nacht bis in den Himmel, und täten sie das nicht, würde er die Kuh zurückbekommen. Erst daraufhin hat Jack den Handel abgeschlossen. Seine Mutter läßt diese Erklärung kalt. «Na und?» fertigt sie ihren Sohn ab, befindet, davon komme auch kein Brot ins Haus, und er sei und bleibe ein Narr. Von ihrem Standpunkt aus mag er das sein, denn fraglos hat sie recht, von Bohnen, die in den Himmel wachsen, wird man nicht satt. Sie ist vernünftig und denkt praktisch. Wunder üben auf sie keinerlei Reiz aus, und sie hat daher für ihres Sohnes Begeisterung nicht das mindeste Verständnis.

Die Bohnen halten, was der alte Mann versprochen hat; am nächsten Morgen reichen die Ranken tatsächlich bis in die Wolken. Jack klettert ohne weiteres an ihnen hoch und entschwindet in Richtung Himmel. Seiner Mutter wäre das gewiß nicht eingefallen. Der Drang, ohne Rücksicht und Verstand in schwindelnde Höhen hochzusteigen, ist ein männlicher, schon der biblische Jakob träumte davon: «Er sah eine Leiter, die auf der Erde stand und bis zum Himmel reichte.» (1. Mos 28;12) Auch der Turmbau zu Babel legt von diesem Streben Zeugnis ab (1. Mos 2) oder Ikarus, der sich Flügel anlegte, von der Erde abhob und dann dem Höher und immer Höher nicht widerstehen konnte. Er kam der Sonne zu nahe und stürzte ab. In der «Göttlichen Komödie» steigt Dante von den tiefsten Gründen der Hölle übers Fegefeuer bis in den Himmel auf. Aber nicht nur Patriarchen, Heroen und Dichter treibt es derart nach oben. Im Grimmschen Märchen 112, *Der Dreschflegel vom Himmel*, steht ein schlichter Bauer vor einem himmelhoch ragenden Baum und ergreift, wie es heißt, die Gelegenheit. Du mußt doch sehen, sagt er sich, was die Engel da oben treiben. Auch dieser Bauer ist nicht auf einen praktischen Nutzen aus oder läßt sich von Vernunftgründen leiten. Wo aber steht geschrieben, Vernünftigkeit sei die ultima ratio des menschlichen Verhaltens und der Weisheit letzter Schluß? Der Mensch lebt schließlich nicht von Brot allein – zumal der männliche nicht.

Auch Jack treibt kein bestimmtes Ziel die Ranken hoch, und nach Sinn und Zweck fragt er ebenfalls nicht. Sie am Morgen sehen und an ihnen hochklettern ist für ihn eins. Er gelangt an kein Himmelstor und findet sich nicht in einer Schar von Engeln wieder, sondern sieht sich einer einäugigen Riesin gegenüber, die vor einem mächtigen Haus steht und ihn fixiert. Den meisten wäre bei diesem befremdlichen Anblick gewiß der Schreck in die Glieder gefahren, nicht so Jack. Warum auch? Er hat sich in einen fremden, unbekannten Bereich begeben und ist darauf gefaßt, etwas Außergewöhnliches zu erleben, was nicht zuletzt den Reiz solcher Unternehmungen ausmacht. Also wundert er sich nicht, und die Sprache verschlägt's ihm auch nicht, vielmehr entwickelt er blitzschnell einen Plan, den er sofort in die Tat umsetzt: Er zieht artig seine Kappe, wünscht der Riesin freundlich und «so recht mit aller Höflichkeit» einen guten Morgen und bittet sie um ein Frühstück. Er sagt, weil er schrecklich hungrig sei, in Wahrheit will er nur in ihr Haus. Der Hunger ist Vorwand, seine Artigkeit reine Berechnung. Die Frau antwortet ihm, er werde selber ein Frühstück sein, wenn er nicht mache, daß er davonkomme, denn ihr Mann sei Menschenfresser mit einer Vorliebe für gebratene Jungen. Jack schreckt diese Mitteilung nicht, er bleibt bei seinem Plan und verliert nichts von seiner Selbstsicherheit. Er sei derart hungrig, erwidert er ihr, da könne er genausogut gebraten werden wie Hungers sterben. Daraufhin bittet ihn die Riesin ins Haus, und er bekommt sein Frühstück.

Jack hat sein Ziel erreicht, und wer denkt, er sei ein naiver

Bruder Leichtsinn und zu dumm, um zu wissen, was er tut und worauf er sich einläßt, täuscht sich. Er ist niemand, der sich ohne weiteres fressen läßt, und dementsprechend handelt er: Er weiß sich bei der Frau derart lieb Kind zu machen, daß sie ihn im Backofen versteckt, als sie ihren Mann kommen hört. Mit drei Kälbern über der Schulter betritt der Riese das Haus, das darob bebt, und verlangt zwei davon zum Frühstück. Dann aber riecht er Menschenfleisch und macht Anstalten, die Küche zu durchsuchen. Die Frau bringt ihn davon ab und setzt ihm die Kälber vor, die er samt Knochen verschlingt. Danach holt er aus einer Truhe zwei schwere Säcke hervor. Sie sind voller Goldstük-ke, die er zu zählen beginnt. Darüber wird er müde, der Kopf fällt ihm auf den Tisch, er schläft ein und schnarcht.

Man möchte meinen, Jack habe derweil vor Angst zitternd in seinem Versteck gesessen, aber das ist nicht der Fall. Er hat vielmehr die Tür des Backofens ein wenig geöffnet, um zu sehen, was vorgeht. Er ist kaltblütig, und das muß er auch sein, will er überleben und dazu noch seine Ziele erreichen. Die Frau läßt ihn heraus. «Jetzt renn um dein Leben, Kleiner», sagt sie, aber so hat Jack nicht gewettet. Er ist auf mehr aus, als lediglich ungeschoren aus dem Haus zu kommen, und hat sich nicht auf dieses Abenteuer eingelassen, um lediglich ein Frühstück zu ergattern. Als ihm die Frau den Rücken zudreht, schnappt er sich einen der Goldsäcke, und erst dann verschwindet er.

Wohlbehalten gelangt er wieder nach unten und zeigt seiner Mutter das Gold. «Nun», fragt er sie, «habe ich mit den Bohnen nicht recht gehabt?» Das hat er, und also ist er nicht nur kein Tölpel, sondern auch kein Narr. Er hat zwar viel riskiert, aber leichtfertig ist er gleichwohl nicht gewesen, denn so ohne weiteres wacht ein schnarchender Schläfer, der gerade zwei Kälber vertilgt hat, nicht auf. Jack ist ein kalkuliertes Risiko eingegangen. Außerdem: Erfolg entscheidet: Er ist heil und gesund und mit einem Sack voller Gold wieder da, und dank dessen hat die Not nun ein Ende. Also ein Hoch auf den unvergleichlichen Jack? Mancher wird sich nur sehr bedingt dazu entschließen können.

Dieser Märchenheld ist fraglos ein Held ohne Furcht, aber nicht einer ohne Tadel. Er hat unübersehbare Defizite auf dem Gebiet der Moral und noch nicht einmal ein schlechtes Gewissen. Das mag man ihm anlasten, aber genau das ist seine Stärke und macht ihn so erfolgreich. Unbelastet von Skrupeln, Rücksichten und Bedenken, kann er frei nach eigenem Belieben verfahren und auf alle Schwierigkeiten, die sich ihm in den Weg stellen, so reagieren, wie es allein ihm nützlich ist. Und weil ihm nicht ständig sein Gewissen dazwischenredet, ist er auch schnell. Das ist kein schlechtes Erfolgsrezept – nicht nur im Märchen. Männer, die wie Jack über jene brisante Mischung aus Furchtlosigkeit, Frechheit und Skrupellosigkeit verfügen und dazu noch einen berechnenden Charme besitzen, bringen es in dieser Welt nicht eben selten zu Wohlstand und Reichtum – allerdings kaum jemals durch einen einmaligen Coup. So ist es auch hier.

Ein Jahr lang haben Mutter und Sohn gut von dem Gold gelebt, dann ist es verbraucht und Schmalhans wieder Küchenmeister. Einem Broterwerb ist Jack in der Zeit verständlicherweise nicht nachgegangen, aber auch jetzt kommt ihm nicht die Idee, sich um eine Gelegenheit zum Geldverdienen zu bemühen – nichts liegt ihm ferner. Er ist kein Mann für einen Acht-Stunden-Tag, der jeden Morgen brav zur Arbeit geht. Kreative Leute sind das selten, und kreativ ist dieser Jack, das muß ihm der Neid lassen. Will er es bleiben, muß er sich seine Freiheit und die damit verbundene Muße bewahren. Müßiggang ist nur bedingt aller Laster Anfang. Für die alten Griechen war Muße die Voraussetzung jeglicher Schöpfungskraft, und der bedürfen nicht nur Philosophen und Künstler; auch Jack ist darauf angewiesen, zur rechten Zeit hilfreiche Ideen und gescheite Einfälle zu haben, will er seine Abenteuer heil überstehen und dabei auch noch auf seine Kosten kommen.

Er klettert ein zweites Mal an der Bohnenranke hoch und scheut dafür kein frühes Aufstehen. Dieses Mal hat er ein klares Ziel, und es genügt nicht, sich darauf zu verlassen, kühn eine sich bietende Gelegenheit zu ergreifen. Er muß jetzt eine solche

Gelegenheit schaffen. Dafür braucht er einen Plan und bedarf einer erfolgversprechenden Strategie, denn Reichtümer fallen niemandem in den Schoß, auch Skrupellosen nicht. Er sagt sich ganz richtig, daß bei dem Riesen noch mehr zu holen ist. Dort aber dürfte er sich kaum noch einmal sehen lassen, wenn ihm sein Leben lieb ist. Jack sieht das anders. Er klettert die Ranken hoch und begibt sich ganz offen zum Haus des Menschenfressers. Als sei nicht das Geringste geschehen, begrüßt er die einäugige Riesin mit einem freundlichen «Guten Morgen, Mütterchen» und bittet sie, ohne mit der Wimper zu zucken, abermals um ein Frühstück. Das ist dreist, hat aber Methode. Erst erkennt sie ihn nicht, dann aber stutzt sie, stellt fest, daß er schon einmal dagewesen ist, und zwar «an dem Tag, wo meinem Alten das Geld weggekommen ist». «Könnte gut sein», sagt ungerührt Jack und meint dann, er wisse möglicherweise etwas von der Sache, kenne vielleicht gar den Dieb, sei aber derart hungrig, daß er nicht sprechen könne, bevor er etwas im Bauch habe. Damit hat er sie neugierig gemacht, gelangt so zum zweiten Mal ins Haus, und trotz des Verdachts, den sie gegen ihn hegen muß, bringt er es nun fertig, sie derart zu umgarnen, daß sie ihm nicht nur Milch, Brot und Käse auftischt, sondern ihn auch wieder im Backofen versteckt, als ihr Mann erscheint. Von da an verläuft die Sache wie vor einem Jahr, nur erbeutet Jack dieses Mal eine Henne, die goldene Eier legt. Kaum aber hat er sie gepackt, da fängt sie an zu gackern, der Riese erwacht, aber bevor er mitbekommt, was los ist, ist Jack zur Tür hinaus und verschwunden. Sicher gelangt er wieder hinunter zu seiner Mutter, und nun ist die Not der beiden endgültig vorbei, ihr Reichtum gesichert, und sie leben «glücklich und zufrieden».

Die meisten Märchen enden, wenn ein solcher Zustand erreicht ist, dieses nicht. Freund Jacks Zufriedenheit währt nur einige Monate, da langweilt ihn die Goldhenne, Abenteuerlust packt ihn und läßt ihm keine Ruhe. Er beschließt, den Riesen einen dritten Besuch abzustatten – nur so, ohne triftigen Grund. Ihn reizt, was da oben vielleicht noch zu holen ist. Seine Mutter fleht ihn an, davon abzulassen, man werde ihn erkennen und auf die gräßlichste Weise umbringen, um sich an ihm für den Verlust der Goldhenne zu rächen. Gewiß wird man das, sie hat wieder einmal recht, wie Mütter häufig recht haben, aber sie erzählt ihrem Sohn nichts Neues. Er weiß genau, worauf er sich einläßt, kennt das Risiko und geht es dennoch ein. Nichts und niemand zwingt ihn dazu, ihm geht es gut, er hat alles, was sein Herz begehrt, lebt friedlich und in Sicherheit. Das aber, das langt ihm eben nicht. Er kann es kaum noch aushalten, heißt es, so gespannt ist er darauf, wie es ihm dieses Mal im Haus der Riesen ergehen wird.

Er freut sich auf eine Unternehmung, die ihn mit Gewißheit in große Gefahr bringen wird – mehr noch: bei der er für nichts und wieder nichts sein Leben riskiert. Auf diese symptomatisch männliche Geisteshaltung stoßen wir immer wieder. Man kann sie mit Fug und Recht für wenig vernünftig halten, aber für Jack und seinesgleichen haben gefährliche Abenteuer nun einmal ihren unvergleichlichen Reiz: Sie beleben, beflügeln und entheben einen dem tristen Alltag mit seinem langweiligen Einerlei. Statt dessen lebt man in angenehm aufregenden Grenzsituationen, die dem Dasein Farbe geben. Jacks Mutter hat für eine solche Einstellung kein Verständnis und liegt ihrem Sohn weiter in den Ohren, um ihn von seinem Entschluß abzubringen. Jack mag sich nicht länger mit ihr streiten, gibt vor, den Plan aufzugeben und hat seine Ruhe.

Wieder steht er in aller Frühe auf und klettert in freudiger Erwartung die Ranke hoch. Selbstverständlich läßt er sich nicht noch einmal bei den Riesen sehen. Hinter einem Busch versteckt, wartet er, bis die Riesin herauskommt, um Wasser zu holen, und schlüpft dann unbemerkt ins Haus. Er versteckt sich im Wasserkessel und nicht etwa wieder im Backofen, in dem der Riese dann auch prompt nach ihm sucht. Dieses Mal läßt er sich nach dem Essen von seiner Frau eine goldene Harfe bringen. Jack lugt unter dem Deckel des Wasserkessels hervor und erblickt die schönste Harfe, die man sich nur vorstellen kann. Aber das ist noch nicht alles: Der Riese sagt: «Singe!», und da spielt die Harfe eine wunderschöne, himmlische Musik. Jack ist davon so angetan, daß er nichts sehnlicher wünscht, als dieses Instrument in seinen Besitz zu bringen. Er begehre es mehr als alle bisherigen Schätze des Riesen, heißt es. Der Junge hat Kunstsinn – wer hätte das gedacht. Als der Riese eingeschlafen ist und das Spiel der Harfe mit seinem mißtönenden Schnarchen begleitet, steigt Jack aus dem Kessel, nähert sich auf Zehenspitzen dem Menschenfresser, packt mit beiden Händen die Harfe und will mit ihr zur Tür rennen. Aber sie kann noch mehr als Musik machen. Sie schreit «Herr, Herr!», der Riese fährt hoch, und dieses Mal ist ihm die Situation sofort klar: Er springt auf und setzt dem Dieb nach. Mit knapper Not erreicht Jack die Ranke und klettert so schnell er kann hinunter, aber der Riese folgt ihm, allerdings ob seiner Größe zwangsläufig langsamer. «Mutter, ein Beil!» ruft Jack, als er dem Boden nahe ist. Die Mutter bringt das Beil, schaut hoch, sieht den Menschenfresser mit den Beinen durch die Wolken kommen und bleibt vor Schreck stocksteif stehen. Jack entreißt ihr das Beil und kappt die Ranke. Er mag seiner Mutter an Vernünftigkeit nachstehen, weiß aber schnell, effektiv und kompromißlos zu handeln: Der Riese stürzt ab und bricht sich den Hals.

Das war's, bleibt noch der Schlußsatz: Jack habe nun alles, was für ein schönes Leben nötig sei, heißt es; er heiratet eine Prinzessin, und alle leben glücklich bis an ihr Lebensende.

Jack ist gelungen, wovon so mancher träumen mag, und denkt man nicht weiter darüber nach, erscheint sein Rezept einfach und leicht nachzumachen: Erst einmal beschafft man sich auf illegale Weise Geld und gelangt damit aus der ersten Not heraus. Ist man nicht gewillt, nun durch ehrliche Arbeit sein Brot zu verdienen, setzt man sich gesetzwidrig und unter Mißachtung von Moral und guten Sitten in Besitz einer Sache, die Geld produziert. Ist man schlau genug, sich dabei nicht erwischen zu lassen, und versteht man es, alle seine Gegner erfolgreich aus dem Weg zu schaffen, hat man ausgesorgt, und wer fragt dann noch nach den Methoden? Nach kalvinistischem Glaubensbekenntnis gilt man sogar als ein Gott wohlgefälliger Mann. Ist man so weit gekommen und kann man das Abenteuern nicht lassen, widmet man sich dem Erwerb kultureller Werte, die dem erreichten Standard allerdings entsprechen müssen. Da sich Exquisites nicht auf der Straße findet, ist auch hier gegebenenfalls ungenierte Rücksichtslosigkeit und selbstbewußte Erhabenheit über gängige Normen erforderlich, um zu einem solchen Besitz zu gelangen. Das gelingt Jack und bringt ihm zweierlei: die himmlischen Klänge der Harfe erfreuen sein Gemüt, und das kostbare Instrument hebt seine gesellschaftliche Reputation. Seine Mutter und er, so heißt es, lassen die Harfe von den Leuten «anschauen und bewundern». Damit hat Jack es endgültig geschafft: Er ist nun wer.

Ein Mann wie Jack ist keine Ausnahmeerscheinung. Bei den alten Griechen gab es für Leute wie ihn sogar eine eigene olympische Instanz: Hermes, den Gott der Diebe und Gauner, und sein berühmtester Schützling ist der listenreiche Odysseus gewesen. Hierzulande sind Gestalten wie er eher rar und derartige Halunken kein rechtes Thema. Immerhin gibt es einen hinreichend bekannten und populären Vertreter dieser Art, der allerdings nur hinter einer Tiermaske auftritt: Reineke Fuchs. Im Jahre 550 v. Chr. hat ihn der Fabeldichter Äsop eingeführt, und seitdem hat «Reinardus» die verschiedensten Autoren immer wieder beschäftigt. Goethe hatte seine helle Freude an dem verschlagenen Gauner und widmete ihm, seinen Ränken und unlauteren Machenschaften sein berühmtes Hexameterepos «Reineke Fuchs».

Praktiken, wie Jack und seinesgleichen sie an den Tag legen, sind natürlich nicht auf Märchen und Mythen beschränkt; die Kunst liegt freilich darin, dessenungeachtet als ehrenwerter Mann zu gelten. Aber auch das haben Leute gelegentlich geschafft, beispielsweise John D. Rockefeller. In Meyers Lexikon ist über ihn zu lesen: «... errang mit Hilfe anrüchiger Geschäftsmethoden monopolartige Machtstellungen». Wie der Märchenheld kam er aus einfachen Verhältnissen, und als er genug Geld hatte, tat auch er etwas für die Kultur und hob damit sein Ansehen. Seine fragwürdigen Methoden sind darob vergessen, und Mister Rockefeller ist als bedeutender Mann in die Geschichte eingegangen.

So soll auch an Jacks Moral nicht herumgemäkelt werden, was auch gegen den Geist des Märchens verstieße; er ist schließlich dessen Held und Identifikationsfigur und nicht etwa der Bösewicht der Geschichte. Er ist ein Gauner, das ist wahr, dennoch liegen zwischen ihm und beispielsweise den schlechten Märchenbrüdern Welten, und mit einem Blaubart hat er ebenfalls nichts gemein. Jack ist ein cleverer Praktiker, der gegebenenfalls fix laufen kann und wirkungsvoll mit einem Beil umzugehen weiß. Er scheut keine Risiken und genießt Gefahren, weil er der festen Überzeugung ist, niemand werde ihn braten und fressen. Er kann sich eben auf seinen Einfallsreichtum und seine Kaltblütigkeit verlassen und nicht zuletzt auf seinen unwiderstehlichen Charme, mit dem er Leute für sich einzunehmen weiß.

So ist Jack jemand, bei dem Eigenschaften, Fähigkeiten und Mängel in einer Weise zusammentreffen, die ihm seine durchschlagenden Erfolge ermöglichen und sie spielerisch einfach erscheinen lassen. Wer allerdings daraus schließt, er brauche nur ein wenig kriminell zu sein und über die notwendige Dreistigkeit zu verfügen, um eine Karriere wie Jack oder Rockefeller zu machen, hat wenig von dem Märchen verstanden und noch weniger von seinem ungewöhnlichen Helden.

Dummkopf oder Philosoph: Hans im Glück

Hans im Glück, KHM 83

Verständlicher für das deutsche Gemüt und hierzulande so bekannt wie Jack in England und Amerika ist ein Märchenheld namens Hans Wohlgemut – so jedenfalls sein ursprünglicher Name, der gleichzeitig Titel einer «Erzählung aus dem Munde des Volkes» ist, die der Altphilologe und Sprachwissenschaftler Friedrich August Eduard Wernicke 1818 in der Zeitschrift «Wünschelruthe» veröffentlichte. Sowohl die Brüder Grimm wie Ludwig Bechstein übernahmen die Geschichte in ihre Märchensammlungen, und als *Hans im Glück* ist der Märchenheld weltweit zu einem Begriff geworden. Ähnlich wie der Bohnenstangen-Jack ist er ein Außenseiter und Einzelgänger, ansonsten jedoch dessen genaues Gegenbild.

Alles andere als ein Gauner, hat er sieben Jahre seinem Herrn «treu und ehrlich gedient». Er hat ihm gedient, nicht aber eine Lehre bei ihm gemacht, und das unterscheidet ihn von den meisten anderen Märchenhelden, die auf Wanderschaft gegangen sind und die unterschiedlichsten Lehrmeister gefunden haben. Hans ist ein Ungelernter, und das mag eine Erklärung dafür sein, daß er so vieles nicht weiß, kennt oder kann. Nun will er heim zu seiner Mutter. «Herr, meine Zeit ist um, gebt mir meinen Lohn», spricht er zu seinem Dienstherrn und erhält einen Goldklumpen, so groß wie sein Kopf. Das ist selbst für sieben Jahre treuen Dienst ein märchenhafter Lohn, und der ist auch nur im Märchen zu haben. Aber wie dem auch sei, Hans bekommt diese Belohnung, und das Gold ist in der Geschichte um nichts weniger wert als in Wirklichkeit. Der junge Mann müßte ob eines solchen Glücks eigentlich vor Freude rein aus dem Häuschen sein, denn so pflegen heutzutage Menschen auf plötzlichen Reichtum zu reagieren, man denke nur an die Lottogewinner.

Darüber hinaus hat Gold stets seinen besonderen Reiz gehabt und die Menschen immer wieder über alle Maßen erregt. So wurde im Jahre 1897 am Klondike River in Alaska ein weit kleinerer Klumpen als der in diesem Märchen gefunden, und der hat Zehntausende in einen Goldrausch von unvorstellbaren Maßen versetzt. «Nach Golde drängt, / Am Golde hängt / Doch alles! Ach, wir Armen!» heißt es in Goethes Faust, und das ist wohl wahr, will doch alle Welt reich werden. Ganze Wirtschaftszweige leben davon: Toto- und Lottogesellschaften, Wettbüros, Lotterieunternehmer, Spielkasinobesitzer, und wer hätte nicht schon einmal davon geträumt, einen Goldesel zu besitzen?

Hans träumt nicht davon, und sein plötzlicher Besitz tangiert weder seinen Verstand noch sein Gemüt. Ungerührt nimmt er den Goldklumpen entgegen, wickelt ihn in «sein Tüchlein», schultert die Bürde, sagt ade und macht sich auf den Weg. Bei Bechstein geht er immerhin zufrieden davon. Es dauert indes nicht lange, da ist von seiner anfänglichen Zufriedenheit nichts mehr übrig. Er beginnt unter seiner goldenen Last zu leiden, sie drückt ihn auf die Schulter, er kann den Kopf nicht gerade halten, und das Ding ist derart schwer, daß ihm das Gehen «blutsauer» wird und ihm der Schweiß nur so hinunterläuft. Die Leute am Klondike haben weit größere Strapazen auf sich genommen, nur um ein paar Nuggets aus dem Sand zu waschen. Hans hat nichts mit ihnen gemein und führt einen ganz anderen Aspekt des Reichtums vor Augen. Er zeigt die gern übersehene Kehrseite der Medaille, nämlich, daß so viel Gold drückt, beschwert, die Bewegungsfreiheit einschränkt und einen schwitzen läßt. Viele Lottokönige haben diese Wirkung plötzlichen Reichtums zu spüren bekommen, denn nur zu oft ist ihre erste große Freude über den Gewinn die einzige geblieben. Bestenfalls hatten sie mehr Sorgen als vorher, die meisten aber sind gescheitert, wie man inzwischen weiß.

Hans scheitert nicht, für ihn ist das Gold nichts als ein schwerer Brocken, mit dem er sich abschleppen muß. Das mag abwegig erscheinen, naiv oder einfach komisch, aber welchen Wert hat denn in Wahrheit so ein Goldklumpen? Doch nur den, den die Menschen übereingekommen sind darin zu sehen, und der heutzutage täglich an den Börsen festgelegt wird. Für Hans jedenfalls hat das Gold keinen Wert an sich, und schon gar nicht macht es ihn glücklich, und darum trennt er sich bei nächster Gelegenheit von der Last. Er möchte wieder «leicht und frohgemut» sein – so, wie der Reiter, der an ihm vorbeitrabt. Von ganzem Herzen beneidet er ihn, und nur zu gern würde er mit ihm tauschen. Der Herr auf dem Pferd ist nicht naiv, abwegig oder komisch, ignoriert keineswegs die Übereinkommen der Gesellschaft, und dumm ist er auch nicht. Schnell erkennt er, wen er da vor sich hat, und sofort fragt er sich, wie er dessen Unbedarftheit ausnutzen kann. Das ist kein netter Zug von ihm, und sein Verhalten ist moralisch gewiß nicht vorbildlich, aber im Gegensatz zum Außenseiter Hans stellt dieser Mann die Normalität dar. Das mag man beklagen, aber so ist es nun einmal. «Weißt du was», sagt er, «ich gebe dir mein Pferd, und du gibst mir deinen Klumpen.» Sofort willigt Hans in den Tausch ein, und zwar «von Herzen gern». Es ist ihm in der Tat eine Herzensangelegenheit, das lästige Gold loszuwerden, und er warnt den anderen auch noch: «Aber ich sage Euch, Ihr müßt Euch damit schleppen.» Dann reitet er «seelenvergnügt» davon und fühlt sich ohne die drückende Last «frank und frei».

Man kann ihn für einfältig und dumm halten, einen beschränkten Burschen vom Lande in ihm sehen oder eine komische Figur, aber das ändert alles nichts an der Tatsache, daß er sich nach dem ökonomisch so widersinnigen Tausch großartig fühlt. Ist das etwa nichts? Wann fühlt sich der Mensch schon einmal großartig? Eine übliche Befindlichkeit ist das nicht und dazu ein Wert, der für kein Gold der Welt zu haben ist. Hans hat also fraglos bei dem Geschäft etwas gewonnen. Sein cleverer Tauschpartner hingegen muß sich jetzt schwitzend mit seiner Bürde abschleppen, und wer sagt, daß er heil damit nach Hause kommt? Leute sind schon um weit weniger Gut beraubt, bestohlen und betrogen worden. Kommt er aber unbehelligt mit seinem Goldklumpen heim, werden die Sorgen um die Sicherheit seines neuen Besitzes unvermindert weitergehen, und er müßte schon ein sehr ungewöhnlicher Mann sein, sich unter derartigen Umständen frank und frei zu fühlen.

Dennoch: Wer schenkt schon einen Goldschatz weg und fühlt sich danach auch noch glücklich? Nicht nur dieser Märchenheld! Er befindet sich mit seiner so unsinnig erscheinenden Einstellung in bester Gesellschaft, und zwar von alters her. So trennte sich bereits im Jahre 300 vor Christo der griechische Philosoph Diogenes von all seinem Hab und Gut, hauste in einer Tonne und fühlte sich dabei prächtig. Dieser Zustand, so lehrte er, sei die Voraussetzung wahrer Glückseligkeit, und Diogenes war und ist bis heute nicht der einzige Vertreter einer solchen Denkweise. Nicht nur Philosophen vertraten sie. Ein Christ, der wahrhaft frei und Gott nahe sein will, verzichtet auf jeden Besitz und geht ins Kloster. In der Bibel heißt es, eher gehe ein Kamel durch ein Nadelöhr, als daß ein Reicher in den Himmel gelange, und die Geringachtung irdischer Güter gilt als Voraussetzung der Seligkeit. Persönlicher Besitz ist auch für den ideologisch völlig anders geartete Marxismus ein Unwert, gilt gar als Diebstahl, und die Kommunisten wollen das Paradies auf Erden schaffen, indem sie die Leute vom Reichtum befreien. Überhaupt gibt es eine die Zeiten überdauernde Vorstellung, Besitz mache unglücklich und schlecht, und die Armen seien die besseren Menschen. Der Glückshans widerspricht zumindest dieser These nicht, denn er gehört zweifelsohne zu den Guten. Auf jeden Fall aber ist er jemand, der konsequent in die Tat umsetzt, was Philosophen, Religionsstifter und Marxisten immer wieder gepredigt haben und viele heute noch fordern.

Ludwig Marcuse preist aus diesem Grunde den Märchenhelden, sieht in ihm den ersten Philosophen des Glücks. Das aber ist zuviel der Ehre, denn zum Philosophieren gehört Denken, und das ist Hansens Stärke nicht. Er agiert nur, und meist reagiert er lediglich. Er handelt auch nicht aus Überzeugung, sei sie religiöser oder weltanschaulicher Art, und ihn leiten weder ethische noch moralische Maximen, er weiß vermutlich nicht einmal, was Moral und Ethik sind. Wenn er überhaupt einem Prinzip folgt, dann dem Lustprinzip, dem allerdings rückhaltlos, denn er tut stets, was seiner augenblicklichen Befindlichkeit dienlich ist. Auf diese Weise schwingt er sich von einem Glückszustand in den nächsten, was ihm aber nur kraft seiner naiven Unbekümmertheit gelingt. Die kann man durchaus für schiere Dummheit halten, und in der Tat heißt es in einer Version des Märchens (Zingerle), er könne nicht bis fünf zählen. Ganz davon abgesehen bietet er mit seinen törichten Tauschgeschäften kaum ein nachahmenswertes Modell. Der Dichter Arno Surminski geht sogar noch einen Schritt weiter und wirft ihm vor, ein schlechtes Beispiel zu geben. Millionen, so fürchtet er, könnten ihm nacheifern «und hoffen, mit Nichtstun glücklich zu werden». Das Märchen sei «Opium fürs Volk», befindet er.

Hans hat also ein Pferd erworben, reitet voller Freude und Zuversicht damit los und glaubt, auf dessen Rücken sein Glück gefunden zu haben. Das ist leider eine Täuschung, und zwar darum, weil er von der irrigen Annahme ausgeht, zugleich mit dem Tier die Fähigkeit erworben zu haben, es zu beherrschen. Es kommt, wie es kommen muß, er wird abgeworfen, landet in hohem Bogen im Graben, und mit seinem Hochgefühl ist es erst einmal vorbei. Ganz unphilosophisch flucht er auf die «verwetterte Mähre», jedenfalls in der ursprünglichen Fassung, und gibt sehr menschlich, aber wenig weise, dem Pferd, nicht aber der eigenen Unzulänglichkeit die Schuld an seinem Malheur. Jammernd sitzt er da, reibt sich die Knochen und hat vom Reiten die Nase voll. Er wäre jedoch nicht Held dieser Geschichte, wenn er sich lange von einem Ungemach bedrücken ließe. Im Handumdrehen gewinnt er auch dieser Situation eine gute Seite ab: «Gott sei's gedankt, daß ich noch lebe und gesund bin», spricht er zu sich selbst und ist fast schon wieder glücklich. Auf daß er wieder ganz glücklich werde, sagt er zu dem Bauern, der ihm auf die Beine geholfen hat: «Da lob ich mir Eure Kuh», hinter der könne man gemächlich hinterhergehen, habe obendrein Milch, Butter und Käse und später eine Menge Fleisch, und er wünsche sich nichts sehnlicher als eine Kuh. Hans hat nicht umsonst auf den Busch geklopft, nur zu gern erfüllt der Bauer diesen Wunsch. Etwas anderes von ihm zu erwarten hieße, einen zu hohen Maßstab an die Moral eines Durchschnittsmenschen anzulegen.

Weit davon entfernt, sich betrogen zu fühlen, ruft Hans aus: «Bei allen Heiligen, das ist ein gefundener Handel», willigt mit «tausend Freuden» darin ein und verspricht dem Bauern, ihn alle Tage in sein Gebet einzuschließen. Er wird übers Ohr gehauen und ist darüber auch noch glücklich. Das soll ihm erst einmal jemand nachmachen. Der Bauer sieht zu, daß er mit dem Pferd davonkommt, bevor Hans es sich anders überlegen kann, was zeigt, daß er sich durchaus bewußt ist, einen nicht astreinen Handel abgeschlossen zu haben.

Hansens neues Glück währt nicht lange. Es endet, als er versucht, die Kuh zu melken. Das kann er auch nicht, und ob seines Ungeschicks versetzt sie ihm schließlich mit ihrem Hinterbein einen derartigen Tritt, daß er zu Boden stürzt. Dieses Mal hilft ihm ein Metzger wieder auf, und der führt ein junges Schwein mit sich. Hans erzählt ihm treuherzig seine Geschichte, und der Metzger nutzt Hansens Arglosigkeit geradeso aus, wie es der Reiter und der Bauer getan haben. Kein Wunder, daß die Kuh keine Milch gebe, sagt er, sie sei alt und tauge nur noch zum Schlachten. Hans ist weit davon entfernt, an diesen Worten zu zweifeln. Er hat wenig Ahnung von Menschen, und eine junge Kuh von einer alten unterscheiden kann er ebenfalls nicht. Immerhin bemerkt er aber, daß ihn der Bauer betrogen haben muß. Daraufhin kratzt er sich am Kopf und spricht: «Ei, ei, wer hätte das gedacht!», und damit ist die Sache für ihn abgetan. Das ist eine bemerkenswerte Art und Weise, mit Frustrationen umzugehen: Er läßt Enttäuschung oder Ärger auf den Betrüger gar nicht erst aufkommen und bewahrt sich so seine gute Stimmung. Und auf noch eines versteht er sich: Mit Tatsachen, die nicht zu ändern sind, weiß er rationell umzugehen. Er hält sich nicht lange mit ihnen auf: Die Kuh gibt keine Milch, nun gut, schlachtet man sie aber, erhält man eine Menge Fleisch, sagt er sich, und ist wieder einmal mit sich und der Welt zufrieden. Was will der Mensch mehr?

Nun taucht aber ein weiteres Problem auf: Er mag kein Kuhfleisch, es ist ihm zu trocken. «Schweinebraten hingegen», schwärmt er, «und dann noch diese Schweinswürste…», und damit hat er auch dieses Problem gelöst, abermals sein Ziel er reicht: Der Metzger läßt ihm das Schwein für die Kuh. «Ihm zuliebe», sagt er. «Gott lohn Euch Eure Freundschaft», erwidert Hans ihm und hält sich wieder einmal für ein Glückskind. Alles gehe ihm nach Wunsch, stellt er befriedigt fest, und begegne ihm eine Verdrießlichkeit, «so würde sie doch gleich wieder gutgemacht».

Wer wollte ihm widersprechen, aus seiner Sicht hat er ja recht, und das zeigt sich gleich noch einmal. Ein Bursch macht ihm vor, das Schwein sei dem Schulzen gestohlen, die Häscher wären schon unterwegs, und erwischten sie ihn, würde er wohl «ins finstere Loch gesteckt». Hans bekommt einen Mordsschreck, weiß vor Angst nicht, was er tun soll, und hält sich für einen Unglücksvogel. Da wäre die Verdrießlichkeit – und gleich löst sie sich in Wohlgefallen auf: Der gefällige Bursch nimmt ihm das gefährliche Schwein ab, obendrein erhält Hans noch dessen fette Gans, und schon ist er wieder ein «Glücksvogel». Darüber hinaus kommt er zu dem Schluß, auch noch einen vorteilhaften Tausch gemacht zu haben. Er malt sich all die «Gänseherrlichkeiten» aus, die so ein Vogel bietet, vom fetten Braten bis zu den schönen, weichen Federn, aus denen sich ein wunderbares Kopfkissen machen läßt. Was hat ein Schwein dagegen zu bieten? fragt er sich. Und wie wird sich seine Mutter freuen, wenn er mit dieser herrlichen Gans nach Hause kommt! stellt er sich vor – und ist glücklich.

Geschehe, was da wolle, Hans ist und bleibt ein Glückspilz, und auf wie einfache Weise gelangt er zu seinem Glück! Die meisten Religionen versprechen Glückseligkeit erst im Jenseits, und folgt man Diogenes, muß man, um einen solchen Zustand zu erreichen, in einer Tonne leben. Selbst Epikur, der als Philosoph des Genusses und der Lust gilt, lehrte, nur wer sich Beschränkungen auferlegt und zu Verzichten bereit ist, werde in den Genuß der Glückseligkeit gelangen. Hans braucht keine Philosophie und keinen Glauben, um immer wieder glücklich zu sein. Er hat seine eigene unschlagbare Methode: Das Gold drückt – also weg damit! Er hätte gern ein Schwein – wie schön, daß er für seine Kuh eines bekommt. Das Schwein könnte gestohlen sein, gottlob nimmt es ihm jemand ab. So findet er sein Glück, und alles andere interessiert ihn nicht, weder der Wert der Dinge noch die Realität. Er glaubt, was ihm guttut, und sieht die Welt, wie er sie sich wünscht. Aus einem Betrüger macht er einen Wohltäter, den er in sein Gebet einschließt, aus einem Gauner einen Mann, der ihm aus Freundschaft gefällig ist.

Der Rechtsprofessor Klaus Lüderssen entlarvt Hansens Glück als Selbstbetrug. Er lüge sich in die eigene Tasche, und um Frustrationen zu vermeiden, leugne er die Wirklichkeit und konstruiere sich eine eigene, stellt er fest. Das ist wohl wahr, aber dennoch ist er glücklich, und das ist es, worauf es ihm ankommt. Und was seine illusionäre Beziehung zur Wirklichkeit betrifft, so ist er wahrhaftig nicht der einzige, der Realitäten im eigenen Interesse verkennt. Der Optimist schafft sich seine rosarote Wirklichkeit, der Pessimist seine düstere. Jede Weltanschauung errichtet sich die Welt, die ihrem Glauben entspricht; jeder Ideologe sieht die Realität seiner Ideologie entsprechend, und mehr oder weniger neigen wir alle dazu, die Dinge so zu sehen, wie es uns in den Kram paßt.

Bei Hans kommt dabei immerhin etwas Vernünftiges heraus: Er ist glücklich, obwohl er es auf Grund der tatsächlichen Gegebenheiten eigentlich gar nicht sein dürfte. Das ist gewiß eine Kunst, aber der Preis dafür ist hoch. Hans hat sich von allem Normalen meilenweit entfernt und steht hoffnungslos im gesellschaftlichen Abseits. Alle Welt hält ihn für einen einfältigen Narren, und er wird entsprechend ausgenutzt. Seine konsequente

Glückstrategie deckt freilich auch diesen Nachteil ab, weil er seine Situation ganz einfach nicht wahrnimmt und folglich nicht leidet, was indes nichts an seiner Abwegigkeit ändert.

Seinen Gegenpart spielen die betrügerischen Tauschpartner, die nicht etwa als Bösewichte erscheinen, sondern als ganz und gar alltägliche Figuren, von denen niemand erwartet, daß sie sich ändern sollen. Vom Herrenreiter bis zum windigen Scherenschleifer am Schluß, sind sie die Durchschnittsmänner – aus jeder sozialen Schicht beispielhaft einer –, und sie alle nehmen den armen Hans mit größter Selbstverständlichkeit aus und machen sich zufrieden mit ihrer Beute davon. Lüderssen gefällt eine Welt nicht, «in der diese Leute unangefochten durchkommen». Was aber soll man von ihnen erwarten? Daß sie dem Hans sagen, er möge, bitte schön, sein Gold, sein Pferd, sein Schwein behalten und um Himmels willen kein so unsinniges und für ihn nachteiliges Geschäft machen? So viel Gut-Sein läge in der Tat außerhalb der Norm, und entsprechend ist die Rechtslage: Die fünf Männer wären juristisch für ihre Taten kaum zu belangen und kommen auch im Märchen unangefochten davon. Märchenheld Hans hebt sich positiv von ihnen ab, hat nichts von deren ganz normaler Schlechtigkeit, wer aber wollte schon so sein wie er?

Die Frage, ob Hans nun ein Lebenskünstler ist oder ein hoffnungsloser Dummkopf, bleibt weiterhin offen. Für Ludwig Marcuse ist er ein Philosoph des Glücks, weil er auch dann noch glücklich ist, als sein letzter Besitz, der Schleifstein, – gottlob – in den Brunnen gefallen ist. Hans, so Marcuse, lebe den Menschen eine große philosophische Entdeckung vor, nämlich die Erkenntnis, daß Glücklichsein nicht in einem Klumpen Gold begründet ist, einem Pferd, einem Schwein oder überhaupt in einer Sache, sondern in einem selbst. «Das Glück liegt in dir», sei die epochemachende Botschaft des Märchenhelden. Sehr schön, aber es ist nicht Hans, der zu der phänomenalen Erkenntnis gelangt ist, sondern Marcuse. Hans hat sie vorgelebt, mehr aber auch nicht, Marcuse hingegen hat gedacht, folglich ist er der Philosoph; der Märchenheld lieferte ihm nur das Material.

In den hiesigen Versionen endet die Geschichte mit Hansens glücklicher Heimkehr zur Mutter, bei der er freudestrahlend und «frei von aller Last» ankommt – so, wie «Hänschen-Klein» in dem bekannten Kinderlied. Für eine solche Rückkehr ist Hans allerdings ein wenig zu alt. Er sollte Mamas Rockschößen entwachsen sein und tun, was einem Märchenhelden geziemt, der die Kindheit hinter sich gelassen hat: sein Glück in der weiten Welt suchen. Regression ist auch hier keine Lösung. Dessenungeachtet hat es seinen unverkennbaren Reiz, in die Sorglosigkeit der Kindheit zurückzukehren, die in dem Ruf steht, ein Paradies zu sein, und darum wird dieses Ende vermutlich nur wenige enttäuschen. In Wahrheit steht Hans schlecht da: Er hat nichts gelernt und nichts dazugelernt, er ist nichts, kann nichts und weiß wenig, also wird Mutter wohl in Zukunft für ihn sorgen müssen, und er darf getrost weiterhin glücklich sein.

In Fassungen des Märchens, die hier kaum bekannt, aber in anderen Ländern recht verbreitet und populär sind, kehrt Hans nicht zu seiner Mutter, sondern zu seiner Frau zurück und er zählt ihr von seinen wunderbaren Tauschgeschäften. Als er mit seinem Bericht am Ende ist und, wohl glücklich, aber ansonsten mit nichts dasteht, greift sie zum Schüreisen, erschlägt ihn damit, verscharrt ihn hinter dem Herd, und damit endet dann die Geschichte.

Es gibt jedoch auch eine entgegengesetzte Version: Seine Frau findet zwar sein Verhalten unmöglich, freut sich aber letztlich, daß er heil und gesund wieder da ist, und verzeiht ihm. Von dieser Fassung gibt es noch eine spezielle Variante, die sich auch bei Hans Christian Andersen findet: Hans kehrt in einer Schenke ein und erzählt zwei reichen Engländern seine Abenteuer, und die amüsieren sich bei der Vorstellung, was die Frau wohl zur Geschäftstüchtigkeit ihres Mannes sagen wird. «Was Vater tut, ist stets das richtige», werde sie sagen, versichert ihnen Hans. Die Engländer wetten einen Scheffel Gold, daß sie es nicht tun wird. Sie verlieren die Wette, zahlen, und dem Paar geht es fortan gut.

Der Scherenschleifer sagt zu Hans: «Du hast dir stets zu helfen gewußt», und Hans ist ganz seiner Meinung. Nur: Der Scherenschleifer hat's ironisch gemeint, was dem glücklichen Hans völlig entgeht. So steht's um ihn, und an ihm scheiden sich die Geister: Die eine Frau erschlägt ihn, die andere schließt ihn trotz allem in die Arme. Das tut auch seine Mutter. Für Marcuse ist er ein Philosoph, für den Juristen jemand, der sich selbst betrügt, für die «Normalen» ein willkommenes Opfer, und die meisten Illustratoren idealisieren ihn. Ungewöhnlich für einen Märchenhelden, ist Hans ein ambivalenter Held, den man so oder so sehen kann. Man hat die Wahl.

Martin Kaiser meint, Hans sei ein Stück von uns, was hieße, wir wären nicht allein wie die ach so normalen Reiter, Bauern und Scherenschleifer. Möge er recht haben.

Ein einfallsreicher Held, der notfalls mit der Frau Teufelin schläft

Der Teufel mit den drei goldenen Haaren, KHM 29. Die fünf Fragen, Wolf

Hans im Glück meinte in seinem naiven Optimismus, er müsse wohl «in einer Glückshaut geboren sein», der Held des Märchens *Der Teufel mit den drei goldenen Haaren* ist tatsächlich in einer Glückshaut geboren, und das macht, wie sich zeigen wird, einen gewaltigen Unterschied. Auch ansonsten ist er aus ganz anderem Holz geschnitzt, in einem gleicht er jedoch dem Hans: Er ist ebenfalls armer Leute Kind, je nach Version der Geschichte Holzhacker, Pastetenbäcker oder Hirtensohn. Dessenungeachtet begehrt er eine Prinzessin zur Frau, in anderen Fassungen die Tochter eines reichen Kaufmanns oder die eines wohlhabenden Wirts. Für jemanden, der keinen roten Heller besitzt und der dazu geringer Herkunft ist, sind das kühne Wünsche, denn welche Reiche und Schöne würde sich ausgerechnet in einen Mann wie ihn verlieben – mag er auch noch so schön sein. Zumal Prinzessinnen pflegen ihre Männer danach auszuwählen, was sie sind, gelten und besitzen, und die meisten tun es nicht unter einem Prinzen oder König. Mag auch manch armes Aschenputtel nach oben geheiratet und einen Königssohn ergattert haben, ein armer Junge hat weit weniger Chancen, den sozialen Aufstieg per Heirat zuwege zu bringen, und das ist im Leben nicht viel anders als in den Märchen. Es sei denn, man ist in einer Glückshaut geboren.

In der Grimmschen Urfassung *Von dem Teufel mit drei goldenen Haaren* ist der Held ein armer Holzhacker, und die Geschichte beginnt damit, daß er im Hof des Schlosses seiner Beschäftigung nachgeht. Oben am Fenster steht die Prinzessin, schaut ihm bei der Arbeit zu und findet ihn schön. Nun gut, aber dabei bleibt es nicht, sie verliebt sich umgehend in ihn, und das fällt aus dem Rahmen. So prompt allein auf die äußere Schönheit eines Vertreters des anderen Geschlechts zu reagieren, haben sich bisher lediglich männliche Helden erlaubt. Hier aber, so scheint es, läßt auch sie jegliche Vernunft außer acht: Ohne Rücksicht auf Anstand, Brauch und gute Sitten tut sie, was derzeit kein anständiges Mädchen tat und schon gar nicht eine Prinzessin: Sie ergreift von sich aus die Initiative, schickt eine Dienerin hinunter und bittet mir nichts, dir nichts den Mann zu sich herauf. Dennoch hat sie nichts mit den hoffnungslos verliebten Prinzen gemein. Sie ist in einer viel zu schwierigen Lage, um sich leisten zu können, den Kopf zu verlieren oder sich auf ein abwegiges Abenteuer mit einem Bediensteten einzulassen. Tatsächlich hat sie unten im Hof genau den Mann entdeckt, den sie braucht. So wie die Dinge lagen, mußte das schon ein ganz besonderer Mann sein, und genau das ist der Holzhacker. Kraft ihres weiblichen Instinkts dürfte die Prinzessin jenes gewisse Etwas gespürt haben, das einen Mann auszeichnet, der in einer Glückshaut geboren ist; jenes X-plus, das unabhängig von Stand, Herkommen oder Bildung ist, das kein Test zu erfassen vermag und kein Psychologe recht definieren kann. So ein Mann läuft einem wahrlich nicht alle Tage über den Weg, also besinnt sich die Prinzessin nicht lange, schert sich nicht um gesellschaftliche Konventionen und nutzt ihre Chance. Er kommt zu ihr hoch, findet sie wunderschön, verliebt sich in sie, wie sie sich in ihn verliebt hat, und die beiden sind sich, wie es heißt, bald in ihrer Liebe einig und beschließen zu heiraten.

So weit, so gut, aber sie leben eben nicht allein auf der Welt. Der König erfährt, daß seine Tochter «einen Holzhacker lieb habe», und damit sind wir am Wendepunkt all dieser Märchen: Drohend erheben sich die Väter und beenden die Romanze, und zwar, wie sie glauben, endgültig. Sie schicken die unliebsamen Freier auf ein Höllenfahrtskommando, von dem es nach menschlichem Ermessen keine Rückkehr gibt. Konkret und in übertragenem Sinne schicken sie sie zum Teufel. Von dessen Kopf müssen sie, wollen sie das Mädchen zur Frau haben, drei goldene Haare herbeischaffen. Das ist die Bedingung, mit der

alle Schwiegerväter in spe gedenken, sich den unstandesgemä-
ßen Freier vom Hals zu schaffen.

Nun kann man noch verstehen, daß Väter nicht darauf er-
picht sind, irgendeinem hergelaufenen Kerl die Hand ihrer Tochter zu geben; der König im Grimmschen Märchen geht jedoch
um etliches weiter: Er verlangt von *jedem*, der um sie anhält,
sich in die Hölle zu begeben, und ihm drei goldene Haare von
des Teufels Kopf zu bringen, «mag er nun ein Prinz oder Holzhacker seyn». Die Prinzen schreckt die Forderung nicht, allesamt ziehen sie los, stürzen sich bedenkenlos in ein Abenteuer
mit höchst ungewissem Ausgang, und das ohne jeglichen Plan
und ohne alle Vorsichtsmaßnahmen. Wir kennen ein solches
Verhalten vom Dornröschenprinzen. Erwartungsgemäß kehrt
kein einziger zurück, und es sind nicht wenige gewesen, die ausgezogen sind, denn es heißt, «schon viele Prinzen» seien umge-
kommen. Man mag das nun für männliche Kühnheit, männlichen Wagemut oder für schlichte Dummheit halten, und die
Prinzen mögen einem leid tun oder nicht, für die Prinzessin
macht das nicht den geringsten Unterschied. Sie hat keine Chance, an einen Mann zu kommen, und ist, so wie die Dinge damals
lagen, dazu verurteilt, auf unabsehbare Zeit ihrem Vater das
Leben zu verschönen. Er gehört fraglos zu jenen Vätern, die ihre
Töchter für sich selbst beanspruchen und sie ganz einfach keinem andern Mann gönnen. Die gibt es, und einige gehen selbst
so weit, die eigene Tochter heiraten zu wollen. Jedenfalls in den
Märchen, beispielsweise der König in der Geschichte von *Allerleirauh* (KHM 65). Das Motiv ist nicht eben selten und hat eine
Tradition, die weit in alte Mythen zurückreicht.

Was soll die Prinzessin unter den gegebenen Umständen tun?
Es wäre sinnlos gewesen, auf einen weiteren Prinzen zu warten,
die Prinzen sind alle gescheitert. Also setzt sie auf einen Außenseiter. Als sie ihm erzählt, was ihr Vater von ihm verlangt, zuckt
er mit keiner Wimper. Das solle ihm schon gelingen, sagt er, und
sie möge ihm nur treu bleiben, bis er wiederkomme, und früh
am nächsten Morgen macht er sich auf den Weg. Die Prinzen

mögen sich ähnlich geäußert haben, er aber verspricht nicht zu viel, denn er kehrt am Ende heil und erfolgreich zurück. So ungewöhnlich ihre Wahl gewesen ist, sie hat auf den richtigen Mann gesetzt. Er gehört zu jenen seltenen Männern, die überzeugt sind, ihnen müsse alles gelingen, was sie anfangen, und die sich das nicht lediglich einbilden. Die Märchenmetapher dafür ist die Glückshaut, in der sie geboren sind.

Das Glückshaut-Kind aus dem Märchen *Die fünf Fragen* (Wolf, Deutsche Hausmärchen) ist ein Hirtensohn, und von ihm heißt es, er wuchs «ganz ins Wilde hinein, that nichts und lernte nichts», und mit zwölf Jahren läuft er von zu Hause fort, weil es ihm daheim zu langweilig ist. Zu großen Hoffnungen gibt der Knabe fürwahr keinen Anlaß, aber dann geschieht folgendes: In der nächsten Stadt setzt er sich vor die Tür eines reichen Kaufmanns, zieht ein Stück Brot aus der Tasche und beißt so lustig hinein, «als ob die ganze Stadt sein wäre und er vom besten Braten der Welt äße». Er ist nichts, hat nichts und kann nichts, zeigt aber die unvergleichliche Haltung von Menschen, die in einer Glückshaut geboren sind. Man hat sie, oder man hat sie nicht; zu erlernen ist sie nicht. Der Kaufmann beobachtet den Jungen, und gewiß nicht von ungefähr nimmt er sich seiner an, schickt ihn zur Schule, läßt ihn eine Lehre machen und dann in seinem Geschäft arbeiten, und der junge Mann entspricht voll seinen Erwartungen. Als er sich jedoch in seine Tochter verliebt, und, was weit schlimmer ist, sie sich auch in ihn, schickt er ihn fort, wenngleich nicht zum Teufel. So rabiat ist er nicht, er will nur, daß die beiden einander vergessen. Es nützt ihm nichts. Reich und mächtig kehrt sein Schützling zurück, und der Kaufmann muß sich mit ihm als Schwiegersohn abfinden.

Es gibt weitere Märchenhelden, die in ihrer Jugend Tunichtgute und eklatante Faulpelze gewesen sind, beispielsweise der Meisterdieb, KHM 92, oder der Jüngling, der auszog, das Fürchten zu lernen, KHM 4. Er saß am liebsten in der Ecke hinter dem Ofen und lebte im übrigen nach der Devise «Hänschen, lerne nicht zuviel, du mußt sonst zu viel tun». Einzig das

Gruseln wollte er lernen, was die Eltern an seinem Verstand zweifeln ließ. Nachdem alle Erziehungsversuche an ihm gescheitert waren, warf sein Vater den «Taugenichts» schließlich aus dem Haus. Dem einen wie dem anderen prophezeite man ein böses Ende, aber die Voraussagen erwiesen sich als falsch. Der Gruselhans erlöst ein Schloß, gewinnt einen beachtlichen Schatz und eine Prinzessin zur Frau. Der Meisterdieb kommt in einer von vier Rappen gezogenen Equipage als vornehmer Herr bei seinen Eltern vorgefahren, und nicht einmal der Fürst kann ihm etwas anhaben.

Karrieren dieser Art sind Ausnahmen, das ist wahr, aber es gibt sie, und nicht nur in Märchen. Das berühmteste Beispiel dafür dürfte Albert Einstein sein. Er galt als Junge wenig, selbst seine Eltern zweifelten an ihm, und seine Lehrer nicht weniger. Mit fünfzehn Jahren lief er ihnen davon. Thomas Mann und George Gershwin waren ausgesprochene Faulpelze, und von dem später berühmten Chemiker Justus von Liebig hieß es, er sei «die Plage der Lehrer und der Kummer seiner Eltern» gewesen. Gegen den Erfolg von Männern, wie sie es sind, seien sie nun Märchenhelden oder reale Vertreter ihrer Art, ist ganz einfach kein Kraut gewachsen, und sie haben ihre eigene ebenso unübliche wie unnachahmliche Art, ihren Weg zu machen.

Das zeigt nun auch der Holzhacker. Er kommt in eine Stadt, wird gefragt, was für ein Handwerk er verstehe und was er wisse, und er erwidert, als sei dies die größte Selbstverständlichkeit von der Welt: «Ich weiß alles.» Jeder normale Sterbliche würde ob einer solchen Antwort für einen Prahlhans oder für nicht recht gescheit gehalten werden, und kaum jemand würde ihn ernst nehmen. Der Märchenheld wird ernst genommen, man glaubt ihm ohne weiters, und man vertraut ihm – weiß der Himmel, wie er das macht. Wenn er alles wisse, so wird er gebeten, möge er ihnen doch sagen, warum aus dem Marktbrunnen, aus dem sonst Wein geflossen sei, nicht einmal mehr Wasser fließe. «Wenn ich wiederkomme», antwortet unser Mann, und auch das nimmt man ihm ab. Er bekommt noch drei weitere Aufträge, soll herausfinden, warum ein Baum keine goldenen Äpfel mehr trägt, kein Arzt der Welt eine kranke Prinzessin kurieren kann und warum ein Fährmann immer hin und her fahren muß und niemals abgelöst wird. Sie sollen es erfahren, verspricht er. Er meint, was er sagt, hier ebenso wie gegenüber der Prinzessin. Vielleicht ist er deshalb so überzeugend.

Endlich erreicht er die Hölle, die ganz und gar kein düsterer Ort der Verdammnis ist. Mit Tisch, Stühlen und Bett ist sie nahezu bürgerlich eingerichtet, und entsprechend alltäglich geht es dort auch zu: Mitten in der Stube sitzt des Teufels Ellermutter in einem breiten Sorgenstuhl und fragt den Besucher, was er wolle. Der Teufel selbst ist nicht zu Haus. Diese Großmutter gibt es aber nur in der bearbeiteten Grimmschen Version. In der Urfassung, wie in fast allen andern Varianten der Geschichte, hat der Teufel eine Frau, und in den meisten Märchen bietet das teuflische Paar ein ungemein menschliches Eheszenario, das vielleicht nur darum in die Hölle verlegt ist, weil sich manche Paare das Leben zur Hölle machen.

«Guten Tag, Frau Teufelin», begrüßt der Holzhacker die Frau des Hauses, die in den meisten Versionen jung und hübsch ist. Danach kommt er sofort zur Sache: Er sei hierhergekommen, teilt er ihr mit, weil er drei goldene Haare von ihres Mannes Kopf brauche. Außerdem möchte er auf vier Fragen eine Antwort haben, und manchmal möchte er gleich noch über Nacht bleiben *(Die fünf Fragen)*. So dreist sein Glück zu versuchen ist gewiß keine empfehlenswerte Strategie, und den meisten würde sicherlich die Tür vor der Nase zugeschlagen, aber Jack auf der Bohnenstange hat schon bewiesen, daß dies nicht generell gilt. Der Holzhacker ist noch nicht einmal charmant und hat dennoch die Frau Teufelin schon für sich gewonnen. Er kann eben mehr als nur Holz hacken. Sie erschrickt – erschrickt um seinetwillen, weil sie sich um ihn ängstigt. Entdeckte ihr Mann ihn, würde er ihn ohne weiteres verschlingen, sagt sie. In dem Fall, meint er, könne sie ihn ja verstecken. Das werde nichts nützen, wendet sie ein, der Teufel würde ihn riechen. Das Risiko will er eingehen, und da verspricht sie ihm, ihr mögliches zu tun, ihn vor diesem Schicksal zu bewahren. «Weil du aber so jung noch bist», begründet sie ihr Entgegenkommen. In der Urfassung von 1815, Nr. 39, heißt es: «Weil er ein gar schöner Mensch war», und in der KHM-Nr. 125: «... weil er ihr wohlgefiel». Also bittet sie ihn herein, und in der Geschichte von den fünf Fragen macht sie ihm erst einmal Abendbrot, und die beiden setzen sich «zusammen zu Tische». Wer wollte ihr diese Abwechselung verargen, wenn man bedenkt, daß sie mit dem Teufel Tisch und Bett teilen muß, und der ist ein Ekel von einem Ehemann.

Er kommt schließlich nach Hause, poltert in die Stube, und nach einem kurzen «Guten Abend, Frau» fängt er gleich an, sich auszuziehen – in unmißverständlicher Absicht. Dieser Teufel ist keine Spur dämonisch, sehr wohl aber das Beispiel eines abgeschmackten Ehemannes. Und stets ist er voller Argwohn und Mißtrauen. Er hält in seiner Beschäftigung inne, stutzt und sagt: «Ich rieche Menschenfleisch.» Das ist eine Verschleierung, wie sie sich in den für Kinder bearbeiteten Märchen immer wieder findet. Der Teufel ist kein Menschenfresser, was er wittert, ist ein anderer Mann. So heißt es denn auch in einer englischen Fassung: «Fie, foh, fum, I smell the blood of a British man.» Bei Grimm stellt er fest, die Luft sei nicht rein und es stimme etwas nicht. Dieses Mal stimmt in der Tat etwas nicht: Unter dem Bett liegt ein schöner Jüngling. Das ist wahrhaftig kein originelles Versteck, aber nicht Einfallslosigkeit hat die Frau Teufelin diesen Platz für ihren Schützling wählen lassen, er soll schließlich aus erster Hand erfahren, was er zu wissen begehrt. Zunächst aber droht der Teufel bei seiner Suche nach einem Fremden die ganze Wohnung auf den Kopf zu stellen, aber seine Frau sieht dem nicht tatenlos zu. Sie tut nun, was sie versprochen hat: Er solle nicht ein solches Theater machen, weist sie ihren Mann zurecht, er werfe alles durcheinander, und sie habe eben erst gekehrt. Immer stecke ihm der Geruch von Menschenfleisch in der Nase, dabei habe er Schnupfen und könne gar nichts riechen.

Wie so manche Frau eines solchen Gatten weiß sie mit ihrem Hausteufel umzugehen. Er wolle stille sein, verspricht er, zieht sich schließlich aus, legt sich ins Bett, und sie, so heißt es, «mußte sich zu ihm legen» (Urfassung). Als er eingeschlafen ist und schnarcht, zieht sie ihm das erste goldene Haar aus und wirft es dem Holzhacker unters Bett. Ärgerlich fährt der Teufel hoch und ist böse mit ihr. Sie habe einen schweren Traum gehabt, entschuldigt sie sich, und ihm wohl aus Angst in die Haare gefaßt. Er will wissen, was sie geträumt habe. Sie erzählt ihm die Sache mit dem Brunnen. «He, wenn sie's wüßten!» antwortet er, sie brauchten nur die Kröte zu töten, die unter einem Stein im Brunnen sitze. Auf die gleiche Weise entlockt sie ihm die Lösung des zweiten Problems. Als sie ihm aber das dritte Haar auszieht, wird er wütend, gibt ihr eine Ohrfeige und droht ihr weitere Übel an. Daraufhin fängt sie an zu weinen und klagt: «Ach! lieber Mann, wer kann für böse Träume», und da wird er wieder friedlich. Gegenüber weiblichen Tränen wird offenbar auch ein Teufel schwach. Sie will aber noch mehr von ihm wissen, also kost und küßt sie ihn und erfährt so auch noch, wie die kranke Prinzessin geheilt werden und auf welche Weise der Fährmann sich von seiner Mühsal befreien kann: Er brauche nur dem nächsten, der sich übersetzen lassen will, die Stange in die Hand zu geben, dann müsse der weitermachen. Das war's, und sie läßt nun «den alten Drachen in Ruhe», der sofort wieder einschläft und zu schnarchen anfängt.

Mag er ansonsten ein schlauer Teufel sein und seiner Frau gegenüber den Herrn im Hause herauskehren, er wird niemals dahinterkommen, welches Spiel sie mit ihm treibt und wie sie es im Interesse ihres jungen Schützlings verstanden hat, ihn auszunutzen. Als Ehemann ist er ein armer Teufel, wer aber wollte ihn schon groß bedauern.

Herzlich bedankt sich der Holzhacker bei der gefälligen Frau Teufelin und verläßt vergnügt die Hölle. Dank der erhaltenen Informationen ist seine Zukunft gesichert. Man mag seine Methode anrüchig finden, aber sie hat Tradition. Er ist beileibe nicht der einzige hoffnungsvolle Jüngling, der auf diese Weise seinen Weg gemacht hat. So heißt es in J. Fürstauers Sittengeschichte, die Eroberung einer Dame der gehobenen Gesellschaft, die mit einem einflußreichen Mann verheiratet war – und dazu ist der Teufel fraglos zu rechnen –, sei für so manchen jungen Mann der sichere Schlüssel zur Karriere gewesen.

Unser Held weiß mit den Pfunden zu wuchern, die ihm unter dem Bett zugefallen sind. Er verlangt für seine Informationen als erstes ein Regiment Infanterie, als zweites ein Regiment Kavallerie und als drittes vier Wagen mit Gold beladen. Er ist nicht bescheiden, aber Bescheidenheit wäre hier auch fehl am Platze. Er zeigt, daß er sich des Wertes seines Wissens wohl bewußt ist, und das muß er auch, will er nicht ausgenutzt werden wie Hans im Glück. Und er fordert keineswegs zuviel. Herrschaftswissen hat seinen Preis, zumal, wenn es vom Teufel persönlich stammt. Und was sind für einen König vier Wagen voll Gold? So mancher hat für die Gesundheit seiner Tochter weit mehr geboten. Folglich bekommt der Holzhacker ohne weiteres, was er verlangt, und obendrein bedankt man sich bei ihm. Nur dem Fährmann gibt er den erbetenen Rat umsonst – aber erst, nachdem er von ihm übergesetzt worden ist. Er ist vorsichtig und macht sich über die Menschen keine Illusionen.

Dementsprechend verfährt er weiterhin. Glücklich heimgekehrt, tut er nicht, wonach ihm gewiß der Sinn gestanden hat: Er eilt nicht als erstes zur Prinzessin, um sie in die Arme zu schließen. Er begibt sich zum König, und zwar allein. Seine Begleitung läßt er vor dem Tor warten mit dem Auftrag, unverzüglich einzuziehen, wenn er ihnen vom Schloß ein Zeichen gäbe. Er weist dem König die drei goldenen Haare des Teufels vor, erinnert ihn an sein Versprechen und bittet um die Hand seiner Tochter. Er hat sie sich wahrlich verdient, aber danach geht es im Leben nicht immer. Mit den goldenen Haaren habe es durchaus seine Richtigkeit, befindet der König, was aber die Prinzessin beträfe, sagt er, so müsse er sich die Sache überlegen, was heißt, er denkt nicht daran, sein Wort zu halten.

Damit wäre das ganze Unternehmen umsonst gewesen, und die unter Lebensgefahr beschafften Trophäen von des Teufels Kopf hätten dem Helden nicht das mindeste genützt. Ein Hans-im-Glück und alle, die auf das Wort eines Königs vertraut hätten, wären jetzt die Betrogenen und hoffnungslos am Ende ihres Lateins. Der Holzhacker ist das nicht, und zwar darum nicht, weil er von Anfang an für diesen Fall vorgesorgt hat. Er ist nicht naiv und arglos losgezogen wie der Dornröschenprinz, und er hat sich auch nicht leichtfertig wie Jack darauf verlassen, ihm werde im rechten Augenblick schon etwas einfallen. Ihm ist vorher etwas eingefallen, und er hat alle seine Schritte sorgfältig geplant. So ist seine Behauptung, er wisse alles, wohlüberlegte Taktik gewesen. Er brauchte lukrative Aufträge, um am Ende etwas mehr in Händen zu haben als die drei goldenen Haare, und er hat nun genau die Machtmittel in Händen, die es ermöglichen, ein Recht, das man hat, auch zu bekommen. Ohne ein Wort über die Sache verlieren zu müssen, tritt er ans Fenster, gibt das Zeichen, die Regimenter marschieren ein, und danach folgen die Wagen mit dem Gold. «Wollt ihr mir nun die Prinzessin geben?» fragt er. Der König will, will «von Herzen gern».

Die Vorgehensweise des Märchenhelden ist einfach, unmittelbar überzeugend und daher erfolgreich. Wer es bedenklich findet, so zu verfahren, dem ist es unbenommen, auf feinere Methoden zu setzen. In der Regel erweist sich jedoch, daß man damit bei einem Herrscher von der Art dieses Königs nicht weit kommt und am Ende nur zu oft der Dumme ist. Wer möchte das schon sein, und entscheidend ist schließlich der Erfolg. Der Holzhacker hat ihn, er und die Prinzessin feiern fröhlich Hochzeit, und die beiden leben fortan «in Glückseligkeit».

In fast allen anderen Versionen geht die Geschichte noch ein wenig weiter: Den König reizt das viele Gold, und er möchte von seinem «lieben Schwiegersohn» wissen, woher es stamme, und der sagt es ihm: Er brauche sich nur vom Fährmann übersetzen zu lassen, am anderen Ufer läge es dort statt des Sandes, und er könne seine Säcke damit füllen. Nun, das ist eine glatte Lüge, aber es wird nicht eben wenig gelogen in der Welt und fürwahr nicht nur von Schurken. Der Holzhacker lügt jedenfalls effektiv. Am selben Tag noch zieht der König los, und wenn er nicht gestorben ist, so heißt es, setze er noch heute die Leute über den Fluß – als Strafe für seine Sünden. Der Märchenheld hat einen doppelten Zweck auf einmal erreicht: Er ist den nicht ungefährlichen Mann endgültig los, und er sitzt jetzt auf dessen Thron. Er ist ein Glückskind, das ist wohl wahr, vor allem aber versteht er es, seinem Glück kräftig nachzuhelfen, allerdings ohne sich dabei von unnützen Bedenklichkeiten sonderlich stören zu lassen. Er ist fraglos kein klassischer Guter, aber die gibt es eh nur in den Märchen.

Über die Kunst, mit Frechheit und Witz über die Großen und Starken zu triumphieren

Das tapfere Schneiderlein, KHM 20. Von einem tapfern Schneider, Urf. 1812, Nr. 20. Vom tapfern Schneiderlein, Bechstein

Sieben-auf-einen-Streich – dieses Motto eines wohlbekannten Märchenhelden ist weltweit zu einem vielzitierten Begriff geworden. Der tapfere Schneider stickte es auf seinen kaum minder berühmten Gürtel, zog damit in die Welt und machte eine einmalige Karriere. Aus den bescheidenen sieben erschlagenen Fliegen oder Mücken machten andere neun, neunundzwanzig oder gar hundert. Martin Luther schoß mit tausend den Vogel ab und verspottete mit dem Wahlspruch des Märchenhelden seine Gegner.

Bei uns ist der Schneider zuerst im Mittelalter in Erscheinung getreten, seine Wiege stand möglicherweise in Indien oder China, und die Geschichte ist, wie Georg Polivka in seinen Märchenwissenschaftlichen Studien nachgewiesen hat, an verschiedenen Orten der Welt unabhängig voneinander entstanden. Das ist nicht verwunderlich, denn ein Kleiner und Unbedeutender, der es den Großen und Mächtigen dieser Welt zeigt, hat verständlicherweise seinen Reiz, und es liegt daher nahe, eine solche Figur zu erfinden. Dabei ist der tapfere Schneider weder ein Herr noch ein Held, jedenfalls kein Held im herkömmlichen Sinne, aber einer, der es fertigbringt, von aller Welt für einen Helden gehalten zu werden, was schließlich auch eine Kunst ist. Er ist ein besonderer Vertreter seiner Art, der so recht in keine Schublade paßt, und nirgendwo sonst ist diese Spielart des Männlichen so umfassend und so anschaulich beschrieben worden. Darüber hinaus wirkt dieser Schneider wie ein Katalysator auf andere, vor allem auf andere Männer. Deren Reaktionen auf ihn und seine «Heldentaten» entlarven immer wieder deren kennzeichnend männliches Gebaren und Gehaben. Überhaupt handelt es sich, was Männer betrifft, um ein besonders ergiebiges Märchen.

Vielleicht empfahl deshalb Martinus Montanus, aus dessen «Wegkürzer» von 1557 die Vorlage für die Grimmsche wie auch die Bechsteinsche Fassung des Märchens stammt, die Geschichte zu Nutz und Frommen «den Mannen und allen Weybspersonen», und dem kann ich mich nur anschließen. In die erste Auflage der Kinder- und Hausmärchen von 1812 (Urfassung) ist sie ziemlich unverändert übernommen worden. Später bearbeitete Wilhelm Grimm das Märchen für Kinder, und das hat der Geschichte gar nicht gutgetan. Er machte aus dem Schneider ein Schneiderlein, beschrieb den Märchenhelden mit lauter Diminutiven und verharmloste und verniedlichte ihn dadurch. Damit nicht genug, verfälschte er dessen Charakter, indem er sich bemühte, aus ihm eine Zierde seines Berufsstandes zu machen, nämlich einen musterhaften Handwerker, der zufrieden auf seinem Schneidertisch sitzt und «so emsig und munter wie Johann der Seifensieder aus Leibeskräften näht». Wäre er wirklich so gewesen, säße er vermutlich heute noch dort und täte brav, was man von einem Schneidergesellen erwartet. In Wahrheit ist er ein fauler Strick gewesen. So steht es in der Urfassung wie bei Montanus, und in einer weiteren Version bei Bechstein, NDMB Nummer 17, wird er ein «Gevatter zum Herrn Tuenichts» genannt, dem die tägliche Näherei überaus zuwider ist.

Das, was man einen netten Kerl nennt, ist er auch nicht gewesen, wie sein Umgang mit der Musfrau zeigt. «Hier wird sie ihre Ware los», verspricht er ihr großspurig. Sie steigt mit ihrem schweren Korb hoffnungsvoll die drei Treppen zu ihm hoch, er läßt sie alle ihre Töpfe auspacken, schnüffelt ausgiebig daran und verlangt schließlich einen Löffel voll vom Billigsten. Verärgert und vor sich hin schimpfend verläßt ihn die Bauersfrau, was den Märchenhelden indes wenig kratzt.

Nachdem er die sieben Fliegen erschlagen hat, endet sein Dasein als Schneidergeselle. Für einen Mann wie ihn, befindet er, sei die Schneiderwerkstatt zu eng und die Stadt zu klein. Er denkt sich eine neue Rolle für sein weiteres Leben aus, näht sich den berühmten Gürtel und spielt fortan den Helden. Er spielt ihn wirklich nur, weiß er doch zu gut, daß er keiner ist, denn dieser Schneider ist weder dumm noch einfältig und nur dem Anschein nach ein Aufschneider. Er versteht es jedoch trefflich, auf die Dummheit und Einfalt anderer zu spekulieren – ein Rezept, mit dem es schon so mancher zu etwas gebracht hat im Leben.

Er steckt noch einen alten Käs' in die Tasche und marschiert dann voller Freude und Zuversicht zum Stadttor hinaus.

Der Spruch auf dem Gürtel verfehlt nicht seine Wirkung, die meisten glauben, er habe «sieben Menschen auf einen Streich zu todt geschlagen», und er wird von denen «übel gefürchtet». Diese Leute hat er freilich nicht auf der Rechnung, er strebt nach Höherem. Es begegnet ihm in Gestalt eines Riesen, der auf einem hohen Berg thront und sich gemächlich umschaut. Ungeniert redet er ihn mit «Guten Tag, Kamerad» an, erkundigt sich nach seinem Befinden und fragt ihn, ob er Lust habe, mit ihm zu gehen, die weitläufige Welt anzusehen. Ohne weiteres stellt er sich mit dem großen Kerl auf eine Stufe, und das ist nur konsequent. Ein Mann, der Sieben auf einen Streich erschlagen hat, darf vor einem Riesen keinen Respekt haben und muß ihn als seinesgleichen ansehen, das ist er seiner Rolle schuldig. Hätte der Märchenheld dazu nicht den Nerv, wäre er besser gleich zu Hause und bei Nadel und Faden geblieben.

Mit Keckheit allein ist diese Situation allerdings nicht zu meistern. Für den Riesen ist er nichts als ein «Erpelmännchen», auf das jener verächtlich herabsieht, und obendrein wird er von ihm ein Lump und miserabler Kerl genannt. Der Schneider hat sich mit jemanden angelegt, der davon ausgeht, man habe zu ihm aufzusehen, und alle für Lumpen und miserable Kerle hält, die das nicht tun, aber der Märchenheld ist nicht beeindruckt. Gelassen hört er sich den Schimpf an, knüpft dann seinen Rock auf, weist den Gürtel vor und erklärt, da könne er sehen, was für einen Mann er vor sich habe. Frechheit siegt gewiß nicht immer, hier tut sie es: Der Riese glaubt, was er glauben soll, nämlich daß sein Gegenüber sieben Menschen erschlagen hat. Das steht weder auf dem Gürtel, noch hat der Schneider es jemals behauptet. Auf Nachfrage eines weniger Gutgläubigen, als es dieser Riese ist, hat er ohne weiteres zugegeben, sieben Fliegen, in anderer Fassung sieben Mücken erschlagen zu haben. Auch ein Lügner ist er nur sehr bedingt. Er blufft, das ist wahr, aber sein Bluff ist Strategie und nicht Teil seines Wesens wie bei einem gewöhnlichen Hochstapler, und auch sein unerschütterliches Selbstvertrauen hat eine durchaus gesunde Basis, wie sich gleich zeigen wird.

Der Riese, so heißt es, habe nun ein wenig Respekt vor dem kleinen Kerl bekommen. Er ist fraglos nicht sehr helle, aber doch schlau genug, es nicht dabei zu belassen, sondern den Schneider auf die Probe zu stellen. Er fordert ihn auf, Wasser aus einem Stein zu pressen und einen Stein so hoch zu werfen, daß man ihn kaum noch sehen kann. Das ist eine konkrete Herausforderung, und der Schneider muß nun zeigen, daß er mehr kann als Musbrot essen und Fliegen erschlagen. Er hat daran keinen Zweifel. «Ist's weiter nichts?» fragt er und verspricht, den Riesen noch zu übertreffen, und das sind nicht lediglich große Worte. Er preßt tatsächlich mehr Saft aus dem Stein als der Riese; und der Stein, den er hochwirft, kommt überhaupt nicht mehr zur Erde zurück – so jedenfalls erscheint es. In Wahrheit hat er den alten Käse gedrückt und einen Vogel hochgeworfen, den er unterwegs aufgelesen hat. Der Riese staunt. Er ist fürwahr keine Geistesgröße. Wozu auch? Er ist groß, stark und mächtig, was braucht er da noch Verstand? Er ist schon derart stumpf und träge, daß er sich nicht einmal über einen Stein wundert, der Flügel hat und damit davonflattert. Der Märchenheld hat ihn richtig eingeschätzt, die Unbedarftheit hinter seiner großspurigen Fassade erkannt.

Dessenungeachtet sind solche Leute gefährlich, besonders dann, wenn jemand wagt, ihre Größe in Frage zu stellen. Genau das hat der Schneider getan, den Riesen noch weitere Male übertroffen und ihn dazu auch noch verspottet. Damit hat er ihn tödlich beleidigt und befindet sich nun in Lebensgefahr. Der Riese läßt sich nichts von seinen Gefühlen anmerken, lädt ihn freundlich tuend in seine Wohnung ein zu dem alleinigen Zweck, ihn nachts im Schlaf mit einer Eisenstange zu erschlagen.

Der Märchenheld ist allzu leichtfertig mit dem Mann umgegangen, hat aber Glück und kommt mit dem Leben davon, weil er sich in dem großen Bett in einer Ecke zusammengerollt hat und so dem tödlichen Streich entgeht. Als ihn am anderen Morgen die Riesen gesund und munter erblicken, nimmt die ganze Riesenfamilie vor ihm Reißaus, weil sie fürchtet, er könnte sie allesamt erschlagen – gewiß ein erhebender Anblick für den Schneider. Er macht ihn dennoch nicht übermütig, und er verfällt auch nicht dem Größenwahn wie so mancher nach so eindrucksvollen Erfolgen. Gleichwohl zieht er aus seinem Triumph Konsequenzen: Er verfolgt noch höhere Ziele.

Zu diesem Zweck begibt er sich in die Residenzstadt, dort zum königlichen Schloß und legt sich dann mitten im Schloßpark zu einem Nickerchen auf den gepflegten Rasen – den Rock geöffnet, damit jeder lesen kann, was auf seinem Gürtel steht. Er schätzt die Leute so richtig ein wie den Riesen: Sie kommen, lesen, staunen und halten den Schläfer für einen Helden und mächtigen Herrn. Die königlichen Räte staunen nicht, das ist unter ihrer Würde, reagieren aber ansonsten genauso: Sie melden ihrer Majestät die Ankunft eines Kriegshelden, der dem Land in Notzeiten von großem Nutzen sein könnte, und empfehlen, ihn in Dienst zu nehmen. Sie sind so wenig Geistesgrößen, wie der Riese eine Geistesgröße gewesen ist, und der König steht ihnen diesbezüglich in nichts nach: Er läßt für den Schneider den roten Teppich ausrollen und bietet ihm eine Generalsstelle an.

Das ist für einen simplen Schneider eine bemerkenswerte Karriere, aber durchaus keine einmalige und keine, die es nur im Märchen gibt. Gelang es doch einem namenlosen korsischen Leutnant, Kaiser von Frankreich zu werden, und einem Exgefreiten und arbeitslosen Kunstmaler, zum deutschen Reichskanzler zu avancieren. Es gibt allerdings bezeichnende Unterschiede. Zunächst einmal ist es dem Schneider am Ende nicht wie Napoleon und Hitler ergangen: Die sind gescheitert, er hingegen blieb «sein Lebtag ein König», so nämlich schließt das Märchen. Des weiteren hat der Märchenheld mit seinen Soldaten nicht die halbe Welt erobert – nichts hat ihm ferner gelegen, denn dazu ist er viel zu bequem. Auch sein neues Amt verändert ihn nicht, er entwickelt weder Ehrgeiz noch Machthunger, bleibt, was er von Anfang an gewesen ist: ein fröhlicher Nichtstuer. Zufrieden bezieht er seine Generalswohnung, streicht sein Salär ein und läßt ansonsten den lieben Gott wie den König einen guten Mann sein. Nicht einmal exerzieren läßt er seine Soldaten.

Man sollte meinen, die seien mit einem solchen General mehr als zufrieden, aber nein, er ist ihnen zuwider, mehr noch: sie wünschen, «daß er beim Teufel wär». Und warum das? Weil er, wie sie glauben, Sieben auf einen Streich erschlagen kann, fürchten sie, er könnte sie im Falle eines Zwistes allesamt umbringen.

So kann es einem friedfertigen Mann ergehen, der seine Leute gut behandelt und nicht im Traum daran denkt, ihnen auch nur ein Haar zu krümmen! Und, man möchte es kaum glauben, so furchtsam können Männer sein, und so schnell lassen sie sich einschüchtern – selbst Soldaten! Sie gehen zum König und verlangen von ihm, er solle den General entlassen, oder sie würden allesamt ihren Dienst quittieren. Damit hat der nun den Schwarzen Peter, und obendrein packt auch ihn die Angst. Er fürchtet, sein General könnte ihn und seine ganze Familie erschlagen und den Thron usurpieren. Dafür gibt es keinerlei Anzeichen, ja, etwas Derartiges käme dem Märchenhelden nicht einmal in den Sinn. Der König, der diesbezüglich wenig Ähnlichkeit mit dem Schneider hat, schließt hier messerscharf von sich auf andere, denn so, wie er geartet ist, würde er an dessen Stelle sehr schnell auf eine solche Idee kommen. Herrscher sind so, denn sonst wären sie keine. Und nicht nur Herrscher sind so; viele der älteren Märchensöhne haben auch nicht anders gedacht und entsprechend gehandelt.

Der König steht nun vor der schwierigen Wahl, entweder den General zu entlassen oder alle seine Soldaten zu verlieren, und die eine Entscheidung wäre so schlecht wie die andere. Er muß sich eine Alternative einfallen lassen, und ihm fällt auch eine ein. Er ist zwar der Inschrift des Gürtels aufgesessen, das heißt aber nicht, er sei generell ein wenig beschränkt. Wenn es um Macht und Herrschaft geht, versteht er sein Geschäft, und so findet er nach einigem Nachdenken einen Ausweg aus seinem Dilemma. Er beschließt, von dem gefährlichen Kerl abzukommen, was heißt, ihn so schnell wie möglich ins Jenseits zu befördern. Wer um seinen Thron fürchten muß, neigt zu derart rabiaten Lösungen. In bezug auf solche Schonungslosigkeit unterscheidet sich der König in nichts von dem Riesen, sehr wohl aber, was die Methode betrifft. Er benutzt keine Eisenstange, und er macht sich nicht selbst die Hände schmutzig. Er verfährt weitaus smarter, mehr noch: Wie er die Sache anpackt, darf als Beispiel einer perfekten politischen Lösung gelten: Er läßt seinen General kommen, schmeichelt erst einmal dessen Eitelkeit und macht ihm dann das Anerbieten, zwei Riesen umzubringen, die «mit Rauben, Morden, Sengen und Brennen» großen Schaden stifteten und denen weder durch Waffen noch sonstwie beizukommen sei, denn sie erschlügen jeden, der sich ihnen nähert. Er verspricht ihm seine Tochter zur Frau und das halbe Königreich als Hochzeitsgabe, wenn er die Aufgabe löse. Um beides ist ihm jedoch nicht bange, denn er ist sich der Wirksamkeit seines Plans sicher und überzeugt, den Mann nie wiederzusehen.

Sich derart von einem unliebsamen Menschen zu befreien ist nicht eben neu. Einer ähnlichen Verfahrensweise bediente sich schon der biblische König David. Er erledigte die Sache schriftlich, schrieb den berühmten Uriasbrief, woraufhin der Mann, der ihm im Wege stand, zu einem militärischen Einsatz abkommandiert wurde, bei dem er wunschgemäß für König und Vaterland sein Leben verlor. Damit war der Weg für David frei, er heiratete Urias Frau Batseba, in die er sich verliebt hatte (AT: 2. Sam 11). Der Schneider aber ist kein braver Soldat wie Urias und läßt sich nicht so ohne weiteres aus der Welt schaffen. Er hat seine eigene Art, mit kritischen Situationen umzugehen. Ihm gefalle das Angebot, sagt er, und bei dem Gedanken, «eines Königs Tochtermann» zu werden, ist ihm «wohl zu Muth». Dafür, sagt er, wolle er gern die Riesen umbringen, und auf die Reiter könne er gut und gern verzichten.

Der Märchenheld ist sich seiner Sache um nichts weniger sicher als der König, aber wer würde schon auf diesen windigen Schneider wetten? Mit einem alten Käse und einem aufgelesenen Sperling in der Tasche kann er diese Aufgabe jedenfalls nicht bewältigen, aber man sollte ihn nicht unterschätzen. Männer wie er haben ihre besonderen Fähigkeiten und Möglichkeiten; man lernt sie nicht auf der Schule. Allein betritt er den Wald, in dem die Riesen hausen, und schaut sich vorsichtig nach allen Seiten um. Er ist nicht leichtfertig – schon gar nicht, wenn es um sein Leben geht. Leichtfertig sind nur seine Sprüche. Er hat keine Waffe dabei. Wozu auch? Er hat nicht vergessen, daß den Riesen damit nicht beizukommen ist. Er findet sie schlafend unter einem Baum, und sie schnarchen derart, daß sich die Äste an den Bäumen auf und nieder biegen. Sie sind in der Tat brandgefährlich, denn sie stehen für Mord und Totschlag, Brandschatzung und Raub und pflegen ganze Länder in Angst und Schrecken zu versetzen. Den Schneider schrecken sie nicht, er besinnt sich nicht lange, füllt sich die Taschen mit Steinen und klettert auf einen Baum, bis er genau über den beiden Kerlen zu sitzen kommt. Man darf getrost archetypische Vertreter männlicher Gewalttätigkeit in ihnen sehen, und der Schneider, gleichsam als Katalysator, läßt nun erleben, wie sich maskulines Berserkertum entwickelt und am Ende eskaliert.

Er wirft dem ersten Schläfer einen Stein auf die Brust. Der fährt ärgerlich hoch und fragt seinen Kumpan, warum er ihn schlage? Er habe ihn nicht geschlagen, versichert der. Davon ist der Frager nicht überzeugt, weil sich aber sein Partner entschuldigt und beide müde sind, schlafen sie weiter. Da wirft der Schneider auf den zweiten Riesen einen Stein, woraufhin der zornig hochfährt und von seinem Mitgesellen wissen will, warum er ihn werfe. Er habe nicht geworfen, verteidigt der sich, und die beiden fangen an zu streiten, beruhigen sich jedoch wieder und schlafen abermals ein. Ihre Gewalttätigkeit erweist sich als ein relativ träges Potential, sie flammt nicht sofort und ohne weiteres auf, bedarf gewissermaßen einer Anlaufzeit und weiterer verstärkender Reize. Eine solche Dynamik zeigt sich auch bei tatsächlichen Raufereien – bei Prügeleien kleiner Jungen so gut wie bei Schlägereien zwischen Männern. Man fällt in aller Regel nicht augenblicklich und geradewegs übereinander her; zunächst kommt es zu einem verbalen Schlagabtausch, und nicht immer geraten die Kontrahenten dabei derart in Hitze, daß es tatsächlich zu Tätlichkeiten kommt. Die Riesen führen hier ein grundsätzliches Verhalten vor, denn bei Konflikten zwischen Nationen geht es zwar im Ton moderater, im Prinzip aber kaum anders zu.

Die beiden Kerle wären friedlich geblieben, hätte der Schneider nicht einen dritten Stein geworfen, und zwar «mit aller Gewalt». Das sei zu arg, schreit der Getroffene auf, fährt hoch, packt seinen Kumpan und wirft ihn mit solcher Kraft gegen einen Baum, daß der zittert. Bei ihm ist die Schwelle überschritten, die kooperatives und friedliches Verhalten von gewalttätigem trennt, und ist das einmal der Fall, gibt es kein Halten mehr: Der Mann wird zum Wüterich. Er handle «wie ein Unsinniger», heißt es, und das ist wohl wahr, denn was nun geschieht, ist in der Tat ohne Sinn und Verstand. Bei Kampf und Krieg, so scheint es, schaltet die männliche Vernunft in ähnlicher Weise ab wie nicht selten beim Anblick einer schlafenden oder nackten Schönen.

Der zweite Riese hat so gut wie keine Chance, friedlich zu bleiben. Er wurde angegriffen, dazu ungerechterweise, und unterliegt nun einer Zwangsreaktion, wenn nicht gar einem Reflex: Er muß sich wehren. Das lernen schon kleine Jungen, Dutzende von Sprichwörtern fordern dazu auf, und stammesgeschichtlich sind Männer so programmiert, denn wer sich als «nackter Affe» in einer unwirtlichen Welt seiner Haut nicht zu wehren wußte, hatte Probleme mit dem Überleben. Außerdem: «Was bringt zu Ehren? Sich wehren!» Das schrieb Goethe im «Westöstlichen Divan», bezog sich aber auch auf ein altes und verbreitetes geflügeltes Wort. Der Riese handelt entsprechend und zahlt «mit gleicher Münze heim». Aber dabei bleibt es nicht, Gewalt pflegt zu eskalieren, man denke nur an das Märchen vom Ranzen, Hütlein und Hörnlein. Also geraten die zwei Kampfhähne schließlich derart in Wut, daß sie ganze Bäume ausreißen und damit so lange aufeinander einschlagen, bis sie tot umfallen. Schlimmeres hätten sie sich nicht antun können, und es wäre müßig, die Schuldfrage zu stellen. Beide verhalten sich selbstzerstörerisch und demonstrieren so, wie der Mensch zu des Menschen Wolf werden kann.

Gegen diese These ist viel gewettert worden; verständlicherweise möchte man sie nicht wahrhaben und viel lieber glauben, die Menschen seien edel, hilfreich und gut. Wer auf dieser Einschätzung besteht, für den werden die Riesen lediglich Figuren aus dem Märchenbuch sein, die mit der Wirklichkeit nichts gemein haben. Dessenungeachtet geschieht das, was die beiden Unholde vorführen, eben nicht nur im Märchen, sondern im kleinen wie im großen überall auf der Welt, damals wie heute. Das führt notgedrungen, aber unabwendbar zu der Erkenntnis, daß in jedem Mann ein mehr oder minder großer Anteil von diesen beiden Riesen steckt, denen, wie es heißt, durch nichts und niemand beizukommen sei. Diese Erkenntnis ist nicht neu. Sigmund Freud schrieb in «Das Unbehagen in der Kultur»: «Das gern verleugnete Stück Wirklichkeit hinter alledem ist, daß der Mensch nicht ein sanftes, liebebedürftiges Wesen ist, das sich höchstens, wenn angegriffen, auch zu verteidigen vermag...», und er bescheinigt ihm eine Aggressionsneigung, die ihn gegebenenfalls zum Ungeheuer werden läßt. Er schreibt «Mensch» und scheint die Frauen in seine These einzubeziehen. Was jedoch die beiden Riesen betrifft, so sind sie weiblich kaum denkbar. Frauen pflegen nicht bis zum Exitus aufeinander einzuschlagen, und wann hätten sie jemals ganze Länder durch Gewalttaten in Angst und Schrecken versetzt? Das ist stets Männersache gewesen. Heute werden Männer gern wegen ihres aggressiven Potentials beschimpft. Nun gut, es ist jedoch zu bedenken, daß sie ohne dieses ihren vielfältigen Feinden auf dieser Erde sehr frühzeitig zum Opfer gefallen wären, was denn doch wohl ein Jammer gewesen wäre.

Die Riesen sind tot, der Märchenheld hat's geschafft, und ihm ist «besser zu Mute, als ihm jemals gewesen». Kein Wunder, er dürfte da oben ganz schön gezittert haben, als die beiden begannen, Bäume auszureißen. Immerhin hat er sich überlegt, daß er gegebenenfalls «wie ein Eichhörnchen» hätte auf einen anderen Baum springen müssen, wozu er bei seiner Behendigkeit durchaus in der Lage gewesen wäre. Er gibt sich zwar sorglos und unbekümmert, läßt sich aber keinesfalls gedankenlos auf ein lebensgefährliches Abenteuer ein, wie es so manche seiner Märchenbrüder getan haben. Er weiß, was er riskiert, unterschätzt Gefahren nicht, und wird es ernst, weiß er ebenso schnell wie effektiv zu handeln. Das muß er auch, will er heil davonkommen und zudem ein halbes Königreich und die Hand einer Prinzessin gewinnen. Diesen Preis hat er sich wahrlich verdient, aber niemand dankt ihm die Tat. Als die Soldaten die erschlagenen Riesen sehen, fährt ihnen ein «grauslicher Schrecken» in die Glieder. Sie fühlen sich noch weit schlechter als vorher, weil sie meinen, der General werde sie alle erschlagen, immer sieben auf einen Streich, wenn er ihnen feind würde. Sie sind wahrlich keine Helden. Und kein einziger zeigt sich wegen der Schonung dankbar oder bewundert den Schneider ob seiner großartigen Tat. Mit solchen Enttäuschungen müssen Leute von der Art dieses Märchenhelden leben, was gewiß nicht jedermanns Sache ist. Daher bleiben die meisten auf ihrem Schneidertisch sitzen – oder an ihrem Schreibtisch – und begnügen sich mit ihrem bescheidenen Dasein.

Den Märchenhelden bekümmert die Haltung der Soldaten nicht. Gut gelaunt begibt er sich ins Schloß zurück, wo man ihn ganz und gar nicht erwartet – vor allem der König nicht. Obwohl ihn das Wiederauftauchen des Mannes, den er abgetan glaubte, zutiefst enttäuscht und erschreckt haben muß, begegnet er ihm gelassen und souverän. Er ist gewiß kein Held, aber doch aus anderem Holz geschnitzt als seine Soldaten. Natürlich reut ihn jetzt sein Versprechen, aber er denkt nicht daran, es einzuhalten. Nicht zuletzt ist ihm der Gedanke zuwider, seine Tochter einem unbekannten Krieger zur Ehe zu geben. Also überlegt er aufs neue, wie er sich den Mann «vom Halse schaffen» kann, und ihm fällt abermals etwas ein. Das Begehren des heimgekehrten Helden nach dem versprochenen Lohn überhört er und stellt ohne weiteres eine zusätzliche Bedingung. In einem anderen Wald, beklagt er, habe er «leider noch ein Einhorn», welches ihm großen Schaden tue, das solle er, bitte schön, auch noch fangen, und danach wolle er ihm seine Tochter geben. Ohne mit der Wimper zu zucken, bricht er sein königliches Wort und verhält sich, als sei dies das Selbstverständlichste von der Welt. Wiederum erweist er sich als ein ebenso talentierter wie bedenkenloser Realpolitiker.

Der Schneider nimmt den Vorschlag an. Man könnte sagen, er hatte kaum eine andere Wahl, denn was sonst hätte er tun können? Dem König seinen Wortbruch vorwerfen und auf Erfüllung des Versprechens dringen? Das kann man sich vielleicht leisten, wenn man über die entsprechenden Machtmittel verfügt. Die besitzt der Märchenheld nicht, sie existieren nur in der Vorstellung der Leute, und folglich kann er es auf eine Machtprobe nicht ankommen lassen. Von da her gesehen stellt das Fangen des Einhorns für ihn das geringere Risiko dar, zumal sich bei seinem Renkontre mit den Riesen gezeigt hat, wie gut er sich auf seinen Mut und auf seinen Witz verlassen kann. Demnach hätte er klug das kleinere Übel gewählt. Nichts weist freilich darauf hin, daß er das neuerliche Angebot des Königs als ein Übel ansieht – ganz im Gegenteil: «Wohl zufrieden» ist er mit der neuen Aufgabe, und er nimmt sie unverzüglich in Angriff.

Er scheint Herausforderungen zu lieben, und er scheut Gefahren nicht. Faul und bequem ist er nur, wenn es um Alltagspflichten geht, sei es Stich für Stich ein Wams zusammenzunähen oder Routineaufgaben eines königlichen Generals wahrzunehmen. Abenteuer hingegen reizen ihn, und seien sie auch noch so gefährlich. Ihn zeichnet aus, daß er sie nicht nur mit Glanz besteht, sondern auch ganz allein und auf sich gestellt alle Aufgaben bewältigt. Ihm hilft keine Fee, kein Zauber und kein märchenhaftes Wunder. Einzig kraft seiner eigenen Fähigkeiten gelingt es ihm immer wieder zu obsiegen.

Mit nichts als einem Strick macht er sich auf den Weg, das wilde Einhorn zu fangen. Es ist ein mythisches Tier mit langer Tradition, und sein markantes Merkmal ist das lange, einzige Horn, das aus der Mitte seiner Stirn stolz emporragt. In ihm sah man die Kraft des Tieres verkörpert und darüber hinaus männliche Zeugungskraft. Bereits in der Antike schrieb man ihm außergewöhnliche Heilkräfte zu, besonders aber eine die Potenz fördernde Wirkung. Zeitweilig soll das pulverisierte Horn des Einhorns mit Gold aufgewogen worden sein, was zeigt, daß es Männern ein kleines Vermögen wert gewesen ist, einschlägig ihren Mann stehen zu können. Später führten Apotheken das vielversprechende Pulver, und es muß eine bemerkenswerte Rolle gespielt haben, denn etliche trugen und tragen noch heute den Namen Einhorn, und meist ziert sie ein Schild mit dem berühmten Tier. Dabei ist das Einhorn nichts als ein Fabelwesen, das niemals existiert hat.

Lebendig ist es lediglich in Mythen, Märchen und in der Kunst und hat dort seinen unverkennbaren Charakter: Es ist wild, stark und spießt auf, was sich ihm entgegenstellt. Nur Jungfrauen können es zähmen, ihnen pflegen Einhörner ergeben den Kopf in den Schoß zu legen, was ein beliebtes Motiv vieler Maler gewesen ist. Auf etlichen Bildern umfassen die Schönen mit zarter Hand und andächtigen Blicks das glatte Horn des ihnen zu Füßen liegenden Tieres.

Der Märchenheld ist keine Jungfrau, und folglich kommt das Einhorn nicht brav zu ihm hingetrabt, sondern geht wild und wütend auf ihn los. Dazu hat der Schneider es provoziert, denn in den Wald des Einhorns ist er nicht vorsichtig und sich umschauend eingedrungen, sondern ungeniert darin umherspaziert. Das ist eine Herausforderung und dazu eine gröbliche Verletzung des Territoriums, auf die nicht nur Einhörner aggressiv reagieren. Der Drang, sein Revier zu verteidigen, reicht weit zurück in unsere stammesgeschichtliche Vergangenheit, und Platzhirschverhalten gibt es nicht nur bei den Hirschen. Das Einhorn hat also zwei gute Gründe, den Eindringling zu attakkieren, und das tut es mit vorgestrecktem Horn und nur von einem einzigen Drang besessen: ihn «ohne Umstände» aufzuspießen. Genau darauf hat der Schneider es abgesehen, darauf basiert bei dieser Aufgabe seine Taktik. Schon in diesem Augenblick ist er im Vorteil gegenüber dem Angreifer, denn das Tier ist wild und wütend, was, wie sich schon einmal gezeigt hat, höchst negative Auswirkungen auf die Verstandeskräfte haben kann. Der Schneider hingegen erwartet gelassen vor einem Baum stehend den Angriff, um dann, ebenso kühn wie behende, im letzten Moment zur Seite zu springen. Das Einhorn ist weder in der Lage, sich zu bremsen noch auszuweichen, und statt den Schneider aufzuspießen, bohrt es sein Horn tief in den Baum und stößt ihn «fast durch und durch», wie es bei Bechstein bezeichnend heißt. Zweierlei wird dadurch bewirkt: Das Einhorn ist gefangen, und mit seiner Wildheit ist es vorbei. Ohne weiteres kann ihm der Schneider seinen Strick um den Hals legen und es vollends am Baum festbinden.

Wie die Wälder, so haben auch die Bäume in Mythen und Märchen eine besondere Bedeutung. Sie gelten als Sitz von Göttinnen, Feen, Nymphen und Nornen. Im Mittelalter wurden sie häufig personifiziert, nicht selten sogar mit Frau angeredet und artig durch Ziehen des Hutes oder Lüpfen des Kopftuches gegrüßt. Der Baum galt vielerorts als Symbol des Lebens, besonders aber als Symbol des Weiblichen. Diese Symbolik bedenkend, zeigt sich, daß der Märchenheld ein weiteres Mal eine geniale Lösung für ein Problem gefunden hat. Er hat das daherrasende Tier dazu gebracht, sein Horn in den weiblichen Baum hineinfahren zu lassen. Etwas Besseres hätte ihm wahrhaftig nicht einfallen können, denn nach einem solchen Akt pflegt die wildeste Kreatur friedlich zu werden, wofür, wie man sich erinnern wird, schon der böse Wolf aus dem Rotkäppchenmärchen mit seinem Schnarchen ein Beispiel gegeben hat.

Abermals hat der Schneider eine unlösbar erscheinende Aufgabe bewältigt und kehrt unversehrt und als Sieger zurück. In der bearbeiteten Fassung führt er das Einhorn an einem Strick mit sich, aber das ist reine Erfindung von Wilhelm Grimm und eine weitere Verfälschung des Märchens wie der Mythologie. Kein Einhorn hat das je mit sich machen lassen, und das steht schon in der Bibel: Einem Einhorn kann man kein Seil anlegen und mit ihm pflügen, heißt es im Buch Hiob (39;9,10). Dem Schneider gelingt dies nur, ersteres jedenfalls, weil er sich dafür den einzigen geeigneten Moment ausgesucht hat. Der hätte gewiß nicht so lange gewährt, daß er das Tier auch noch wie eine Kuh hätte abführen können. So weit lassen sich Einhörner nicht domestizieren. Da mythologische Tiere nicht der Zoologie zuzurechnen sind, vielmehr Menschliches spiegeln, dürfte es auch bei Männern, was ihre Zähmbarkeit anbetrifft, Grenzen geben – es sei denn, eine Jungfrau nimmt sich ihrer an. Aber wie lange wäre sie eine?

Wilhelm Grimm hat sich noch eines weiteren und dazu folgenreicheren Verstoßes gegen den Geist des Märchens schuldig gemacht: Er hat dem Helden eine Axt in die Hand gegeben. Eine solche erscheint in keiner Version der Geschichte, sie ist ein reines Grimmsches Fantasieprodukt. Damit nicht genug, läßt er den Helden mit dieser Axt das Horn aus dem Baum hauen. Einige Illustratoren haben diese unselige Idee noch ausgebaut und den Schneider das Horn absägen lassen. Welch eine Barbarei! In Wahrheit hat niemand das arme Tier kastriert, sein Horn blieb unversehrt und dort, wo es dieses so kraftvoll hineingestoßen hat.

Zieht man das Fazit, wird man bei Männern nicht nur mit einem Anteil zur Gewalttätigkeit neigender Riesen zu rechnen haben, sondern auch mit Wesenszügen eines wilden Einhorns, das, ist es einmal in Fahrt und Rage, kaum aufzuhalten ist. Man kann in diesem Fall nur hoffen, daß eine Jungfrau zu seiner Besänftigung zur Stelle ist, aber Jungfrauen sind rar geworden. Oder eben ein Baum. Vielleicht knüpft der Schneider Baum und Einhorn nicht von ungefähr mit seinem Seil zusammen. Die dauerhafte Anbindung der Männer an eine Frau hat sich bisher noch als das probateste Mittel erwiesen, ihre wilden und animalischen Regungen in Grenzen zu halten. Und länger leben tun sie in einer festen ehelichen Bindung auch. Vielleicht hat sich das inzwischen herumgesprochen; auf jeden Fall steigt die Tendenz zu heiraten.

Der Held hat auch die zweite Aufgabe bewältigt, worüber der König «außer der Maßen traurig» ist und zunächst nicht weiß, was er tun soll. Aber eines weiß er: Um keinen Preis will er seine Tochter hergeben. Dieser Wille, so scheint es, beflügelt sein königlich-politisches Denkvermögen: Ihm fällt noch ein weiterer Vernichtungsauftrag ein. In einem dritten Wald laufe ein wildes Schwein, das einigen Schrecken verbreite, das möge er auch noch fangen, und danach, so verspricht er, wolle er ihm «die Tochter ohne allen Verzug geben» und ihm auch «seine ganze Jägerei zur Hülfe beiordnen». Der Schneider macht keine Einwendungen und zieht zufrieden abermals los. Fast scheint es, als sei ihm die Bewältigung lebensgefährlicher Aufgaben schon zur lieben Gewohnheit geworden – was nur einem Mann passieren kann.

Die Jäger folgen ihm mit großem Bedenken und sind heilfroh, als ihnen ihr General befiehlt, vor dem Wald zu warten. Sie können ihm gar nicht genug danken, «daß er sich allein in die Fährnis wage und sie in Numero Sicher dahinten lasse», heißt es bei Bechstein. Das Schwein, so klagen sie, habe sie «dermaßen oft empfangen, daß sie ihm nicht mehr begehrten nachzustellen». Sie sind keine Helden, das wissen wir schon, aber wieso fürchten sie sich vor diesem Schwein mehr als vor den Riesen und dem Einhorn? Wen die empfangen haben, der hat's nicht überlebt. Das Schwein hingegen hat niemanden erschlagen oder aufgespießt, und die Soldaten haben ihre offenbar zahlreichen Begegnungen mit ihm alle heil und gesund überstanden. Warum nur erscheint es ihnen derart bedrohlich?

Kaum hat der Schneider den Wald betreten, hat ihn das Tier auch schon erblickt und kommt «mit schäumendem Mund und wetzenden Zähnen» zu ihm hingelaufen. So steht es in der Urfassung, und in der Tat mögen die Ausdrücke Mund und Zähne zu einem wilden Schwein nicht recht passen, und darum machte Bechstein daraus Rachen und Hauer und läßt es außerdem, wie das Einhorn, auf den Helden zustürzen. Aber es ist eben kein wirkliches Wildschwein, und ein Einhorn ist es erst recht nicht. Es ist nicht einmal männlichen Geschlechts, denn das Schwein ist kein Eber, sondern eine Sau, so steht es geschrieben. Wir haben es folglich mit einem weiblichen Symboltier zu tun. Es ist zugegebenermaßen ein ziemlich erschreckendes, zumindest für Männer, aber in der Tat keines, das ihnen ans Leben will. Das zeigt sich auch jetzt: Es will den Schneider lediglich zur Erde werfen, und mehr nicht.

Aus der Jäger Sicht dürfte «lediglich» allerdings das falsche Wort sein, denn deren Bekundungen zufolge schreckt es sie weit mehr, derart empfangen und zu Boden geworfen zu werden, als durch die Riesen oder das Einhorn ihr Leben zu verlieren. Das ist wahrhaftig ein merkwürdiger Maßstab, aber wie wir immer wieder gesehen haben, schrecken tödliche Gefahren die Helden kaum oder gar nicht, für viele haben sie sogar einen unwiderstehlichen Reiz. Auch der Schneider weicht keinem derartigen Abenteuer aus, und lebensgefährliche Situationen lassen ihn kalt. Das ist nicht verwunderlich, ist doch von alters her ein solches Verhalten der Männer angestammte Rolle gewesen. Schon als Jäger, Krieger und Ritter haben sie sich um Gefahren wenig geschert. Als Eroberer oder Verteidiger sowie als Beschützer von Haus und Hof, Frauen und Kindern haben sie Mut und männliche Tatkraft unter Beweis stellen müssen, und das wurde auch honoriert. Wagemutige Männer galten etwas, sie avancierten, und die besten wurden als Helden bewundert oder gar verehrt. Das ist nichts Neues und oft genug geschildert und beschrieben worden, nicht zuletzt in Märchen und Sagen.

Weniger bekannt und verständlicherweise weit seltener zum Thema gemacht worden ist die Tatsache, daß männliches Heldentum nur zu oft hinter der Haustür endet. Ihren Frauen gegenüber erwiesen sich die Herren der Schöpfung immer wieder als weit weniger heldenhaft und höchst selten tollkühn. «Eheherrn» sind sie meist nur auf dem Papier gewesen, und nicht nur in Ausnahmefällen haben sie Angst vor ihren Frauen gehabt, selbst der wüste Blaubart war davon nicht frei, wie wir gesehen haben. Insbesondere fürchten sie sich davor, von ihnen beherrscht und überwältigt, also zu Boden geworfen zu werden. Gegen eine solche Gefahr sind die meisten sehr viel schlechter gerüstet als für den Kampf mit wilden Tieren, grimmigen Feinden oder dem tosenden Meer. Haben sie es gar mit einer herrschsüchtigen Frau zu tun, hilft ihnen ihr außerhalb des Hauses gezeigter männlicher Mut meist herzlich wenig. Weibliche Dominanz läßt die meisten Männer in die Knie gehen, man denke nur an den Fischer. Oder an Sokrates und seine Xanthippe, vor der ersterer nur flüchten konnte. Manche einschlägigen Witze zeichnen auch ein treffendes Bild, etwa jene, die vom Empfang spät heimkehrender «Eheherrn» durch ihre Gattinnen handeln. Kurzum, es gibt genügend Hinweise, der Jäger Ängste verständlich und realistisch erscheinen zu lassen.

Das ist das eine. Noch weit größere Probleme haben viele Männer mit aktiver oder gar fordernder weiblicher Sexualität. Das Wildschwein verkörpert sie. In seinem schäumenden Mund und seinen wetzenden Zähnen darf man ohne weiteres die weibliche Entsprechung des Horns vom Einhorn sehen. Es gibt allerdings einen bemerkenswerten Unterschied: Des Einhorns langes, glattes, hoch aufragendes Horn ist etwas Schönes, das Jungfrauenhände liebevoll umfassen, und die Welt ist voller imposanter phallischer Denkmäler und Symbole bis hin zum entsprechend gestylten Automobil. Ein schäumender Mund und wetzende Zähne hingegen sind eher zum Schaudern. Und dann kommt die wilde Sau damit auch noch schnaubend auf alle Männer zugelaufen, die sich ihr nähern – ein Alptraum für jeden Jäger, denn nichts schreckt Männer so sehr wie sich aggressiv gebärdende weibliche Sexualität.

Nicht von ungefähr war sie eine der Hauptanklagepunkte bei den Hexenprozessen. «Alles geschieht aus fleischlicher Begierde, die bei ihnen (den Frauen) unersättlich ist», konstatieren die Autoren des «Hexenhammers», und das, so steht dort weiter zu lesen, sei für jene der Grund gewesen, sich mit dem Teufel einzulassen, nämlich «um ihre Begierden zu stillen». Die Konsequenzen sind bekannt und mögen zeigen, wie tief diese männliche Angst sitzt. Sie zeigt sich auch auf andere Weise und auf einem ganz anderen Gebiet: Fast alle Darstellungen des Weiblichen leugnen die Triebsphäre, und das nicht nur in der bildenden Kunst. Auch von den Werbeplakaten lächeln uns meist steril-hübsche Mädchen entgegen, und wenn Männer ihre Liebsten Baby, Mäuschen, Kindchen oder mein Kleines nennen, haben sie sie auch entsexualisiert. Selbst den rosig-sauberen Nackedeis einschlägiger Herrenmagazine fehlt meist jegliche Lüsternheit. Vollends fehlt sie den männlichen Idealbildern von der Frau, den Feinliebchen und Feinmägdelein, den zarten Elfen, Feen und Nymphen, erst recht den Madonnen und hehren Heiligen und nicht zuletzt der reinen Jungfrau Maria, die nur unbefleckt empfangen durfte.

Der Schneider sieht sich also unverhüllter, geballter Weiblichkeit gegenüber, die sich ihm unaufhaltsam und bedrohlich nähert. Da verläßt selbst ihn, der wahrhaftig alles andere als bange ist, der Mut, und er tut, was er bisher noch niemals getan hat, er dreht sich um und gibt Fersengeld. Aus dem Jäger ist unversehens ein Gejagter geworden, und das Wildschwein ist ihm hart auf den Fersen. In dieser Situation helfen dem bedrängten Helden seine bisherigen Strategien nichts. Mit ein paar Steinen oder einem behenden Sprung zur Seite kann er sich die Verfolgerin nicht vom Halse schaffen, geschweige sie fangen. Da taucht vor ihm eine Kapelle auf, und das ist sein Glück. Sein Verdienst ist, daß er die Chance zu nutzen weiß. Er springt hinein und gleich oben zum Fenster wieder hinaus, schlägt dann hinter der Sau, die ihm gefolgt ist, die Tür zu und darf erleichtert aufatmen.

Es war knapp, aber er hat's abermals geschafft und hätte auch dieses Mal kaum eine bessere Lösung finden können. Mag die weibliche Kraft des Tieres auch noch so geballt sein, es befindet sich nun in der Hand einer dreieinigen männlichen Macht, die es verstanden hat, im Laufe ihrer langen Geschichte perfekt mit jeglicher Art weiblicher Wildheit fertig zu werden, und in besonderem Maße ist es ihr gelungen, weibliche Sexualität zu domestizieren, notfalls mit drastischen Mitteln, und dadurch auf ein Minimum zu reduzieren – bisher jedenfalls. Inzwischen sind jedoch eine Menge Wildschweine los, und die lassen sich schwerlich mehr in ein Kirchlein sperren und durch Bibelverse zähmen. Sie weigern sich, ihren Männern, «wie sich's ziemt» züchtig, keusch und gütig untertan zu sein (Tit 2;4). In der Gemeinde machen sie mittlerweile auch unüberhörbar den Mund auf und schweigen dort nicht, wie Paulus es verlangt hat und, wie er behauptet, das Gesetz es fordere.

Wie reagiert nun die Männerwelt auf diesen weiblichen Sturmangriff gegen bisher so sicher erscheinende männliche Bastionen? Sprachlos! Es hat keinen empörten Aufschrei gegeben, keinen nennenswerten Widerstand, kaum Widerspruch. Nicht einmal wildestes feministisches Schäumen wie beispielsweise Valerie Solanas «Manifest der Gesellschaft zur Vernichtung der Männer» und ähnliche Schriften riefen nennenswerte männliche Proteste hervor. Die Männer haben auf breiter Front nachgegeben und sehen tatenlos zu, wie immer mehr ihrer Bollwerke von den streitbaren Frauen eingenommen werden, und man fragt sich, ob wir demnächst zu einer Frau Göttin werden beten müssen. Selbst diese Aussicht regt kaum jemanden auf. Von männlichem Mut und männlicher Stärke zeigt sich weit und breit keine Spur, und man möchte die heutigen Männer für so ängstlich und feige wie die Jäger im Märchen halten. Aber so ist es nun einmal: Angesichts schäumender Wildschweine vergeht ihnen eben jegliches Heldentum, und sie wagen nicht aufzumucken. Da selbst der tapfere Schneider sein Heil in der Flucht gesehen hat, ist wohl kaum anderes von ihnen zu erwarten. Wie die Sache ausgehen wird, ist offen, aber es wäre vielleicht nicht das schlechteste, dem patriarchalen Gottvater eine gleichgewichtige Göttin an die Seite zu stellen.

Ein drittes Mal kehrt der Schneider als Sieger heim, und nun bleibt dem König keine Wahl. Ob er will oder nicht, er muß sein Versprechen halten, seine Tochter hergeben. Hätte er gewußt, daß er sie einem Schneider gibt, hätt' er ihm lieber einen Strick gegeben, heißt es. Für ihn ist es schon schlimm genug, sie mit einem Mann ohne Herkunft zu verheiraten. Unseren Helden läßt das kalt, er fragt nicht danach, ob man ihm die Frau mit «großer oder kleiner Bekümmernis, gern oder ungern» gibt, und ihn bekümmert nicht, daß die Hochzeit von königlicher Seite nur mit «kleinen Freuden vollbracht» wird. Er hat sein Ziel erreicht, ist des Königs Tochtermann, König ist er ebenfalls, mehr wollte er nicht und ist entsprechend zufrieden. Freilich ist er ein ebenso unüblicher König wie ungewöhnlicher Bräutigam. Ihm geht alles ab, was seinen nunmehrigen Schwiegervater auszeichnet, und seine Eheschließung ist weit davon entfernt, eine Liebesheirat zu sein. Er hat sich weder von Gefühlen noch von weiblicher Schönheit leiten lassen, besitzt nichts von einem verliebten Prinzen, aber auch nichts von einem lüsternen Wolf. Er verhält sich, als habe er Montaigne gelesen, der im 3. Buch, Kap. 5, seiner «Essais» behauptet, keine Ehen zu kennen, «die schneller in die Brüche gehen und zerfallen wie jene, die um der Schönheit und des verliebten Begehrens willen zustande kommen». Das ist eine unübliche Auffassung, aber weltweite Untersuchungen bestätigen sie, weisen nach, daß sogenannte Vernunftehen stabiler als Liebesheiraten sind. Des Schneiders Ehe geht in der Tat nicht in die Brüche, aber eines Nachts redet er im Schlaf und offenbart dadurch seine Herkunft, woraufhin seine Frau von ihrem Vater verlangt, «ihr von diesem Mann abzuhelfen». Der König, entsetzt über einen Schneidergesellen als Schwiegersohn, zögert keinen Augenblick. Er bittet seine Tochter, in der Nacht die Kammertür zu öffnen, und gibt seiner Leibgarde Auftrag, den Schneider, wenn er eingeschlafen ist, auf der Stelle umzubringen. Die junge Frau ist es zufrieden.

Es scheint, als sei es in letzter Minute doch noch um den tapferen Helden geschehen, aber ein Waffenträger hinterbringt ihm den Anschlag. Der Schneider dankt ihm und versichert, er wisse sich der Sache wohl anzunehmen. Er stellt sich schlafend, und nachdem seine Frau den Riegel zurückgeschoben hat und die Mörder vor der Tür angekommen sind, wiederholt er mit heller Stimme: «Junge, mach mir den Wams und flick mir die Hosen...» und setzt dann hinzu: «Ich habe sieben auf einen Streich erschlagen, ein Einhorn samt einem wilden Schwein gefangen und sollte mich vor denen fürchten, die draußen vor der Kammer stehen?» Den Gardisten fährt darob der Schreck in die Glieder, sie flüchten, als seien tausend Teufel hinter ihnen her, und fortan hat sich niemand mehr an ihn gewagt.

Der Held hat nicht zuviel versprochen und zugleich bewiesen, daß er auch im Nachthemd seinen Mann zu stehen weiß, was nicht eben viele Männer von sich behaupten können. Die Prinzessin, eben fast schon junge Witwe, muß sich wohl oder übel mit ihrem Schneider abfinden. Er muß sich aber auch mit ihr abfinden, die ihn gerade eben kaltblütig und hinterhältig ans Messer geliefert hat. Er tut es klaglos, ist auch seiner Frau gegenüber Realist, sieht sie, wie sie ist, sieht nicht alles mögliche in sie hinein, wie es so viele andere Märchenhelden getan haben.

Von vielen wirklichen Männern unterscheidet ihn, daß er sich selbst treu ist und niemals eine andere Rolle spielt als seine eigene. Auch hellwach bekennt er sich zu seiner Vergangenheit und schämt sich nicht seiner geringen Herkunft. Er hat sich durch Ämter und Würden nicht korrumpieren lassen, Geringschätzung wie Ablehnung mannhaft ertragen, und seine Erfolge haben ihn nicht überheblich gemacht. Er ist geblieben, was er von Anfang an gewesen ist: ein tapferer Schneider und fröhlicher Nichtstuer. Dennoch, oder gerade darum, hat er alle anderen hinter sich gelassen. Sie bleiben unfrei, ängstlich und unsicher, die Soldaten und die Leute so gut wie der König, und gehen folglich leer aus. Der Schneider aber gewinnt am Ende die Krone und bleibt mit der Frau an seiner Seite «ein König all sein Lebetag», wie es bei Bechstein heißt. Nun hat es aber so viele Königreiche, wie in den Märchen an die Helden vergeben werden, nie gegeben. Also ist der Schneider kein Herrscher über ein tatsächliches Reich geworden, das ist Märchensymbolik, wohl aber Herr über das kleinste Königreich, nämlich über das unter dem eigenen Hut – über sich selbst. Diese Herrschaft steht jedem offen.

Nachlese

«Diese Herrschaft steht jedem offen», lautete der letzte Satz, und damit hatte ich es geschafft, die Arbeit war getan, das Buch tatsächlich fertig. Mehr als zwei Jahre hatte ich mit Brüdern, Prinzen, Blaubärten und Glücksrittern gelebt, und sie waren mir während dieser Zeit ans Herz gewachsen. Und nun war plötzlich alles zu Ende. Ich hätte erleichtert aufatmen können, tat es aber nicht, empfand vielmehr eine unangenehme Leere, und der Gedanke, endlich wieder frei zu sein, ausspannen zu können, erst einmal gar nichts zu tun, konnte mich nicht trösten. Der Abschied von den Märchenmännern fiel mir entschieden schwer, und da habe ich mir das Manuskript noch einmal vorgenommen und es von Anfang an durchgelesen. Auf Seite einundzwanzig stieß ich auf den Satz: «Wer beschuldigt schon gern Mütter?» und fand ihn bemerkenswert. Auf Seite siebenunddreißig fiel mir ein weiterer Satz ins Auge, und so ging es fort. Da begann ich die Sätze aufzuschreiben. Und hatte am Ende eine schöne Blütenlese zusammen. Die, so fand ich, sollte das Buch, das so abrupt zu Ende gegangen war, abschließen. Also gibt es statt eines Nachworts eine Nachlese.

Ich habe nicht immer textgenau zitiert und nicht allein eigene Worte, sondern das, was mir aus diesem oder jenem Grund aufgefallen ist – sei es auch nur, daß ein Satz gut klang.

Gut-Sein, so scheint es, hat seine Tücken. (S. 37)

Man mag vernünftige Männer für erstrebenswert halten, was aber wäre die Welt ohne die anderen? (S. 53)

Wer kann schon von sich sagen, er sei edel? (S. 56)

Denken ist bei kriegerischen Anlässen nicht die Stärke der daran Beteiligten. (S. 57)

Was man Gerechtigkeit nennt, ist ebenso willkürlich wie die Mode. (S. 60)

Nur wenn er von seinem Strohsack aufsteht, wird der Mensch wach. (S. 65)

So weit die Poesie, aber es geht hier um Männer. (S. 70)

Mit Verlaub, dieser Mann ist ein Dummkopf. (S. 71)

Bloß ein Bild und derart von Sinnen. (S. 76)

Für Mephisto ist Gretchen ein «Grasaff». (S. 78)

Nackt, perfekt schön und liebreizend lächelnd… (S. 85)

Wölfe sind auch nur Menschen. (S. 97)

Wer hätte nicht gelegentlich jemanden sechs Fuß unter die Erde gewünscht? – Mitglieder der eigenen Familie nicht ausgenommen. (S. 114)

Amor pflegt kein Dauergast zu sein. (S. 114)

Eine glückliche Zweitehe – das soll es geben. (S. 119)

Sein Es siegt über das Ich und kommt auf seine Kosten (S. 124)

Niemand hat Männer gelehrt, auf die Stimmen von Raben zu hören. (S. 131)

Unsere heutige Welt ist voll von verängstigten Männern. (S. 152)

Alle Mädchen sind dein. (S. 167)

Können moderne Autorinnen und Autoren so viel geballte Männlichkeit nicht ertragen? (S. 173)

Müßiggang ist nur bedingt aller Laster Anfang. (S. 193)

Das Glück liegt in dir. (S. 207)

Herrschaftswissen hat seinen Preis. (S. 218)

Es wird nicht eben wenig gelogen in der Welt und fürwahr nicht nur von Schurken. (S. 220)

Er ist groß, stark und mächtig, was braucht er da noch Verstand? (S. 224)

Herrscher sind so, denn sonst wären sie keine. (S. 226)

Es wäre vielleicht nicht das schlechteste, dem patriarchaen Gottvater eine gleichgewichtige Göttin an die Seite zu stellen. (S. 241)

Dieser Satz ist endgültig der letzte, und jetzt kann ich nur noch hoffen und wünschen, daß die Leserinnen und Leser das Buch mit einiger Befriedigung aus der Hand legen.

Literaturverzeichnis

Basile, Giambattista: *Das Pentameron.* Essen 1981.

Bechstein, Ludwig: *Sämtliche Märchen.* München 1965.

Bly, Robert: *Eisenhans. Ein Buch über Männer.* München 1991.

Bolte, Johannes und Polivka, Georg: *Anmerkungen zu den Kinder- und Hausmärchen der Brüder Grimm.* Leipzig 1913.

Bornemann, Ernest: *Sex im Volksmund. Der obszöne Wortschatz der Deutschen,* 2 Bde. Reinbek 1974.

–: *Ullstein Enzyklopädie der Sexualität.* Frankfurt am Main/Berlin 1990.

Brown, Judith: *Und wenn sie nicht gestorben sind... Märchen als Schlüssel für Paarkonflikte.* Reinbek bei Hamburg 1987.

Brüder Grimm, *Kinder- und Hausmärchen.* 2 Bde. Zürich 1946.

Brüder Grimm, *Kinder- und Hausmärchen.* Bd. 3, Originalanmerkungen, Bruchstücke, Zeugnisse, Literatur. Stuttgart 1980.

Büsching, Johann Gustav: *Volkssagen, Märchen und Legenden.* Hildesheim 1969.

Busch, Wilhelm: «Drei Königskinder» in Walter Scherf, *Lexikon der Zaubermärchen.* Stuttgart 1982.

Elias, Norbert: *Über den Prozeß der Zivilisation. Soziogenetische und psychogenetische Untersuchungen.* 2 Bde. Frankfurt am Main 1976.

Epikur, *Von der Überwindung der Furcht.* Zürich 1949 und 1968.

Eybe, Albrecht von: *Ehestandsbüchlein.* Sondershausen 1879.

Feilhauer, Felicitas (Hrsg.): *Blaubärtchen.* München/Wien 1990.

Fischart, Johann: *Das Philosophisch Ehezuchtbüchlein.* Halle a. d. S. o. Datum.

Frenzel, Elisabeth: *Stoffe der Weltliteratur.* 6. Aufl. Stuttgart 1983.

–: *Motive der Weltliteratur.* 3. Aufl. Stuttgart 1988.

Freud, Sigmund: *Abriß der Psychoanalyse. Das Unbehagen in der Kultur.* Frankfurt am Main 1972.

–: «Märchenstoffe in Träumen» in *Kleine Beiträge zur Traumlehre.* Leipzig/Wien/Zürich 1925.

Fürstauer, J.: *Neue illustrierte Sittengeschichte des bürgerlichen Zeitalters.* Stuttgart 1967.

Gilmore, David G.: *Mythos Mann. Wie Männer gemacht werden. Rollen, Rituale, Leitbilder.* München 1993.

Gobrecht, Barbara: «Empfängnis, Schwangerschaft, Geburt und Stillzeit im europäischen Zaubermärchen: Zeiten der Bedrohung, für die Heldin und ihre Kinder», in *Fabula, Zeitschrift für Erzählforschung*. Berlin/New York 1992.

Hesse, Hermann: *Der Steppenwolf*. Berlin 1930.

Der Hexenhammer (Malleus maleficarum, 1487) von Jakob Sprenger und Heinrich Institoris. München 1982.

Hoffmann, R. Hays: *Mythos Frau. Das gefährliche Geschlecht*. Düsseldorf 1969.

Jack und die Zauberbohnen, in Opie, Iona und Peter, *Die klassischen Märchen*. München 1977.

Jakob auf der Bohnenleiter. Ein englisches Märchen. Köln 1984.

Kaiser, Martin: «Das tapfere Schneiderlein» in *Librarium, Zeitschrift der schweizerischen bibliophilen Gesellschaft*, 30. Jahr, Heft 3, Dezember 1987.

–: «Hans im Glück» in *Librarium, Zeitschrift der schweizerischen bibliophilen Gesellschaft*, 29. Jahr, Heft 3, Dezember 1986.

Kast, Verena: *Mann und Frau im Märchen. Eine psychologische Deutung*. Olten 1987.

Keen, Sam: *Feuer im Bauch. Über das Mann-Sein*. Bergisch Gladbach 1992.

Der Koran, Das heilige Buch des Islam. München 1959.

Lüderssen, Klaus: «Hans im Glück. Kriminalpsychologische Betrachtungen – mit einem Seitenblick auf die Genese sozialer Normen» in Helmut Brackert (Hrsg.), *Und wenn sie nicht gestorben sind … Perspektiven auf das Märchen*. Frankfurt am Main 1980.

Luingman, Waldemar: *Die schwedischen Volksmärchen, Herkunft und Geschichte*. Berlin 1961.

Lurker, Manfred (Hrsg.): *Wörterbuch der Symbolik*. Stuttgart 1988.

Mallet, Carl-Heinz: *Am Anfang war nicht Adam. Das Bild der Frau in Mythen, Märchen und Sagen*. München 1990.

–: *Kopf ab! Gewalt im Märchen*. Hamburg 1985.

Musäus, Johann Karl August: *Märchen und Sagen*. Wiesbaden o. Datum.

Montaigne, Michel de: *Essais*. Stuttgart 1932.

Olivier, Christiane: *Jokastes Kinder. Die Psyche der Frau im Schatten der Mutter*. Düsseldorf 1987.

Opie, Iona und Peter: *Die klassischen Märchen*. München 1977.

Panzer, Friedrich (Hrsg.): *Kinder- und Hausmärchen der Brüder Grimm. Vollständige Ausgabe in der Urfassung*. Wiesbaden o. J.

Perrault, Charles: *Märchen aus alter Zeit*. Dreieich 1977.

–: *Aschenputtel*, deutsch von Ludwig Askenazy, illustriert von Roberto Innocenti. Köln 1984.

Repgow, Eike von: *Der Sachsenspiegel*. Zürich 1984.

Röhrich, Lutz: *Lexikon der sprichwörtlichen Redensarten*, 4 Bde. Freiburg im Breisgau 1973.

–: *Wage es, den Frosch zu küssen! Das Grimmsche Märchen Nummer Eins in seinen Wandlungen.* Köln 1987.

Rölleke, Heinz: «Herkunftsnachweise und Nachwort» in Brüder Grimm *Kinder- und Hausmärchen*, Band 3. Stuttgart 1980.

–: *Der wahre Butt.* Düsseldorf/Köln 1978.

Scherf, Walter: *Lexikon der Zaubermärchen.* Stuttgart 1982.

Schülerduden. Die Psychologie. Ein Sachlexikon für die Schule. Mannheim 1981.

Straparola, Gian Francesco: *Die Novellen und Mären der ergötzlichen Nächte.* 2 Bde. München 1920.

Suhrbier, Hartwig: *Blaubarts Geheimnis.* Köln 1984.

Surminski, Arno: «Bitte klopfe nicht an unsere Haustür! Postlagernd an Hans im Glück» in Gisela Graichen und Hans Helmut Hillrichs (Hrsg.), *Und weil sie nicht gestorben sind, Briefe an Märchenfiguren.* Hamburg 1991.

Uther, Hans-Jörg: «Hans im Glück im Spiegel seiner Varianten» in *Märchenspiegel, Zeitschrift für internationale Märchenforschung und Märchenkunde.* 3/93. Freiburg im Breisgau.

van Rinsum, Annemarie und Wolfgang: *Lexikon literarischer Gestalten*, deutschsprachige Literatur. Stuttgart 1988.

–: *Lexikon literarischer Gestalten*, fremdsprachige Literatur. Stuttgart 1990.

Venske, Regula: *Das Verschwinden des Mannes in der weiblichen Schreibmaschine. Männerbilder in der Literatur von Frauen.* Hamburg und Zürich 1991.

Wagner, Peter: *Lust und Liebe im Rokoko.* Nördlingen 1986.

Wolf, Johann Wilhelm: *Deutsche Hausmärchen.* Göttingen und Leipzig 1851. Nachdruck Hildesheim/New York 1979.

Zingerle, Ignaz und Joseph: *Kinder- und Hausmärchen aus Süddeutschland.* Hildesheim 1975.

Zipes, Jack: *Rotkäppchens Lust und Leid.* Köln 1982.

Der Zupfgeigenhansl. Mainz o. Datum, Edition Schott 3586.

Abkürzungen

KHM	«Kinder- und Hausmärchen» der Brüder Grimm.
Urf.	«Kinder- und Hausmärchen» der Brüder Grimm in der Urfassung, Erstauflage von 1812/1815.
Wisser	Wilhelm Wisser, «Plattdeutsche Volksmärchen».
Bechstein	Ludwig Bechstein, «Sämtliche Märchen».
Perrault	Charles Perrault, «Märchen aus alter Zeit».
Pentameron	Giambattista Basile, «Das Pentameron».
Straparola	Straparola, «Die Novellen und Mären der ergötzlichen Nächte».
Opie	Iona und Peter Opie, «Die klassischen Märchen».
Wolf	Johann Wilhelm Wolf, «Deutsche Hausmärchen».

Verena Kast

Märchen psychologisch gedeutet

Wege aus Angst und Symbiose
208 Seiten, Broschur, 9. Auflage 1991

Mann und Frau im Märchen
124 Seiten, Broschur, 8. Auflage 1992

Familienkonflikte im Märchen
131 Seiten, Broschur, 4. Auflage 1993

Wege zur Autonomie
159 Seiten, Broschur, 4. Auflage 1989

Märchen als Therapie
212 Seiten, Broschur, 1. Auflage 1993

Liebe im Märchen
126 Seiten, Broschur, 2. Auflage 1992

WALTER-VERLAG

Eugen Drewermann

Grimms Märchen tiefenpsychologisch gedeutet

Pappband, Format 25x25

Das Mädchen ohne Hände
48 Seiten mit 11 Farbtafeln

Der goldene Vogel
63 Seiten mit 13 Farbtafeln

Frau Holle
52 Seiten mit 8 Farbtafeln

Marienkind
63 Seiten mit 8 Farbtafeln

Die Kristallkugel
64 Seiten mit 7 Farbtafeln

Die kluge Else/Rapunzel
101 Seiten mit 4 Farbtafeln

Der Trommler
82 Seiten mit 4 Farbtafeln

Brüderchen und Schwesterchen
96 Seiten mit 4 Farbtafeln

Der Herr Gevatter/Der Gevatter Tod/Fundevogel
85 Seiten mit 4 Farbtafeln

Schneeweißchen und Rosenrot
55 Seiten mit 6 Farbtafeln

Aschenputtel
104 Seiten mit 4 Farbtafeln

Die zwei Brüder
126 Seiten mit 4 Farbtafeln

WALTER-VERLAG

Weitere psychologische Märcheninterpretationen
im Walter-Verlag

Sabine Dombrowski

Elternfiguren im Märchen

Orientierungshilfen im Alltag
209 Seiten, Broschur, 1994

Ein aus der Elternperspektive geschriebenes und auf die Alltags-
wirklichkeit von Eltern bezogenes Buch über die Problematik
unseres Elternideals.

———

Ingrid Riedel

Tabu im Märchen

Die Rache der eingesperrten Natur
208 Seiten, Broschur, 4. Auflage 1994

Wer hätte gedacht, daß Tabus da sind, um gebrochen zu werden? Denn in diesen Räumen steckt all das, was von der herr-
schenden Kultur weggesperrt worden ist und doch zum Mensch-
sein gehört.

———

Ingrid Riedel

Die weise Frau in uralt-neuen Erfahrungen

Der Archetyp der alten Weisen im Märchen und seinem
religionsgeschichtlichen Hintergrund
185 Seiten, Broschur, 4. Auflage 1995

Die Autorin beschreibt, wie das Urbild der weisen Frau verborgen in den Märchen weiterlebt und auch heute im Alltag in
Erscheinung treten kann.

WALTER-VERLAG

Die Beziehung zwischen Mann und Frau typologisch betrachtet

Gegensätze ziehen sich an, sagt das Sprichwort und weist damit auf die Ergänzungsmöglichkeiten hin. Doch wenn zwei gegensätzliche psychologische Typen in einer engen Beziehung leben, tritt das Trennende oft bedeutend stärker hervor als das Ergänzende. Lernt aber jeder, seine Eigenart und die des Partners besser zu verstehen, so ist die Chance gegeben, aneinander zu reifen und sich zu ergänzen.

––––––

Wolf von Siebenthal

Denkmann und Fühlfrau

Fühlen wie sie – Denken wie er
365 Seiten, Broschur, 1993

––––––

Wolf von Siebenthal

Empfindungsfrau und Intuitionsmann

Entwerfen wie er – Gestalten wie sie
219 Seiten, Broschur, 1995

WALTER-VERLAG